나도 나에게 타인이다

나도 나에게 타인이다

초판 1쇄 발행 2020년 3월 31일
3쇄 발행 2020년 7월 17일

지은이 소진기
펴낸이 강수걸
편집장 권경옥
편집 박정은 강나래 윤은미 김해림
디자인 권문경 조은비
펴낸곳 산지니
등록 2005년 2월 7일 제333-3370000251002005000001호
주소 부산시 해운대구 수영강변대로 140 BCC 613호
전화 051-504-7070 | 팩스 051-507-7543
홈페이지 www.sanzinibook.com
전자우편 sanzini@sanzinibook.com
블로그 sanzinibook.tistory.com

ISBN 978-89-6545-652-0 03810

* 책값은 뒤표지에 있습니다.
* 이 도서의 국립중앙도서관 출판예정도서목록(CIP)은 서지정보유통지원시스템 홈페이지(http://seoji.nl.go.kr)와 국가자료공동목록시스템(http://www.nl.go.kr/kolisnet)에서 이용하실 수 있습니다.(CIP제어번호: CIP2020012994)

나도 나에게 타인이다

소진기 에세이

산지니

프롤로그

세월은 흐르고 오늘은 늘 바쁘다. 바쁜 와중에 내가 생각났다는 네 말이 고마워서, 허겁지겁 약속장소로 걸어오는 네 이마가 믿음직해서 너는 항상 바빠도 좋다. 그러다 행여 네가 바쁜 척하기도 한다는 걸 내가 알게 될까 봐 차라리 멀리 두고 보기로 한다. 그 거리만큼 우리는 타인이고 그 차이만큼 더 사랑할 수 있다. 우리가 바쁘지 않은 오늘이 오긴 올 것이다. 그것이 죽음이고 그게 썩 좋은 것이 아니라면 오늘 우리가 이렇게 바쁘다는 것은, 바쁜 척이라도 할 수 있다는 것은 삶의 한가운데를 뚜벅뚜벅 걸어가고 있다는 것이다. 그 삶이 빛나지 않아도 살아야 하는 것이라서 나는 너를 너는 나를 생각하는 것이다.

문득 눈을 뜨니 서른도 마흔도 오십도 지나갔다. 거울을 보며 소스라치게 놀랄 일도 아니다. 거울은 숨김없이 사실 그대로를 말하는 충직한 시중일 뿐이다. 그동안 여기저기를 낙엽처럼 뒹굴며 부지런히 읽고 가끔씩 쓰며 열심히 마셔댔지만 내가 있어야 할 곳에 있는지에 대해서는 답을 얻지 못했다. 제복의 길이

천직임을 확신하지 못한다는 이야기다. 그만큼 흔들렸고 그만큼 열중하지 못했지만 먼저 청하지 않으면 가지 않았고 한 가지 일에 두말을 갖지 않으려 노력했다.

만난 사람과 겪은 일들이 나를 구성한다고 한다. 그렇다면 나는 청년으로 유명을 달리하신 큰 형님의 마지막 호흡이기도 하고 그때 어머니의 눈물이기도 하다. 나는 태풍이 휩쓸어 간 농토를 바라보던 선친의 마음이며 청혼할 때의 순수이기도 하다. 나는 술이며 명확함이다. 이것들을 좋아했기 때문이다. 그리고 나를 바라봤을 수많은 눈동자들, 그 마음들이 나를 채우고 있다. 그때 외로웠을 때 따듯한 밥 한 그릇 나누거나 위로의 말 한마디 건네준 눈동자에 잊지 않고 있다고 전한다.

고백하건대 나는 나약한 청춘이었다. 누구에게도 누가 되지 않으려는 마음이 컸다. 영웅을 꿈꿨지만 먹고살기에 급급했고 보스를 꿈꾸기엔 약삭빨랐다. 나는 이 광활한 우주에 잎사귀 하나로 태어나 이슬처럼 머물다 사라질 것이다. 이것이 인간의 운명이다. 그때까지 나는 좀 더 애틋해지고 좀 더 넉넉해지고 좀 더 염치 있어지고 좀 더 맑은 것들을, 이를테면 나무와 바람과 흰 구름 같은 것들을 가슴에 품으려 한다. 이 마음은, 다음 생에는 내가 일찍 여읜 분들이 좋은 운명으로 태어나 전생의 아쉬움을 지우길 바라는 나의 곡진한 충정이다. 눈물 난다. 너무 일찍 떠난 분들을 생각하면.

여전히 미래의 내가 현재의 나를 가소롭게 보지 않도록 지금의 나와 싸워나가야 한다. 뒤에 걸어오는 후배들에게 어지러운 발자국을 남기지 않아야 한다는 이야기다. 씩 웃어야 하고 천천히 걸어야 한다. 장 콕토는 마흔을 반성하는 나이라 했고, 공자는 오십을 일러 천명을 아는 나이라 했다. 그런데 천명이 무엇이겠는가, 천명은 따로 존재하는 무엇이 아니다. 내가 나에 대해 좋은 명령을 내리고 슬픈 자의 어깨를 다독이며 무엇을 포기할 줄 안다거나 어떤 것은 포기하지 않는 용기 같은 것이 아닐까, 하늘의 지혜는 사소함의 힘이나 결국 승리하는 정직, 꾸미지 않은 자연스러움에 닿아 있는 것이리라.

신문이나 수필지에 발표되거나 그동안 썼던 글을 모았다. 불민한 글이지만 거칠고 고독한 시대를 사는 사람들에게 이 책이 조금이라도 공감이 되었으면 한다. 천천히 읽으며 한 번쯤 씩 웃을 수 있다면 더할 나위 없겠다. 사진을 쓰도록 허락해준 동생, 사진작가 최상민에게 감사드린다. 검려지기로써 운 좋게 여기까지 왔다. 잘 가라! 나의 지난 삶이여!

차례

3부 나도 나에게 타인이다

ⓒ 최상민, 부산 다대포, 2009

1부

시골 경찰서장의 편지

하필이면 경찰이 되었냐는 질문에
아직 적절한 답을 찾지 못했지만 빙그레 웃을 수 있는
여유를 가지자고, 이제 좀 더 행복해지자고
느긋한 마음을 다진다.

가지 않은 길

'등용로'• 에 우뚝 선 아름드리 튤립나무에 가만히 손을 대었다.

"나무야, 내 알제?"

"……"

나무는 나보다 나이가 적었다. 강의동에서 생활관으로 이어지는 길에 우두커니 심겨 있었던 나무들, 이십여 년 전 경찰대학 시절, 나는 그것이 튤립나무인지 몰랐다. 졸업 이십 년 만에 다시 교육생이 되어 모교를 찾은 나의 눈에 비친 튤립나무는, 사람으로 치면 괄목상대, 둥치에 푸른 이끼를 두르고 성자(聖子)처럼 고요히 하늘을 받치고 있었다.

마을 아이 크는 것을 다 지켜본 어른처럼, 나무는 문지기가 되어 내가 등용로를 오르내리는 것을 지켜보았을 것이다. 내 청춘의 걸음과 표정, 목소리의 흔적들이 그의 나이테에 한 줄 기록되어 있지 않을까, 교정을 산책하던 나는 오랜 벗을 대하듯 손을 내밀었다. 이미 큰 나무가 되어 온몸을 하늘에 공양하고 있

• 등용로-경찰대학 기숙사 옆길의 명칭

는 나무의 침묵, 그 짧은 시간 동안 나는 온기를 느꼈고 경건해졌다.

온통 초록인 유월의 교정, 탄력 있는 피부에 회초리같이 날씬한 대학생들이 발랄한 표정으로 경쾌한 발걸음을 옮긴다. 저들은 저리 젊은 나이에 어떤 이유로 경찰이 되고자 하였을까. 저만한 능력이면 어떤 길을 가도 될 터인데, 짧은 인생에 회한이 없을지…….

"땅을 팔았다, 원하는 대학에 가거라!"

평생 흙을 파신 선친의 말씀이 세월을 넘어와 휑하니 가슴을 스친다. 그 땅은 선친에게 남은 마지막 힘이었다. 당신께서는 소주 한 잔과 싸구려 담배 한 개비로 질곡의 삶을 끌어안았다. 그리고 평생 몸을 끊어 자식을 기르셨다. 비슷한 연배의 어르신을 뵐 때마다 내 머릿속에 저장된 선친의 자태와 음성은 나의 마음을 흐리게 한다. 반질반질하게 사는 것도 자식을 위하는 하나의 방식임을 그리하여 나는 깨닫는다.

운명의 수레바퀴는 나를 경찰대학생으로 만들었다. 첫 외박이 허용된 날, 서울로 유학 온 고등학교 친구들과 어울린 나는 내심 그들이 부러웠다. 허정무 선수가 마라도나 선수를 발로 걷어찼던 멕시코 월드컵과 서울 아시안게임이 열린 해였다. 도심에서는 연일 시위가 있었으나 거리에서는 디스코 음악이 흘러넘쳤다. 내 눈에는 친구들이 서 있는 곳이 화려하고 넓고 깊게 느껴졌다. 당장이라도 그곳으로 달려가고 싶었지만 나의 별은 나를 경찰로 운명 지었다. 제복 속에 갇힌 나와 달리 달콤한 자유의 바다를 누비는 것 같은 친구들을 보며 나는 연신 막걸리를 들이켰다. 술집에서 엉망으로 취해 어떻게 귀교를 했는지 모르겠다. 교정 벤치에 앉아 꺼이꺼이 울고 있는 내 목소리가 문득 나를 깨웠다. 내 나이 열아홉 살이었다.

이제 그 벤치는 없어지고 나는 거기에서 발걸음을 서성이며 그때의 내 목소리를 듣는다. 어머니를 여의고 연로하신 선친이 계시는 고향 하늘만 쳐다보아도 외로움이 느껴졌다. 그러나 어떻게든 나아가야 하는 일엽편주였다. 한 조각 마음을 돛대 삼아 젊은 몸뚱이를 삿대 삼아 무지와 혼동의 청춘을 넘어야 했다. 내 문제로 선친께 걱정을 끼쳐드리지 않는 것이 당시 내가 할 수 있는 효도의 전부였다.

경찰대학 뒤편 법화산에서 내려온 바람이 눈썹을 간질인다. 천천히 걷는 걸음이 멈춰 섰다. 그때는 조금 더 날렵하게 멈춰 섰으리라. 그녀와 처음 만나 인사를 나누었던 곳, 경찰대학 축제인 청람축전 때였다. 그때만큼은 내가 세상의 중심에 있는 듯했다. 일엽편주였던 나에게 돛대와 삿대가 되어 주었던 그녀는 추억을 남긴 채 미국으로 유학을 떠났다. 인연은 우리를 굵은 밧줄로 묶지 않았다. 서로 반대 방향에서 날아오는 화살이 스치고 지나가는 잠시 동안의 인연, 그 순간은 청춘의 절정이었고 생의 아름다움이었다. 누가 더 오래 안타까워했을까. 그곳에서 나는 오래 머물며 이선희의 'J에게'라는 노래를 생각했다.

학교 뒤편, 스카이웨이를 걸어 올라간다. 약간 숨이 찬다. 이 길을 얼마나 많이 뛰어 올랐던가. 숨이 턱에 차기 시작하면 동기들의 인내가 존경스러웠었다. 전국에 흩어져 있는 공깃돌 같았던 동기들은 운명의 손에 의해 묶여졌다가 다시 흩어졌다. 불혹을 넘은 지금 무엇을 바라보며 무슨 생각을 하며 살고 있는지 나는 한 사람씩 동기들의 얼굴을 떠올려 본다. 익살스러웠던 K, 성실했던 S, 온유하고 밝았던 B, 임관하자마자 유명을 달리한 슬픈 L, 둥글게 죽이 잘 맞았던 축구서클 동기들, 청춘 외에는 가진 것이 없었지만 바라보기만 해도 좋았던 시절이었다.

이 숲에 들어온 지 이십 년 세월, 사랑하는 가족이 생기고 숲에서 생존할 만한 경험을 얻었지만 아직도 어디론가 돌아가야만 할 것 같은 느낌이 가슴 한 구석에 안개처럼 서려 있다. 이 모든 추억과 인연을 지우고라도 나는 열아홉으로 돌아가고 싶은 걸까. 그리하여 선친의 땅 판 돈을 들고 서울로 가는 기차를 탔다면 나는 무엇이 되었을 것인가.

교육을 마치고 튤립나무에 작별인사를 하면서 나는 슬그머니 그의 하늘을 나의 마음에 들여놓았다. 속절없는 세월도 받들다 보면 가을 능금처럼 익어갈 날이 온다고 했다. 꿈보다는 현실을 짊어졌던 청춘의 흔적을 뒤로한 채 나는 경부고속도로에 몸을 실었다. 하필이면 경찰이 되었냐는 질문에 아직 적절한 답을 찾지 못했지만 빙그레 웃을 수 있는 여유를 가지자고, 이제 좀 더 행복해지자고 느긋한 마음을 다진다. 마음속에 들여놓은 튤립나무의 하늘이 저리도 높고 맑다. (2010)

사수(射手)의 가르침

임관 후 초임 시절 내가 처음 모신 계장님은 술을 매우 좋아하셨다. 나 또한 주혈(酒血)을 타고 났으며 미혼이었는지라 자주 계장님을 따라다녔다. 그때 같이 근무했던 동료 간부는 기혼인지라 계장님의 청을 매번 들어 줄 수 없는 입장이었기에 계장님은 은근히 나를 더 좋아하는 것 같았다. 주머니가 빠듯했기에 선술집을 전전했으나 어떤 날엔 비어홀 같은 데서 호사를 누리기도 했다.

아무리 고래처럼 펄떡거리는 이십대 청춘이었어도 술을 많이 먹은 다음 날 아침엔 출근에 곤란을 겪었다. 반면에 계장님은 산삼을 드셨는지 일곱 시만 되면 산처럼 묵직하게 자리에 앉아계셨다. 어느 날 계장님은 공무원이 지켜야 할 세 가지 원칙이 있다며 이것만 잘 지키면 공직생활을 하는 데 아무런 문제가 없을 것이니 절대 잊지 말라는 당부를 하셨다. '첫째 비밀은 없다, 둘째 어려울 땐 원칙대로, 셋째 무리하면 깨진다'가 그것이었다.

첫째 '비밀은 없다'는 말은 내 머리에 너무나 쏙 들어왔다. 낮말은 새가 듣고 밤말은 쥐가 듣는다는 속담이나, 짧은 순간 여러 사람을 속일 수 있고 영원히 한 사람을 속일 수는 있어도 모든 사람을 영원히 속일 수 없다고 한 링컨의 말과 함께 가슴에 와닿는 얘기였다. 그러나 둘째, 셋째는 내 머릿속에 쏙 들어오지 않았다. '어려울 땐 원칙대로 한다'는 것이 우선 인정머리 없게 느껴졌다. 어려울 때일수록 최선을 다하여 어떤 방책을 찾는다든지 합리적인 결과를 도출하기 위해 끝까지 노력해야 되지 않느냐는 생각이 들었기 때문이다. 그리고 '무리하면 깨진다'는 말은 보신주의(保身主義)와 복지부동(伏地不動)이 아닌가 하는 의구심이 들었다. 그래서 나는 이 세 가지 원칙을 머리에 담는 데 매우 오랜 시간이 걸렸다. 두 가지가 생각나면 한 가지가 생각나지 않곤 했던 것이다.

기실은 이순(耳順)의 나이를 넘어 계장의 자리에 앉아 있는 분이 하는 이야기에 무슨 큰 의미가 있으랴 해서 건성으로 들은 내 교만한 마음 때문이었다. 그러나 세월이 흐를수록 이 빛바랜 추억 속의 이야기가 나에게 어느 선현의 지혜보다 큰 얼굴로 뚜렷이 다가왔다. 원칙대로 한다는 것은 법대로 한다는 것이다. 법대로 한다는 것은 결코 가벼이 이를 수 있는 철학이 아니다. 어떤 인정에 치우침이 없어야 하고 다른 유혹을 이겨내야 한다. 법과 규정을 집행하는 공무원이 사리사욕에 휩쓸려 인정(人情)에 휩싸인다면 사무원(私務員)이지 공무원이 아니다. 인정에 휩싸이다 불명예를 뒤집어쓴 공무원이 어디 한둘인가. 이순신 장군이 전라 좌수영에서 만호라는 벼슬을 하고 있을 때 전라 좌수사가 거문고를 만들기 위해 관아의 오동나무를 베어 가려 하자 "관아의 오동나무는 나라의 것이다"라며 이를 거절했다는 일화가 전해져 내려오는 것은 법대로 규정대로 한다는 것이 얼마나 어려운가를 웅변하는 것이다.

무리(無理)하면 깨진다는 것은 공명(功名)에 혹하면 반드시 무리수를 두게 되어 여러 억울한 사람이 생긴다는 의미이다. 영화 〈7번방의 선물〉이 주는 교훈처럼 열 사람의 범인을 놓치는 한이 있더라도 한 사람의 무고한 죄인을 만들어서는 안 된다는 거다. 공명에 치우쳐 억울한 사람이 생기는 경우를 많이 보았다. 요즘 나는 이 세 가지 원칙을 자주 되새기며 후배들에게 내가 생각한 세 부류의 이상적인 공무원과 함께 자주 이야기한다. 후자는 이렇다.

첫째 소주를 잘 사는 공무원이다. 주머니 사정이 빠듯하더라도 가끔씩 동료들에게 소주 한잔 하자며 옷깃을 끄는 사람이라면 정과 사람 냄새를 느끼게 된다. 소주 한잔 먹으며 웃고 떠들다 보면 친해지고 이해하게 되고 도와주고 싶고 웬만한 일 아니고는 나무랄 수 없을 것 같다. 이것이 바로 소통이다. 체인지 메이커는 아닐지라도 분위기 메이커 역할을 하는 공무원이다. 요즘 사람들은 서로 시간을 잘 나누지 않는다. 같은 공간에 있어도 서로를 모른다. 공사가 분명한 건 좋지만 소통이 원활하지 않으므로 그만큼 공사 양쪽으로 끼치는 부정적인 면도 분명 존재할 것이다.

둘째 인간성(品性)이 좋은 공무원이다. 일에 대한 능력이 뛰어나지도 않고 밥값을 잘 내지도 않더라도, 동료들의 경조사에 발 벗고 나서며 동료들이 어려움에 처할 때 자기 일처럼 도와주고 동료애를 발휘하는 선한 공무원이다. 근무를 바꾸자는 부탁도 다른 사람보다는 그에게 부탁하면 흔쾌히 들어줄 것만 같다. 언제든 전화해도 연락하는 쪽에서 부담이 없는 사람이다.

셋째 일(業務)을 잘하는 공무원이다. 소주도 잘 사지 않고 잔정도 별로 없는 것 같고 왠지 부탁도 잘 들어주지 않을 것 같은 느낌이지만 탁월하게 일을 처리하는 공무원이다. 그에게 일을 맡기면 감탄이 나온다. 노는 자리에는 데려가고 싶지 않지만 일하는 데는 그가 없으면 불안하다.

이 세 가지 중 한 가지만 갖춰도 매우 훌륭한 공무원이다. 아무것도 갖추고 있지 않다 해도 불필요한 공무원이라고 단정할 수는 없다. 인간성이나 일을 처리하는 능력은 보는 관점에 따라 다르게 평가될 수 있으며, 술자리에 참석해서 뒤를 챙겨주는 것도 아름다운 일이다. 아니 겸손하기만 해도 나쁘지 않다. 부족한 부분은 채워나가면 될 일이다. 그러나 문제는 이런 공무원이다. 세 가지 중 한 가지도 제대로 갖추고 있지 못하면서 마치 모범공무원인 것처럼 행세하며 승진과 상(賞)을 독차지하려는 부류다. 그리고 뜻대로 되지 않았을 때는 남 탓을 하며 불평불만을 일삼는 공무원이다. 이렇게 보면 공무원의 종류는 네 가지가 되는 셈이다.

가끔씩 나의 첫 사수, 김상수 계장님이 그립다. 나의 실수를 감싸주셨고 가르침까지 주셨다. 부산 서구 대신동에서 나는 그렇게 경찰로 태어나고 있었다. (2007)

시골 경찰서장의 편지

시골 경찰서장의 하루는 느리게 간다. 재촉한다고 동식물이 금방 자라는 게 아니듯 시골의 시간은 느릿느릿한 농부의 발걸음을 닮았다. 아니, 진짜 농부일수록 자연의 섭리 안에서 그 리듬과 템포에 잘 맞춘다. 느릿느릿하다는 것은 가장 자연스러운 것 중의 하나, 황진이가 동짓달 긴긴 밤의 한 허리를 베어내듯 나도 이 고즈넉한 시간들을 깊은 산속 옹달샘에 감춰 놓고 님 오시는 밤이거든 굽이굽이 펴고 싶다.

숨 돌릴 틈이 많은 사무실에서 읽을거리에 눈이 피로해지면 나도 느릿느릿 창가로 가서 남산을 바라본다. 서울에도 경주에도 여기 의령에도 남산이 있다. 야트막한 산이라 만만히 보고 아무런 준비 없이 올랐다가 목이 말라 혼이 났다. 정상에도 오르고 둘레길을 다 돌아 내려오니 네 시간이 넘게 흘렀더랬다. 딸기우유를 사서 목을 축이고 의령 소바 한 그릇을 먹고 관사로 오는 길에 열두 개들이 망개떡 오천 원어치를 샀다. 의령에서 제일 높은 자굴산을 아직 오르지 않았다 해도 나는 이렇게 의령의 산하에 부임신고를 마친 셈이다.

저녁엔 직접 끼니를 해결해야 할 때가 많다. 즉석밥을 데우고 고기를 굽고 아내가 갖다준 김치와 깍두기를 놓고 봉지를 한 번 쭉 찢으면 완성되는 구이 김을 놓는다. 운동 후 막거리 한 잔을 곁들이는 이런 식사는 꿀맛이다. 뒤치다꺼리도 나의 몫, 쓰레기봉투도 사고 음식물쓰레기를 버리는 방법도 깨쳤다. 그러나 역시 처음은 누구나 어렵다. 밤중에 음식물쓰레기를 버리러 갔다가 수거함 덮개가 열리지 않아 일단 철수, 다음 날 찬찬히 사용요령을 읽어보고 세대별 카드란 게 있다는 사실을 알았다. 물론 두 번째는 완벽한 성공. 세탁기 작동법은 아내가 왔을 때 배웠다. 드럼세탁기는 복잡한 기계 조작이 필요할 거라 생각했는데 정말 이렇게 간단한 것이라니. 간단하네, 라는 혼잣말이 나왔다. 하지만 웬걸, 아내가 가고 난 후 세탁기가 작동하지 않았다. 노후한 아파트라 수도관이 얼어 그런 줄도 모르고 세탁기 앞에서 역시 나는 기계치야 하며 한참을 좌절했다.

부임 한 달 만에 요령이 늘었다. 계란과 우유는 유통기한 내에 다 먹을 자신이 없어 구입하지 않는다. 믹서에 과일을 갈 때 검은콩 두유를 조금 넣어주니 풍미가 배가되어 달달한 걸 좋아하는 내 입맛에 딱 맞았다. 심심할 때 물티슈로 방바닥을 이리저리 닦는 일은 목욕탕에서 때 벗기는 것처럼 재미있다. 웬만하면 물티슈에 저항하는 때는 없다. 일종의 성취감마저 느낀다. 개수대 음식물찌꺼기는 봉투에 배수통을 담아 탁탁 쳐줘야 깨끗하게 털어진다. 집 주방에서 들려온 소리가 이 소리였다. 마트에서는 시간이 잘 가는 편이다. 관사 주위에 농협 하나로마트와 축협 하나로마트가 있다. 그렇게나 다양한 식재료와 주방기구가 있었는지 나는 미처 몰랐다. 나 혼자서 잔치도 치를 수 있겠다는 자신감이 불쑥 솟았다.

밥은 하늘이라는 청계스님의 말씀이 생각난다. 농부가 동식물을 기르고 사람이 밥을 짓는 것은 하늘의 마음에 닿는 것이다. 느리지만 충만한 것들! 이거야말로 하늘이 준비한 사랑이지만 속도가 느린 것들은 외면당하고 대우받지 못한다. 김초혜 시인은『사랑 굿』이란 시집을 10년에 걸쳐 완성했다. 김훈의 소설『칼의 노래』첫 구절은 '버려진 섬마다 꽃이 피었다'로 시작하는데 '꽃은'이 좋을지 '꽃이'가 좋을지 한 달을 고민했다고 한다. 책은 이러한 고통의 산물이지만 속도가 느리다는 이유로 잘 읽히지 않는다. 사람도 싫증난다는 이유로 금방금방 바꾸는 세상이고 가상화폐처럼 하루 새 대박을 치는 것들만 눈길을 끈다. 뭔가를 오래 기다리는 사람은 바보 취급당하기 일쑤다. 누군가를 위해 밥을 한 끼 짓는 일, 꼼꼼히 장을 보고 정성스레 재료를 다듬고 사랑의 마음으로 음식을 만들고 그에 맞는 그릇에 음식을 담아내는 일련의 행위가 얼마나 숭고한지를 이제야 알겠다. 눈칫밥은 밥이 아니라는 것, 누구의 밥그릇을 뺏는 건 천하의 나쁜 짓이라는 것도 더욱 잘 알겠다.

'미안해요'라는 노래가 있다.

그대는 나만의 여인이여/그대는 나만의 등불이요/그대의 생일 날 따뜻한 밥 한 번 못 사주고…

나만의 여인에게 생일날 밥 한 번 못 사줬다는 것은 '미안해요'를 강조하기 위한 표현이겠지만 밥은 미안함의 최소한이었다가 다시 전부가 되는 마법을 부린다. 문정희 시인의 「남편」이라는 시가 있다.

세상에서 제일 가깝고 제일 먼 남자/지구를 다 돌아다녀도/내가 낳은 새끼들을 제일로 사랑하는 남자는/이 남자일 것 같아/다시 금 오늘도 저녁을 짓는다

오늘 저녁에도 떠나지 않겠다는, 미워도 다시 한 번 남편을 위해 밥을 짓겠다는 시인의, 미워도 다시 한 번은 매일 반복되리라. 그래서 밥은 사랑의 최소한이었다가 다시 전부가 된다. 김소운의 수필 「가난한 날의 행복」에 '왕후의 밥, 걸인의 반찬'이라는 구절이 있다. 이 수필에서는 남자가 아내를 위해 밥을 짓는다. 초라하기 이를 데 없는 밥상을 세상에서 가장 사랑스럽고 눈물 나는 밥상으로 격상시킨 쪽지 하나의 위력을 나는 기억한다. 남자는 진짜 왕후에게 바치는 마음으로 정성스레 밥을 지었고 그만큼 사랑했으며 그만큼 미안했던 것이다.

내게도 참 따듯했던 밥이 많았다. 그 밥들이 내 상처를 어루

만져 주었고 견딜 수 있는 힘을 주었다. 동식물이 유유자적 자라고 시간은 느릿느릿 흐르는, 소담한 하늘이 내려앉은 시골에 살고 있는 나는, 복 있는 사나이다. 밥을 짓는 마음으로 살아야 한다. 곧 봄이 오면 여기 온 산하에 자연의 밥 짓는 소리가 들려올 것이다. (2018)

택시기사의 눈물

서대신동 파출소장을 할 때의 일이다. 문민정부(文民政府)가 들어서 거리에는 개혁바람이 거셌다.

저녁식사를 마치고 한참이나 되었을까. 네온사인이 정답게 불을 밝힐 무렵 할머니 한 분이 분에 못 이긴 듯 파출소 문을 사납게 열고 들어왔다. 언뜻 옷차림이 세련돼 보였지만 금테안경에다 깡마른 체형이, 조금만 잘못해도 야단을 칠 듯한 박정함을 풍겼다. 그 뒤에는 중년쯤 돼 보이는 아저씨 한 분이 어깨를 축 늘어뜨리고 시무룩한 표정으로 따라 들어왔다.

아저씨는 택시기사였고 할머니는 승객이었다. 사연인즉 사전 승낙도 없이 택시기사가 두 번이나 합승을 시켰을뿐더러 거기에다 난폭운전까지 해서 도저히 못 참겠으니 처벌해 달라는 것이었다. 택시합승 시비는 자주 경험하는 일이었는지라 굳이 택시기사를 처벌하기보다는 할머니의 분(憤)이 진정되기를 기다리는 중이었는데 할머니의 입에서는 다소 심하다 싶은 말이 거침없이 나오기 시작했다.

"우리나라 대통령도 개혁적으로 잘하려고 하고 있는데 택시기사가 이따위로 운전을 하면 돼? 허락도 없이 지 멋대로 합승을 시켜?"

"어디서 배워먹어 가지고 말이야, 저 나이 돼서 택시기사밖에 못하면 뻔한 사람 아이가?"

할머니는 턱을 추켜세우고 택시기사와 경찰관을 번갈아 쳐다보며 택시기사에게 삿대질을 했다. 할머니의 논리대로라면 나이 든 택시기사는 물론이요 지천명(知天命)을 넘어 말단에 머무르고 있는 우리의 K 경사 또한 '뻔한 사람'이 되어 있었다.

옆에서 들어도 가슴에 탁탁 맺힐 단어를 구사하며 택시기사를 혼내던 할머니는 이윽고 분이 풀렸는지 처음의 완강한 태도가 다소 누그러졌다. 문제는 파출소 구석 목제의자에 앉아 조용히 듣고만 있던 택시기사의 눈에서 닭똥 같은 눈물이 주르륵 흘러내리는 것이었다. 순간 나와 K 경사는 뜻밖의 사태에 어쩔 줄 몰라 이 어색한 장면을 애써 외면할 수밖에 없었다. 파출소 안은 무거운 공기만 꼬물거리며 천천히 출구를 탐색하고 있었다.

택시기사에게 울지마세요, 라며 위로의 말을 건네기도 어색했고 할머니의 말씀이 좀 심하다며 질책을 하기도 생뚱맞았다. 택시 합승행위는 엄연한 불법으로, 고발이 되면 20만 원의 과태료와 운행정지 처벌이 가해진다. 그렇게 되면 택시기사는 몇 날을 헛고생한 셈이 되는 것이다. 우리는 심정적으로 택시기사의 편에 서 있었고 할머니의 분이 좀 풀리면 택시기사가 사과하는 선에서 마무리 지으려는 의도를 가지고 있었기에 할머니의 심한 언사에 제동을 걸 형편도 아니었다. 그리고 택시기사의 눈물은 우리의 예상범위를 훨씬 넘어서는 것이었다. 오히려 택시기사의 눈물을 인지한 순간, 우리 경찰이나 할머니가 공범자가 되어 택시기사에게 뭔가 잘못을 한 것 같은 느낌이 들었다. 물론 할머니도 택시기사의 눈물을 보았으리라.

할머니는 거침없는 언사로 분을 풀었고 택시기사는 무언(無言)으로 잘못을 시인하며 눈물로 처벌을 면하였다. 그렇게 사건은 모두의 의도대로 마무리되었지만 나는 그날 저녁 내내 마음이 편치 않았다. 생각이 꼬리에 꼬리를 물고 일어났다. 택시기사의 눈물은 무엇이었을까. 그가 흘린 눈물의 양만큼은 그도 더 이상 지탱하지 못할 가장의 무게였을까. 그의 몸을 채우고 있던 찰랑찰랑한 슬픔은 겨우 표면장력을 유지한 채 그를 끌고 조심스레 파출소 문을 열고 나갔다.

중년 사내의 눈물은 일거에 국면을 전환할 정도로 뜨거웠다. 그것은 어떤 자책감이나 회오이기도 했고 사랑하는 이를 잃은 통곡이기도 했다. 택시기사를 하기 전 그는 어떤 직업을 가진 사람이었을까. 사업을 하다 졸지에 망한 사람이었을까. 그도 가족이 있을 텐데 그 장면을 가족들이 보았다면 얼마나 가슴이 아팠을까. 내가 택시기사였다면 어떤 태도를 취했을까. 수세의 입장에서 공세를 맞았을 때 어떤 태도를 취하는 것이 후회를 남기지 않는 방법일까. 할머니는 어떤 삶을 사는 분이었을까.

죄는 미워하되 사람은 미워하지 말라는 말이 있다. 할머니는 마음에 일어나는 적개심을 고스란히 내뱉으며 자신의 분은 풀었지만 죄를 미워한 것이 아니라 사람을 미워했던 것 같다. 그리고 은근히 택시기사라는 직업을 비하하기까지 했으니 속세의 법을 어긴 자는 택시기사라 할지라도 하늘의 법을 어긴 자는 곧 할머니가 아니겠는가.

세 치 혀의 위력은 실로 막중하다. 말은 씻을 수 없는 상처가 되기도 하고 한 사람의 일생을 데워주는 은혜가 되기도 한다. 나의 초등학교 6학년 담임이셨던 김말순 선생님은 어느 날 내 자리로 다가와 무릎을 굽혀 눈을 맞추시고는 "너는 잘될 거다, 용기 잃지 말고 열심히 공부하거라!"고 말씀하셨다. 당시 나는 어머니를 여읜 직후였다. 지금도 그때 선생님의 자애로운 눈빛과 목소리를 잊을 수 없다. 그리고 내가 잘될 거라는 그 메시지는 어려울 때마다 나에게 견딜 수 있는 힘을 주었다. 반면에 나는 장난스레 던진 말로 아들을 울렸다. 아들이 대여섯 살이나 되었을까. 여름 내내 뙤약볕 아래서 논 탓에 팔의 피부가 하얗게 벗겨진 아들은 걱정스런 눈망울로 팔을 내보이며 "아빠, 이게 뭐야!"라고 물었다. 거실에서 텔레비전을 보고 있던 나는 순간 장난기가 발동하여 "이거 팔 잘라야 될지도 모른다"라는 말을 툭 던졌다. 이윽고 저녁식사 시간이 되어 아들을 찾으니 아뿔싸! 이게 웬 장면이란 말인가. 침대 한편에 어깨를 늘어뜨리고 앉아 눈물이 범벅이 된 채로 소리 없이 흐느끼고 있던 아들의 모습이란!

법보다 주먹이 가깝다. 그리고 주먹보다 빠르고 독성이 강한 게 형체도 없는 말이다. 선인선과(善因善果), 악인악과(惡因惡果)라는 말이 있다. 길게 보면 결국 복을 받을 사람은 복을 받고 벌을 받을 사람은 결국 벌을 받는다는 말이다.

그날 할머니는 선인(善人)이었을까 악인(惡人)이었을까. 마지막에 택시기사를 용서한 것은 선인에 가까울 테지만 택시기사에게 눈물을 흘리게 한 것은 악인에 가까울 것이다. 곰곰이 생각해 보면 택시기사가 처벌을 면했다고 보기도 어렵다. 오히려 벌을 내릴 권한이 없는 할머니는 세 치 혀로 직접 더 혹독한 벌을 내린 거나 마찬가지다. 택시기사의 눈물은 아직도 내 뇌리에서 증거하고 있다.

인간들의 선과 악이란 세 치 혀만 벗어나도 짙은 안개 속의 형체처럼 구분하기 어렵다. 그래서 장자(壯子)는 시비를 초월하고 선악을 구분하지 말라고 했다. 불교에서는 심판의 도구로 업(業, 카르마)이라는 개념이 있고 그 카르마는 하늘이 요량할 일이라 한다.

하늘은 하늘대로 시시각각 심판을 내리고 속세는 속세대로 심판의 저울을 잰다. 그동안 내가 해왔던 말들을 두 개의 그릇에 주워 담아 무게를 저울질해 본다. 저울은 곧 한쪽으로 기운다. 앞으론 북망산 가기 전까지 좋은 말만 하리라 생각하지만 이미 내 몸의 한편이 너무 무겁다.

수구초심

수구초심(首丘初心)이란 말이 있다. 『예기(禮記)』에 나오는 고사성어다.

여우가 죽을 때 머리를 구릉에 놓고 고향을 생각하며 초심으로 돌아간다는 뜻이다. 여우가 죽을 때 실제 그렇게 하는 것인지 그렇다면 그게 초심과 어떤 연관이 있는 것인지 잘 몰라도 수구초심이라는 말을 떠올리면 뭔가 짠하면서도 '우리가 남이가' 하는 정서의 울림을 느낀다. 몇 년 전에 내가 쓴 「아버지」라는 수필은 이렇게 시작한다.

"선친은 1925년 을축생이시다. 선친께서 열여섯의 나이에 소년가장이 되어 하동 청암면 지리산 비탈을 떠나 식솔들과 함께 정착한 곳이 내가 나고 자란 경남 김해평야다."

의령서장 부임 후 삼성궁을 포함해 청암면 일대를 둘러본 적이 있다. 선친의 고향이라 생각하니 포근하고 정겨웠다. 잎에는 반드시 가지가 있고 가지에는 반드시 그 뿌리가 있는 법이다. 내가 청학골 서당의 김봉곤 선생처럼 뿌리론을 주워섬기는 이유는 바로 의령 정곡에 있는 호암 이병철 회장의 생가와 관련해서다.

이병철 회장이 나고 자란 곳, '이리 오너라!' 하는 소리가 쩌렁쩌렁하게 울릴 것만 같은 부잣집이다. 그러나 이게 전부다. 그리 친절하게 느껴지지 않는 관리인과 드문드문 관광객이 보이는 곳, 방문자를 위한 어떤 설명이나 스토리텔링이 없다. 나는 물었다.

"우리 의령지역에 생가 말고 삼성과 관련된 곳이 있나요?"

"없습니다."

"누가 한 번씩 찾아오나요?"

"이건희 회장은 한 번도 방문한 적이 없고 이재용 부회장은 지난 2013년 삼성 기업체 시찰 도중 헬기로 내려 30분 정도 둘러본 게 전부입니다."

"삼성에서 의령지역에 투자한 부분은 있는가요?"

"특별한 투자는 없었고 2006년도에 의령고교 호암학습관 건립자금으로 10억 원을 지원한 적이 있습니다."

10억이면 글쎄다. 삼성이 사주고 정유라가 탔다는 말 비타나 앞다리 두 개 값 정도나 될까! 한 달 전만 해도 의령과 아무런 상관이 없었던 내가 왠지 섭섭해진다. 더구나 오늘 아침 신문에 보도된, 밀양이 고향인 모 회장의, 후학양성과 지역사회 발전을 위한 공헌과 비교가 되니 더욱 마음이 그러하다.

풍수이론에 의하면 인걸(人傑)은 스스로의 노력만으로 되는 게 아니다. 양택과 음택을 둘러싼 산하(山河)의 정기가 인걸의 형성에 끊임없는 영향을 준다고 한다. 이 이론에 의하면 재계의 거목, 대한민국 경제의 전설이 된 호암 이병철 회장은 의령 진산 자굴산의 정기와 생가를 휘돌아 흐르는 남강의 지력(地力)이 탄생시켰다 해도 과언이 아니다. 처음 종잣돈 300석도 의령의 산천이 만든 것 아닌가.

삼성이란 초글로벌 기업이 만들어지기까지 의령 산하(山河)의 지세(地勢)와 지기(地氣)가 다 고갈돼서일까! 지금 의령은 상대적으로 낙후됐고 지역경제는 매우 어렵다. 100인 이상 고용하는 기업이 없는 상황이다. 재정자립도는 수백 개 자치단체 중에서도 거의 꼴찌 수준이며 인구는 2014년 2만 9209명에서 2017년 1460명이 줄어 2만 7749명에 불과하다. 더구나 65세 이상 어르신 인구의 비중이 매우 높다. 저녁이 되면 의령 전통시장과 읍내는 한산해진다. 오죽하면 의령군에서는 인구증가 태스크포스까지 꾸릴 지경이니 대한민국 경제의 총아를 배출하고도 정작 그 뿌리는 말라가는 상황이라면 견강부회인가.

산신령이 노하는 경우가 있다. 성경에도 하느님의 심판이 있다. 만약 자굴산에 산신령이 있다면 어떤 경우가 산신이 노하는 경우가 될 것인가. 공교롭게도 삼성에 좋지 않은 일이 자꾸 생긴다. 자굴산 산신령이 이제 삼성과 인연을 끊으려나 보다, 라고 말하면 상상력이 풍부한 농담에 불과한 것인가. 자고로 사람들은 부자의 쩨쩨함을 싫어한다. 교회나 절에서도 큰 신도는 다 헌금이나 시주액으로 좌우된다. 어쩔 수 없다, 지금 의령에는 큰

신도가 필요하다. 의령에 삼성 역사박물관을 만들어 입장료를 받는다면 의령군의 재정자립에 큰 도움이 될 것이다. 거기에 덧붙여 주민들은 전자제품 종합할인판매장을 이야기하기도 한다. 그러면 선순환이 일어난다. 쇠락한 항구도시였던 스페인 빌바오를 살린 것은 구겐하임 미술관이다. 반룡부봉(攀龍附鳳), 의령이 삼성에 붙어 좀 이득을 본다 한들 그게 뭐 잘못되기라도 한 일은 아닐 것이다. 진짜 끊어진 인연이라면 이제 의령군에도 다 방법이 있다. 내가 권유하고 싶은 방법은 이병철 회장의 흔적을 지워버리는 것이다. 그것은 제대로 쩨쩨한 방식이지만 이에는 이, 무시에는 무시가 답일 뿐이다.

명색이 의령 경찰서장이라 그런지 군민들이 잘 살았으면 좋겠다는 생각을 많이 한다. 더 바란다면 예향의 고장으로 여유와 낭만이 흐르는 곳이면 더할 나위 없겠다. 군민들을 위한 작은 영화관조차 하나 없는 게 안타깝기도 하다. 팔은 안으로 굽는 거다. 내게도 고향이 있다. 누구나 고향은 가슴을 아리는 문제이기 때문에 그래서 웬만하면 편을 들어주는 것이다.

수구초심이라 하여 하물며 여우도 그러하거늘! (2018)

장죽과 곰방대

기사를 검색하다 '말단 공무원'이라는 단어가 마음에 거슬린다. 사전을 찾아보았다. '조직에서 제일 아랫자리에 해당하는 부분, 맨 끄트머리'로 풀이 된다. 그런데 우리가 느끼는 말단의 의미는 부정적이고 비하(卑下)적이다. 중요하지 않거나 무능하거나 힘이 없는 이미지를 떠올린다. 여기에 직급을 신분으로 인식하는 전근대적 사고가 똬리를 틀고 있다. 직업과 기능이 세분화돼 가는 현대사회에서 말단은 거친 호흡과 실전이 전개되는 현장 그 자체일 뿐 우열판단의 대상이 아니다. 우열판단의 대상이라면 '현장은 열등하다'는 비문(非文)에 이르고 만다. 직관과 통찰, 분석과 예측으로 조직과 사회를 이끄는 리더의 역할은 그대로 중요하지만 직관과 통찰, 분석과 예측이 적용되고 목표가 구현되는 현장은 유발 하라리의 호모데우스가 살고 있을 미래사회에서조차 아무리 강조해도 지나침이 없을 것이다. 빈자의 인격이 무시되듯 직급이 낮은 자의 인격이 무시되고 의견이 묵살되는 것이 '갑질'이다. 조선은 전형적 갑질 사회였다. 국가가 제도적으로 양반들의 갑질을 허용하고 조장한 것이다. 『왕을 참하라』(청장 백지원 저)

에는 다음의 문장들이 나온다.

"불친서사(不親庶事)라 하여 자기 밭에 난 잡초 한 포기도 자신이 뽑으면 안 되고 꼭 사람을 불러 뽑아야 했다. 또한 절기비사(絶棄鄙事)라 하여 농업 상업 공업 등의 천한 일을 하면 절대 안 되었다. 수모집전(手毋執錢)이라 하여 양반은 손으로 돈을 만지거나 세면 안 되었다. 불문미가(不問米價)도 있었다. 즉 하루 세끼 먹는 쌀 값도 얼마냐 물어서는 안 되었던 것이다. 인기내한(忍饑耐寒)이라 하여 가세가 기울어 밥을 제때 못 먹고 냉수로 배를 채워도 이를 쑤셔야 했으며 추워도 곁불을 쬐면 안 되었다.
천민의 딸은 시집갈 때 가마를 못 타게 해서 널빤지를 타고 갔으며 비녀도 못 꽂게 해서 백정의 딸이 시집갈 때 비녀를 꽂았다가 동네 사람들에게 몰매를 맞은 일도 있었다. 양반이 쓰는 장죽을 썼다가는 당장 끌려가 볼기짝이 터지도록 얻어맞았으며 상놈은 한 뼘이 안 되는 곰방대를 써야 하고 그것도 양반의 눈에 띄지 않게끔 허리춤에 깊숙이 꽂아야 했다. 조정에서는 실직 벼슬이 아니라 이름뿐인 벼슬인 차비관이니 분참봉이니 하는 것도 팔아먹었다. 양반 나부랭이들은 나이 어린 애새끼들에게 허직을 좀 헐한 값에 사주고 손님이 오면 하인을 시켜 작은 나리 나오시라 해라 하면서 주접을 떨거나 돈 주고 산 벼슬을 자랑하면서 잔치까지 베푸는 철판도 있었다. 17세기 중반 광해군 시절 공명첩을 대량 판매하면서…."

유명 피자 회사 오너나 어느 육군대장과 그 부인의 갑질은 조선 갑질에 비하면 조족지혈에 불과하다. 생산 활동을 하지 않고 군역의 의무도 지지 않는 양반들은 신분을 세습하고 양반 갑질권으로 백성을 쥐어짜면서 호의호식했다. 그 조선사회 시스템이 일제 36년으로 귀결된 것이다. 그러니 양반가문 운운하는 것은 크게 자랑삼을 일이 아니며 경우에 따라 자기 얼굴에 침 뱉기가 될 수 있으니 유의하시기 바란다.

출세라는 말이 있다. 사회적으로 높은 지위에 오르거나 유명해진다는 뜻이다. 얼마나 당하고 살았던지 세간에는 '억울하면 출세하라'는 자조 섞인 말까지 생겼다. 우리 부모들이 헐벗고 굶주리면서도 자식을 대학에 보내려 한 그 마음에는 수백 년 누적된 한의 DNA가 응어리져 있다. 출세의 또 다른 달콤함은 사람들이 면전에서 굽실거리고 알아준다는 것이다. 또한 출세의 반열에 오르면 갑질은 물론이거니와 뭔가 엉큼한 짓을 할 수 있다는 기대감이 생긴다. 그래서 어느 책 저자는 출세에 대해 알아주는 문화를 없애야 한다는 의견을 피력하기도 했다. 그렇다. 높은 지위에 올라서 그 사람이 뭘 어떻게 했는지, 어떤 업적을 남겼는지가 중요하지 한 자리 차지한 걸 굳이 대단한 것처럼 알아줄 일이 아니다. 그러니 주위에 경찰관이 있으면 계급에 대한 질문의 유혹을 뿌리치시라. 그리고 그 경찰관이 얼마나 바른 생각을 하고 있으며 얼마나 제대로 일하고 있는지에 대해서만 질문하는 것이 좋다.

경찰대학 치안정책과정 교육을 받으면서 뉴욕경찰청(NYPD)을 방문했다. 그들은 계급이 낮아도 당당하다. 말단 개념이 없다. 너는 관리자 나는 패트롤 하는 사람, 이런 식이다. 그래서 팔짱 끼고 서장과 이야기한다. 비교적 높은 임금을 받는 현장 경찰관은 대부분 50세쯤 되면 민간 회사로 이직한다. 50세쯤 되면 슬슬 힘이 빠져 젊은이와 팔씨름을 하면 지기 시작하는 나이다. 물론 미국 경찰이 모든 면에서 옳다는 건 아니다. 우리가 방문했을 때 뉴욕경찰청에서는 캐나다 토론토경찰청과 달리 물 한 잔도 내놓지 않았다.

우리도 말단이라는 말을 쓰지 않으면 좋겠다. 말단 연예인, 말단 선수가 없듯이 말단 공무원도 없어야 한다. 신입 공무원, 신인 공무원이라 호칭하는 것이 어떨까. 말단이 있으면 최고 첨단이 있다는 것이다. 이러면 과정의 정당성보다 오로지 첨단으로 맹주하는 출세지향주의가 판을 친다. 그러면 영혼이 있는 공무원을 기르기 어렵다. 물론 기계적 평등을 이야기하는 것이 아니라 본질을 수호하는 평등이어야 한다.

어느 종편에서 공관병 갑질을 비판하면서 경찰서장이 4급에 불과한데 어떻게 운전기사를 둘 수 있느냐며 비판했다. 곰방대가 어찌 장죽의 품위를 누리느냐는 것이다. 이는 아직도 세상을 신분이라는 프리즘으로 보는 전근대적 사고의 산물이다. 경찰서장은 4급이 아니다. 총경급 현장지휘관이다. 그리고 경찰서장은 출퇴근 개념이 없다. 야간에도 주말에도 테러, 살인 등 강력사건이 발생하면 현장으로 즉시 달려가 지휘를 해야 한다. 도시 경찰서의 경찰관 숫자는 많은 곳은 약 천 명에 육박한다. 우리나라 여성가족부 인원보다 많다. 특히 야간에 많은 보고를 받는다. 저녁이 있는 삶과 주말이 있는 삶을 누리는 일반 공무원과 달라도 한참 다르다. 제대하고 복학을 앞두고 있는 아들이 공무원은 하지 않겠다고 한다. 이유를 물었다

"부자로 살 수 없을 거 같아요."

나는 속으로 생각했다.

'그래 장죽을 쥐고 살거라, 요즘은 돈이 양반이란다.' (2017)

나쁜 사람은 없다 나쁜 상황이 있을 뿐이다

영화 〈신과 함께〉 2에 이런 대사가 있다.

"세상에 나쁜 사람은 없다 나쁜 상황이 있을 뿐이다"-성주 삼촌 마동석

물론 영화에서는 충분히 공감 가는 상황이지만 현실에서는 말장난이나 책임 전가가 될 수 있다. 아무리 상황이 나빠져도 인의예지(仁義禮智)에 어긋나지 않는 사람들이 많기 때문이다. 이 대사를 맹종하면 자칫 변명의 영토가 너무 커져 많은 잘못이 합리화될 수 있는 위험성이 커진다. 나라를 팔아먹은 을사오적에게도 나쁜 상황은 있었을 것이며 '린다 김'이나 하는 줄 알았던 로비란 걸 했다는 대법원도 어쩔 수 없는 상황이 있었겠지, 라고 너그러워질 수 있을 것이고 연락조차 안 되는 빚쟁이도 나쁜 상황이라며 묻힐 수 있다.

반대로 나쁜 상황은 차치하고 남 탓만 하는 경우가 있다. 지식인이라 불리는 사람들이 공권력과 관련해서 뱉어내는 말들이 그렇다. 공권력을 바로 세워야 한다거나 공권력이 무너졌다거나 공권력이 이렇게 약해서야 되겠냐고 점잖게 꾸짖으며 전문가 코

스프레하는 지식인들이다. 이들은 자신의 말이 자기 얼굴에 침 뱉기인 줄 알고나 있을까. 롯데가 117층짜리 롯데월드타워를 세우고 쌍용이 싱가포르 마리나베이샌즈 스카이파크까지 세웠는데 대한민국 공권력은 왜 이리 바로 세우기 힘드는 것인지, 공권력이 무너졌다면 공권력이 제대로 서 있었던 시절은 있었는지, 지식인이라 함은 마땅히 설명하고 답할 의무를 가진다. 그리고 대중 앞에 서는 지식인은 공인으로서 이미 공권력이다. 그럼에도 그들은 마치 공권력은 자신들과는 아무 상관이 없는 홍콩축구쯤으로 여긴다.

〈법률용어사전〉에 공권력이라 함은 '국가나 공공단체가 우월한 의사의 주체로서 국민에 대하여 명령하거나 강제하는 권력'을 말한다. 국회, 검찰, 국세청, 법원, 지방자치단체는 말할 필요도 없고 상공회의소, 한국은행, 중소기업협동조합 심지어 한국학술진흥재단도 공권력에 해당된다. 국립대 교수도 공권력이다. 민간기업을 제외하고 공권력 아닌 곳을 찾기 힘들 정도다. 나아가 언론을 사회의 공기(公器)라 하고 민간기업의 사회적 책임이나 영향력까지 감안하면 공권력이란 나라 전체를 말하는 거나 진배없다. 공권력을 바로 세운다는 건 나라 하나를 세우는 것에 버금가는 것이며 공권력이 무너진다는 건 나라 하나가 무너진다는 거다.

인걸(人傑)은 가고 없어도 의구한 산천은 안다. 조선이라는 나라는 목불인견(目不忍見)이었다. 인구 50만의 여진족에 얻어터지는 나라, 훌륭한 선비들을 모함하여 죽이는 나라, 세도정치와 삼정(三政)의 문란으로 19세기 중반 곳곳에 민란이 일어났던, 그리하여 기어이 나라를 일제에 갖다 바치고 백성에게 오랫동안 고통을 준, 썩은 나라가 조선이었다. 우리가 도무지 국가라든지 나라라든지 지배층이라든지 하는 것에 좋은 감정을 가지기 힘든 이유다. 역사의 인과(因果)는 이렇게 슬프다.

강제집행관은 현장에서 쫓겨나기 일쑤고 압수수색영장이 노조사무실이나 신문사 문턱을 넘지 못하는 경우도 있다. 119 구급대원이나 제복경찰을 때리고 쌍욕을 퍼부어도 같은 공권력인 법원은 솜방망이 처벌로 일관하며 인권의 전제자(專制者)로 모셔지려 할 뿐 오물을 치우는 건 공권력의 첨병, 경찰 너희의 운명일 뿐이니 너희들이 알아서 하라는 식이다. 이런 법원이 재판거래를 하고 로비란 걸 했다니 공권력이 제대로 서지 않는 데 대해서는 온 나라의 지식인이 공범이나 마찬가지다.

거슬러 올라가면 어거지 정치에 경찰이 불쏘시개로 던져지기도 했다. 2005년 당시 정치권은 나라의 예산을 볼모로 경찰청장 자리를 흥정의 대상으로 삼았다. 최준영 청장은 회고록에서 당시 농민 2명이 사망한 것은 불법폭력시위에 대한 정당한 공권력 행사과정에서 나온 불의의 사고였다고 술회한다. 이게 유연한 정치인지 국가파괴행위인지 이제는 물어야 할 때다. 더 뼈 아픈 건 공익을 한 축에 두고 있는 언론도 경찰청장 퇴임은 적절치 않다는 사설 하나 내놓지 않았다. 공권력은 바로 서야 하고 경찰은 좀 두들겨 맞아도 된다는 이중성에서 우리는 아직도 벗어나지 못하고 있다.

그럼에도 공권력에서 경찰만 딱 떼 내어 공권력 운운하며 점잖게 훈수를 두는 지식인은 스스로부터 좀 돌아보기를 바란다. 그들은 자신들도 나쁜 상황을 만드는 데 일조했으면서 말없는 경찰을 희생양으로 말 화살을 쏘아댄다. 경찰의 완력이 부족해서 미국경찰처럼 단호한 대처를 못하는 게 아니다. 미국은 언어가 다른 다민족 국가를 유지하기 위해 필연적으로 법이 발전된 나라다. 반면에 우리는 단일민족으로서 양반과 특권이 지배한 나라다. 거기에다 일제와 독재를 거치면서 공권력에 대한 수용도가 낮다. 세계 10위권의 경제력을 가지게 되었고 대한민국의 밤거리가 세계에서 가장 안전하다 해도 그것과는 별개로 사람들은 문화적으로 공권력을 신뢰하지 않는다.

"나쁜 경찰은 없다, 나쁜 상황이 있었거나 있을 뿐이다."

그렇지만 결국 이 말에는 동의할 수 없다. 핑계나 변명은 국민이 납득하기 어렵다. 경찰에 대한 이미지는 여전히 차갑고 경찰의 과오는 지워지지 않는 주홍글씨와 같다. 좋은 경찰을 기다리는 국민의 마음을 최대한 헤아리고 보듬고자 하는 것, 친일경찰의 이미지를 국민들의 뼛속에서부터 끊어내는 것, 대한민국 경찰이 짊어지고 가야 할 숙명이다.

세상이 좀 엉성해야 권력이 있거나 약삭빠른 자들이 먹을 게 많은 법이다. 어려운 말을 하고 논점을 흐리고 진흙탕 싸움을 거는 자들은 세상이 엉성하게 굴러가길 바란다. 엉성하다는 것은 따지지 말라는 것이다. 잘잘못이 무엇인지 호부호형을 왜 못하는지 묻지 말 것이며 그리 되었으니 그리 알라는 것이다. 이런 차원에서는 옳고 그름, 책임과 의무에 대한 사고는 애초에 설 땅을 잃고 위험해진다.

나는 민중을 이렇게 정의한다.

"민중은 역사의 파노라마에도 불구하고 유일하게 살아남는 개념이다. 다시 그 속에서 꽃이 피고 열매를 키운다. 민중은 대지요 허공이요 어머니다. 민중은 진실을 심고 진실을 캐는 농부다. 민중은 기어이 해답을 찾아내고 막힌 곳을 뚫고 산맥을 넘고 바다를 건너는 존재다."

이런 민중들에게 보수의 가치니 진보의 가치니 하는 어려운 말들을 늘어놓으며 헷갈리게 하고 유불리에 따라 어떨 때는 사람 탓을 하고 어떨 때는 상황 탓을 하는 여우의 지식인을 보는 일은 참으로 쓸쓸한 일이다. 우리 민족은 품앗이 문화나 제삿밥을 돌리는 문화, 까치밥을 남겨두는 문화가 있었다. 공생의 문화요 모듬살이의 지혜다. 그런데 공동체를 위해 희생한 사람을 예우하지 않았다. 지배층이 공동체를 위해 희생한 적이 없고 그러함에도 그 지배층의 위치는 흔들림이 없었기 때문이다. 경제적으로 잘살게 됐지만 존경받는 노블리스 오블리주가 없으니 너희 탓과 남 탓만 한다. 공권력이 무너졌다면 이런 이유다.

나부터 반성한다. 깜냥이 안 되는 존재에게 이러저러한 이유로 존경을 표시했거나 '세상이 다 그렇지'라는 상투적인 말로 심리적 지렛대를 삼아 옹졸한 나의 행동을 정당화해왔거나 습관적으로 여전히 누구를 탓해야만 잠을 청할 수 있게 되지는 않았는지 말이다. 세상에 나쁜 놈들은 득시글거린다. 그런데 영화에서는 왜 나쁜 사람이 없다고 그랬을까. 그래도 사람이 희망인데, 희망이란 걸 좀 가져보자고 우리 스스로를 격려하자는, 따스한 영화적 배려는 아니었을까. 그래, 나쁜 사람은 없어, 나쁜 상황이 있을 뿐이야! (2018)

우문나답

우문현답(愚問賢答), 어리석은 질문에 현명한 대답이라는 뜻이다. 아울러 '우리의 문제는 현장에 답이 있다'를 줄여 '우문현답'이라 하여 건배사로 쓰기도 한다. 이런 패러디는 창작을 능가할 정도로 기막히다.

경찰에서도 '현장경찰관'이라 하고 '현장이 중요하다'는 표현을 곧잘 쓴다. 나는 이 말을 접할 때마다 뭔가 개념규정이 잘못됐다는 느낌이 들어 고개를 갸웃하곤 했다. 주로 일선 경찰관의 범죄예방순찰, 112 신고처리, 범인검거활동이 이뤄지는 거리를 현장이라 규정하면 나머지 경찰활동은 자칫 현장이 아닌 곳으로 여겨져 느슨하게 치부될 공산이 크다. 내가 생각한 '현장'은 경찰관이 있는 모든 곳이다. 국회에서 국민을 대표하는 의원의 송곳질의에 답변하는 경찰청장도 현장에 있는 것이고 경찰에 적용되는 법과 규정, 일상의 매뉴얼이 만들어지는 좁은 책상도 현장이다. 그리고 그 파급효과는 실로 크다. 심지어 경찰관이 친구를 만나는 목로주점도 현장이다. 경찰에 대한 그 친구의 궁금증을 제대로 납득시키지 못하고 되려 어두운 인상을 준다거나 친구로서의 정체와는 별도로 경찰로서의 정체가 방정하지 못할 때 이미 경찰은 한 명의 시민을 놓치는 것이며 그 연쇄효과까지 계산에 넣는다면 조직의 이미지나 신뢰는 서서히 망가지게 된다. 그래서 삶이 치열하듯 경찰의 현장은 더 치열해야 하며 고도의 주의의무가 요구된다. 이것이 제복을 입는 경찰의 숙명이다.

마침 나의 이런 생각과 맥락을 같이하는 칼럼을 만나서 반가웠다. 성공회대 정윤수 교수는 "답이 있다는 '현장'은 어디인가?"라는 『경향신문』 오피니언 칼럼에서 현장을 세 가지 의미로 정립했다. 첫째는 물리적 현장이다. 눈으로 확인이 가능한 현장을 뜻한다. 둘째는 관계의 현장이다. 권한과 책임을 망라하는 제도적이고 법률적인 부분을 뜻한다. 세 번째는 인식의 현장이다. 그 분야에서 주력(主力)으로 활동하는 사람들의 '집합적인 인식'으로 그 분야의 문화와 행위를 결정짓는 가장 중요한 현장이라고 정의한다.

거리의 경찰이 있는 물리적 현장을 가장 중요한 것으로 규정하고 강조했던 우리 경찰의 인식체계는 이 지점에서 약간의 충돌을 일으킨다. 하지만 우문현답이라는 단어로 이론가인 양 행세할 게 아니라면 중요하고 덜 중요하고의 문제는 그리 중요하지 않다.

사마천의 『사기』를 읽는다.

군사학의 창시자 손무는 궁녀들을 대상으로 군사훈련을 지휘하게 되었는데 군령(軍令)이 제대로 전달되었음에도 재차 궁녀들이 키득거리며 따르지 않자 두 대장 궁녀의 목을 베려 했다. 이에 놀란 오왕 합려가 자신이 아끼는 애첩들이니 죽이지 말라고 극구 말리자 "저는 이미 임금의 명령을 받아 장수가 되었습니다. 장수가 전쟁터에 있으면 임금의 명령이라도 듣지 않을 수 있습니다"라고 말하며 두 애첩의 목을 베어버렸다. 이에 합려는 내심 마음이 편치 않았지만 일사분란하게 움직이는 손무의 용병술을 인정하여 장군으로 삼았다. 『사마천 인간의 길을 묻다』, 김영수

위의 예시는 시사점이 크다. 손무의 군사훈련은 물리적 현장이다. 기강이 선 조직은 더욱 훈련을 실전처럼 한다. 내심 왕을 믿고 군령(軍令)을 우습게 여기는 궁녀의 목을 베려는 것은 진중(陣中)에 희언(戲言)이 없다는 것이요 법과 규정을 엄중히 집행하려는 관계의 현장이다. 남녀노소 지위고하를 불문하고 모두가 법 앞에 평등하다는 것이다. 깜짝 놀란 왕이 극구 말린다 해도 기어이 궁녀의 목을 벤 손무나 감히 왕의 말을 듣지 않았음에도 결국 손무를 장군으로 삼은 오왕 합려는 사사로운 감정에 얽매이지 않고 국가의 대계를 지향하고 있다. 주요 결정권자들의 의식과 철학이 담긴 인식의 현장이 여기에서 적나라하게 드러난다.

모든 곳과 모든 것이 현장이다. 인식의 현장에 문제가 있으면 관계의 현장이 제대로 정립되지 않고 관계의 현장이 부실하

면 물리적 현장은 규율이 서지 않고 무너져 내린다. 도미노 현상이다. 그래서 인식의 현장이 가장 중요하다는 말은 자연스러운 동의를 얻는다. 나아가 우문현답이라는 말로 물리적 현장에 천착한 나머지 다른 문제를 보지 못하는 우를 범하지 말라는 메시지처럼 읽힌다. 그리고 "이 '인식의 현장'은 하나의 견고한 흐름을 주도하면서 새로운 시대의 새로운 요구를 배척하는 경향을 띠기도 한다"는 칼럼의 지적은 그야말로 백미(白眉)다. 바로 흥망성쇠의 이유를 짚고 있기 때문이다.

『삼국지』나 일본소설 『대망(大望)』에 가장 많이 등장하는 세 가지 말이 있다. 먼저 "군사들을 배불리 먹여라"는 말은 교육과 훈련 그리고 복지와 연관된다. 복지가 뒷받침되지 않으면 사기가 저하되고 교육과 훈련이 제대로 이뤄질 수 없다. 다음 "이를 방치하면 훗날의 화근(禍根)이 되리니"는 법이나 제도, 관행과 연관된다. 악법도 법이지만 고쳐야 할 법이며 관행이 폐습(弊習)으로 변하지 않아야 한다. "저 놈의 목을 베어라"는 신상필벌과 연관된다. 이 세 가지는 모두 '인식의 현장'에 있다. 주력(主力)인 리더가 구성원의 사기나 복지를 등한시하고 튼튼한 기틀을 만드는 데 오불관언(吾不關焉)하며 신상필벌은커녕 제 식구 감싸기로 일관한다면 나라나 조직의 미래는 그 지속성이 약화된다.

1882년 임오군란, 월급이 7개월째 밀린 상태에서 한 달치 월급을 쌀로 지급받게 되었는데 양이 적을 뿐만 아니라 쌀이 물에 불어 썩었거나 모래가 반이나 섞여 있어 발생한 군란이었다.

이로써 선혜청 당상 민겸호 등 고위관료 네 명이 죽고 300여 곳에 이르는 세도가의 집이 박살났으며 고종과 민비에 의해 밀려났던 대원군이 재집권하게 된다. 민비와 그 척족들은 군사들을 배불리 먹이지 않고 제 배만 채우려 한 것이다. 조선의 양반(兩班)제도는 왕조의 몰락과 일제 36년을 불러온 화근(禍根)이었다. 마당쇠, 돌쇠 등 동족을 노예로 삼는 일은 세계 역사상 유례가 없는 일이었고 10퍼센트 가량의 양반만이 모든 가치를 독점하고 세습된 토지로 호의호식하는 기울어진 운동장에서 국방이나 개혁, 근대화란 국제흐름은 애초에 관심의 대상이 될 수 없었다. 1590년 왜에 통신 부사로 간 동인 김성일은 침략의 위험이 없다는 허위보고를 했음에도 귀양에 그쳤으며 그마저 방면되었다. 대부분의 국토가 참절당하고 수백만의 백성이 죽거나 다친 전쟁에 비해서는 신상필벌이라 칭하기도 부끄러운 역사다. 이렇게 학습된 역사는 친일로 이어졌고 여전히 우리 사회 곳곳에 똬리를 틀고 있다. 잘못된 인식은 밀실에서 태어나 밀실을 상속받는다. '네 죄를 네가 알렸다' 식의 권위주의에 물들고 '우리가 남이가' 식의 지역주의로 자라나 다시 편견과 특권의 씨앗을 퍼뜨리며 인식의 현장을 더럽힌다.

인식의 현장은 외롭고 고독한 곳이다. 기쁨과 즐거움이 넘실대는 곳이 아니다. 왕관의 무게를 견뎌야 하며 개인의 안위와 명운을 초개같이 여겨야 하는 의식의 공간이다. 무엇보다 태세를 느슨하게 풀어버리는 방임과 맥없이 투항해버리는 굴종에 정면으로 맞서야 하는 영역이다. 우리의 문제는 마치 나와 동떨어진 듯 느껴지는 현장에 있지 않다. 군사들을 배불리 먹이지 않고 화근을 방치하며 온화함을 위하여 신상필벌의 엄중함을 적당히 타협해버리는 나에게 있다. 나의 지위가 높을수록 그러하다.

우리가 지나온 풍경

경찰서장, 젊은 경찰들에겐 공력(功力)을 다해야 이를 수 있는 꿈의 자리다. 그래서 총경이라는 계급은 '경찰의 꽃'이라 불린다. 자리만 잘 지켜도 사또 대접을 받을 수 있고, 시류(時流)에 반룡부봉(攀龍附鳳)하면 더 높은 자리를 꿈꿀 수 있는 위치다. 2010년 6월, 서울 성북 경찰서장 채수창 총경이 기자회견을 열었다. 근무지 경찰서 강당에서 정복을 입고 중요사건을 브리핑하듯 성과주의의 폐해를 주장하며 직속상관인 조현오 서울경찰청장의 퇴진을 요구했다. 그리고 한 달 만에 파면되었다. 월급이 유일한 밥줄인 공무원 주제에 삭탈관직을 자초하다니 어떤 빼꾸기 우는 사연이 있었기에 아직 오십도 안 된 젊은 경찰서장은 스스로 목을 분지른 낙화(落花)가 되었을까!

채 서장의 주장인즉, 서울경찰청장의 성과주의가 서울 양천서 고문사건 등 썩은 과일을 낳는 나무로 변질되어 병들고 있음에도, 나무 관리인은 나무의 생육과 소통엔 아랑곳하지 않고 하늘만 쳐다보고 있으니 농장주인인 국민들에게 일러바칠 수밖에 없었다는 것이다. 경찰서 강당에서 정복을 입고 기자회견을 열어 직속상관의 퇴진을 주장하는 것이 경찰서장의 직무범위 내에 있는 것이 아니라면 채 서장에 대한 징계는 당연한 것으로 보인다. 그런 행위가 아무리 충정의 발로라 해도 조직의 법과 문화는 이를 용납하지 않는다. 행정법은 상사의 지시가 중대(重大)하고도 명백(明白)한 불법지시가 아니라면 부하는 이에 복종해야 한다고 규정하고 있으며 상명하복이 요체인 경찰조직에서는 특히 그러하다. 충정도 잘못된 그릇에 담기면 항명이 될 수밖에 없는 것이다.

여기까지만 보면 채 서장은 이해하기 어려운 사람이다. 그는 아웃사이더가 아닌 경찰대 1기 출신의 엘리트 경찰이자 전도유망한 서울시내 경찰서장으로 누구보다 정상적인 소양과 판단력을 가졌다고 여겨진다. 그리고 상사의 질책은 소주 한 잔에 털어버릴 수 있는 병가지상사요 상급부서 감찰이 자신을 미행했다는 채 서장의 주장도 정상적인 첩보에 따른 감찰활동의 일환이라면 그 시시비비가 명확한 것은 아니다. 지휘관마다 치안에 대한 철학이 다를 수 있기에 채 서장은 그의 철학을 위해서라도 당연히 그의 상사이자 타인인 조현오 청장의 철학을 이해하고 인정하는 톨레랑스의 여유를 보였어야 했다.

손에 쥐어지지 않는 바람처럼 오로지 명예만이 남는 공직생활, 그러나 채 서장은 단 한 번의 기자회견에 자신의 현재와 미래와 모든 것을 걸었다. 이런 방식으로 승진이나 개인적 영화를 바랄 수 없기에 채 서장은 청춘을 바친 꿈의 자리를 스스로 박차고 나와 가장 가혹한 징계처분을 자초한 대한민국 바보 중의 바보가 된다.

이처럼 이해되지 않는 일이 종종 일어나는 것이 사람이 살고 있는 이 사바세계이다. 우주가 왜 이렇게 존재하는지 우리가 왜 여기 있는지 아무도 이해하지 못할지라도 우리는 우주의 한 부분인 것처럼 이해되지 않는 일도 이해되지 않는 사람도 모두 우리의 한 부분이요 우리 자신의 투영인 것이다. 그래서 마치 내 몸의 한 부분이 아픈 것처럼 이른바 채수창 애사(哀史)는 우리가 드러내놓고 아파할 수 없는 마음의 통점이 되었다. 채 서장의 바보 같은 짓을 바라보면서 조소(嘲笑)하기보다는 잊힌 젊은 날의 꿈이 생각나고 내가 사는 방식에 대하여 다시 한 번 돌아보게 되었다면 그간에 진짜 바보는 누구였으며 참된 스승은 누구였다는 말인가.

의미(意味)는 시간이 지나간 후에 만들어진다는 말이 있다. 채 서장은 스스로 '역설(逆說)'이라는 화살이 되어 많은 경찰관들의 가슴속에 박혔다. 디에고 마라도나는 유럽축구와 남미축구의 차이점을 묻는 질문에 유럽축구는 사람이 공을 지배하는 데 반해 남미축구는 사람과 공이 대등하다고 했다. 축구 천재의 이 말은 우열과 팩트가 아니라 색깔과 스토리를 표현하고자 했을 것이다. 우여곡절 끝에 경찰청장이 된 조현오 청장은 얼마 전 새벽까지 지구대 현장체험을 마치고 현장의 경찰관들에게 헌신과 희생이라는 단어를 헌정했다. 경악에 가까웠던 서울 양천서 고문사건에 대해 경찰조직이 과연 국민이 납득할 만한 수준의 책임을 졌는지 의문이지만 조현오의 경찰과 채수창의 경찰이 다르지는 않을 것이다. 그들이 진정 두려워해야 할 국민들의 눈엔 조현오도 채수창이요 채수창도 조현오일 뿐이다. 둘 다 귀한 인생을 영원한 경찰에 바쳤으며 뼛속까지 경찰을 사랑하는 사람들이며 각자의 위치에서 대장부답게 싸웠다.

독직(瀆職)이라는 말이 있다. 瀆(독)은 도랑, 하수도라는 뜻으로 관리가 더러운 짓을 한다는 뜻이다. 눈치나 보는 원칙 없는 경찰간부, 이익에나 신경 쓰는 부도덕한 경찰간부, 주눅이 들어 무사안일한 경찰간부, 창의성 없는 획일적인 경찰간부, 문화가 없는 경찰간부, 자존심 없이 인맥 쌓기에 열중하는 염치없는 경찰간부, 소신과 행동 없는 문약(文弱)한 경찰간부는 경찰조직을 더럽히는 7대 독경(瀆警)이라 할 수 있다. 채 서장이 비록 파면당했다 할지라도 경찰조직을 더럽힌 독경(瀆警)과는 거리가 멀다. 오히려 그가 그의 미래와 바꾸며 지키고자 했던 가치, '대한독립은 내 삶의 목적이요 평생의 사명'이라고 말한 서른한 살의 안중근처럼, 삶의 전부였을 그의 경찰은 결코 파면된 것이 아니라 우리들의 마음에 살아 있는 생생한 스토리가 될 것이다.

나치에 대항하다 감옥에서 죽은 독일의 실천적 종교인 디트리히 본회퍼처럼 채수창 서장을 우울하게 하는 것은 고난이 아니라 침묵하는 현실일 수 있을 것이다. 인생의 가장 힘든 시기를 견디고 있을 바보에게 힘내라고 용기를 주고 싶다. 그리고 독경(瀆警)들! 싸움구경은 재미있었나? (2010)

© 최상민. 경남 사천 비토섬, 2014

나팔꽃 인생1

내가 아는 경찰관은 휴직계를 내고 가족과 함께 캥거루가 사는 나라로 훌쩍 떠났다. 또 다른 경찰관은 아름다운 나라로 가더니 가끔씩 SNS에 행복한 일상을 전한다. 얼마 전 동갑내기 사촌 소남순 여사도 이민 간다는 말을 '굿바이 인사' 하듯 남기고 떠났다. 아니, 이 금수강산 화려강산을 두고 대체 어쩌자는 것인지, 가족을 데리고 하동 쌍계사에 다녀온 기억밖에 없는 나로서는 요즘 애들 표현방식으로 헐~이다.

조지프 캠벨은 『신화와 인생』에서 인생을 설계할 때 두 가지를 생각지 말라고 충고한다. 첫 번째는 굶어 죽지 않을까 하는 두려움, 두 번째는 남들에게 내가 어떻게 비칠지 하는 걱정이다. 그리고 제대로 된 인생을 살고 싶다면 "내가 어디에 가야 기분이 좋을까? 내가 뭘 해야 행복할까?" 하는 이 한 가지 문제에 집중해야 한다고 한다. 새로운 틀에서 자기 삶을 편집해나가는 지인들로부터, 삶의 방정식은 하나가 아님을 또 한 번 깨닫는다. 아니 매번 깨닫기만 한다. 물론 외국으로 떠난 저들에게 바다에서 어부가 직접 잡은 광안리 활어의 구수한 맛과 해운대 논골 식당의 족발 맛 따위는 변수가 되지 않을 것이다. 그래, 조국은 내가 지키고 있을 테니 그대들의 삶에 축복 있을진저! 혹 내가 황금오리가 되는 날이 오면 웹서핑 하듯 그대들을 방문할 것이니 버선발로 반겨주시기를 앙망하오니!

얼마 전 심심하던 차에 앨범을 차례대로 넘겨보았다. 사진을 보면서 잊었던 기억들이 구름처럼 피어오르고 나는 내가 저질렀던(?) 흔적을 바라보며 가을남자처럼 우수에 젖었다. 대학 졸업여행 사진, 아! 그때 내가 입었던 옷은 막 간호사로 취직했던 남순이가 사준 옷이었지. 손가락 하나 크기의 아이들 발사진, 나는 그때 병원에 있었던가. 어느 시점부터 바쁘다는 핑계로 못 찍은 가족사진, 나는 아이들의 학교에 몇 번이나 갔던가. 즐거웠던 시간들, 슬펐던 시간들, 살기 위해 바둥거렸던 날들, 나는 시간을 도대체 누구에게 다 줘버렸지! 하며 감성의 바다에 빠져 있는 순간, 아내의 목소리가 퉁명스럽게 들려왔다.

"앨범, 무거우니 보고 제자리에 갖다놓아요!"

아들이 올 초 내 생일날 보내온 문자다.

"아버지 생신 축하드립니다. 신년 다복한 한 해가 되셨으면 합니다. 저도 올 한 해 공부 열심히 하고 처신을 바르게 해 아버지께 심려 끼치지 않도록 열심히 살겠습니다. 훌륭하시고 든든한 그리고 존경스러운 아버지께 많이 배우고 의지합니다.

사랑합니다! 아버지, 그리고 다시 한 번 생신 축하드립니다!"

아들이 훌륭함과 존경의 의미를 제대로 알고 썼는지 모르겠으나 이 과분한 헌사로 인해 나는 꽤나 기분이 좋았었다. 그래, 아직 무승부야. 후반전에도 치열하게 싸워 보자고. 그게 남자 아니겠어. 평범하고 친숙한 삶을 낯설게 성찰하면서 오늘도 원 샷, 노 브레이크!

© 최상민, 경북 건천, 2014

2부

까칠한 사람

어쩌면 대부분의 사람들은
까칠함을 경계하는 것이 아니라 생각한 만큼
까칠하게 살지 못해서 스트레스를 받고
억압당하는 것일 수도 있다.
말해주고 싶다. 좀 까칠하게 살아도 된다고.

까칠한 사람

나는 과연 까칠한 사람일까! 누가 술자리에서 나를 까칠한 스타일이라 평했다. 그러면서 '까칠하다'는 말이 나쁜 뜻은 아니라고 덧붙였다. 인터넷을 뒤져보았다. '야위거나 메말라 살갗이나 털이 윤기가 없고 조금 거칠다'라는 사전적 정의와 함께 까칠하다는 것은 사람의 경우 '자기주장이 강한 사람'으로 풀이되고 있었다. 콕 집어 '이것이야'라고 말할 순 없지만 분명 '까칠하다'는 표현이 은유하는 그 지점에서는 매운 냄새가 난다. 대범한 척 껄껄 웃고 말았지만 속으론 유쾌하지 않다.

샤를 드 푸코가 말한 것처럼 무엇을 아무리 얇게 베어 낸다 해도 거기에는 언제나 양면이 있으며 나는 작가로서 세상에 존재하는 흔하디흔한 형용사와 찬사의 구절을 알고 있는데 하필이면 '까칠한' 같은 까칠한 단어라니, 그래서 나를 찬찬히 들여다본다. 아무래도 성격이 급하다. 건방진 사람을 앞에 두고 보지 못한다. 나를 잘 아는 선배님은 호불호가 분명하다는 말을 한 적이 있다. 상대방이 정서적으로 받아들이지 않으면 나도 돌아선다. 부당함과 푸대접을 받으면 가슴 한편에 간직했다가 복수하고야 마는 성격이다. 득실을 따지지 않는다.

나는 초임 간부 시절 검사의 오라 가라 하는 갑질에 발끈하여 싸운 적이 있고 거만한 모 권력기관의 감사단장에게 그 거만함이 얼마나 뿌리가 없는 것인지를 인식시켜 준 적이 있으며 매너 없는 자에게 최홍만처럼 니킥을 날린 적도 있다. 분통이 남들보다 커서 그런지 쉽게 달아오르고 오래간다. 여기에다 눈동자가 작아 쳐다만 봐도 쏘아보는 눈빛으로 보이는 나의 시선까지 합치면—쏘아보는 눈빛으로 득을 본 적도 있다—아뿔싸! 움직이는 조소(彫塑), 까칠한 남자가 맞다.

나는 청춘의 시절 삶을 얕보고 '그까짓 거 대충 살면 되지' 하는 편이었다. 계획의 중요성을 무시해 작은 것이 쌓여가는 적소성대의 기나긴 과정을 견디지 못했다. 내가 곰이라면 이틀도 못 가 동굴을 뛰쳐나왔을 것이다. 절차와 과정의 의미를 몰라 서서히 애착관계를 형성해나가는 연애다운 연애도 하지 못했다. 누가 쩨쩨하다고 할까 봐 술값 내기를 주저하지 않다 보니 결혼할 땐 4년 동안의 월급을 몽땅 쓰고도 카드빚을 지고 있었다. 비교하고 비교당하는 우리나라 결혼문화를 구질구질하다 생각했고 상대 집안 사람들에게 은근히 꿀리는 것조차 싫어 결혼도—물론 결혼은 내 인생에서 단박에 내린 통찰력이 유일하게 빛을 발한 경우다—내 편할 대로 후딱 해치워버렸다.

생각대로 행동했으며 크게 눈치를 보지 않았다. 내가 생각했던 그 지점에 상대방이 있지 않으면 깜냥이 안 되는 사람으로 낙인찍었다. 더욱이 남의 꼬붕 노릇이나 하면서 안 그런 척하는 사람에게서는 눈길을 거두었다. 그러다 장자(莊子)의 목계지덕(木鷄之德)을 알게 되었다. 목계(木鷄)는 외부의 소리와 위협에 민감하게 반응하지 않으며 눈초리도 부드러워 그야말로 겸손과 여유로 주변을 편안하게 하는 사람이었다. 어찌 그리 목계는 나와 반대였는지 장자 선생님은 나를 한방에 기절시켜버렸다.

그런데 공자 선생님은 『논어』에서 군자삼변(君子三變)이라 하여 진정한 군자는 세 가지 서로 다른 모습이 있는데 멀리서 바라보면 의젓하고 엄숙한 사람, 가까이 다가가면 따뜻한 사람, 말을 들어보면 논리적이고 합리적인 사람이 그것이라고 했다. 그래서 겉으로는 엄숙하게 보이지만 따듯한 면도 있으니 혹 나도 군자에 가깝지 않겠는가 하는 생각을 잠시 해보기는 했는데 이런 걸 망상(妄想)이라고 하는 것인가! 그때쯤 이런 낙서를 했었다.

안부를 물으신다면
대학로에서 나팔꽃 같은 여대생에게 윙크를 던지던 나는
이제 식당 아줌마에게 농담을 건네며 웃고
장군이 되어 포탄이 나는 전장을 상상하던 나는
로또가 되면 그 돈을 어디에 쓸지를 몽상하고
소주 한 잔을 세 번에 걸쳐 나눠 마시던 나는

폭탄주 한 잔을 한 호흡에 들이키고 쨍그랑 소리를 내고
호수처럼 잔잔히 잠을 자던 나는
내 코 고는 소리에 놀라 꼴깍하며 잠을 깨고
불효자였던 나는
계면쩍게도 아들에게 효도를 이야기하고
공부 못하면 거지가 된다고 거짓말을 하고
대나무같이 곧고 푸르리라 다짐했던 나는
이제 염라대왕의 심판이 가끔씩 두려워진다네
따스한 눈으로 세상을 보려 해도
돌아서면 분노가 치밀어 오르고
마음의 칼은 무시로 허공을 가르는데
사는 게 다 그렇지라는 말
참 그 말이 맞는 것 같아
어떻게 지내느냐는 안부인사엔 지금부터
에브리데이 해피데이라고 답하기로 하였다네

어떤 의도에서 이런 낙서를 했는지 기억은 없다. 글에는 현실에 물들어가는 평범한 인간의 삶이 드러난다. 눅눅한 일상을 '에브리데이 해피데이'라고 환치시키는 자조도 보이며 글은 자유의지와 청춘의 결기를 박탈당했다는 판결문처럼 읽히기도 한다. 세상을 살짝 맛보고도 그 만만치 않음을 절감했음에 틀림없다.

누군가 공무원은 영혼이 없다고 했다. 반쯤은 맞는 말이다. 특히 나처럼 제복을 입는 기계적인 존재에게 자유의지와 개성을 전제로 한 까칠한 세상살이는 허용되지 않는다. 세상살이는 만만한 상대가 아니다. 가장자리에 앉아 갑의 말에 고개를 주억거려야 한다. 눈치 있게 처신해야 하고 적당히 맞장구를 쳐야 하며 상대방의 피곤이 예상되는 일은 벌여서는 안 된다. 무리하면 깨지게 되어 있다. 소금에 전 생선 처지다. 아니 이것저것 금지된 걸 다 빼고 나면 누구든 묵언(默言)의 목계가 될 수밖에 없을 것이다. 에브리데이 해피데이라고 생각하는 게 차라리 맘 편했을 것이다. 그리하여 장자 선생님의 '목계지덕과 나의 에브리데이 해피데이'는 세상과 부딪히지 않고, 제 정신을 온전히 보호하기 위해 스스로 울타리를 친 또 다른 정신적 자폐(自斃)가 아니었을까 하는 생각이 드는 것이다.

나는 요즘 나를 낙엽이라 여긴다. 낙엽 중에서도 바짝 마른 낙엽이다. 낙엽은 질 때 지고 기껏해야 바람에 굴러다니고 밟히면 바스러져 흙으로 돌아간다. 낙엽은 저항하지 않는다. 낙엽의 지혜를 닮으려는 마인드 컨트롤이다. 낙엽처럼 사는 사람이 간혹 눈에 보일 때가 있다. 대단한 내공이다. 나는 모리배(謀利輩)나 음흉한 사람이 아니다. 사익을 위해 말하지 않는다. 얼굴을 두껍게 하고 본심을 감추라는, 중국의 처세술인 『후흑학(厚黑學)』을 두 번이나 읽었지만 그러고 싶은 마음은 없다. 엄숙하면서 온화하기 어렵고 온화하면서 명확하기 어렵다는 송혁기 고

려대 한문학과 교수의 말씀을 지지한다. 까칠한 사람은 까칠한 대로 보는 맛, 듣는 맛이 있다. 진짜 목계인(木鷄人)이라면 무슨 재미로 대화를 하고 술을 마시겠는가. 그리고 목계를 흉내 낸 것이라면 그건 가짜일 뿐이다.

좋은 벗이란 까칠함을 겨루다가도 서로의 까칠함을 인정하고 보듬어주는 사이일 것이다. 하지만 사회생활에서는 까칠함이 살아남기 어렵다. 나보다 훨씬 까칠한, 맘만 먹으면 언제라도 까칠해질 수 있는 강호의 고수들이 너무나 많이 존재하기에 까칠함을 겨루다가는 무참히 박살난다. 어쩌면 대부분의 사람들은 까칠함을 경계하는 것이 아니라 생각한 만큼 까칠하게 살지 못해서 스트레스를 받고 억압당하는 것일 수도 있다. 말해주고 싶다, 좀 까칠하게 살아도 된다고.

여전히 내 안에는 야생마가 한 마리 살아 있다. 이 야생마는 바람이 불면 갈기를 세운다. 그래도 뭐 어쩔 수 없다. 이렇게 생겨났으니 이렇게 살아갈 수밖에. (2013)

꿈과 욕망

대통령을 만나 다정하게 이야기를 나누는 꿈을 꾸었다. 뭔가 좋은 일이 있을 거라는 기대를 했지만 물거품이 되어버렸다. 승진하지 못했다는 이야기다. 얼마 전 술자리에서 아끼는 후배에게 미래의 내 꿈을 이야기했다. 후배가 심드렁하게 말했다.

"그건 욕망이지 꿈은 아니지요."

부끄러웠다. 욕망과 꿈을 구분하지 못하다니, 만회할 요량으로 그래도 진심이기에 사람들의 마음을 움직이는 소설을 한 권 쓰고 싶다고 했다.

후배가 말했다.

"그건 꿈이 될 수 있겠네요."

나 아니어도 수백 수천의 대체재가 있는 것, 그렇다, 그건 그냥 욕망이다. 무릇 꿈이란 첫째 이타적이어야 한다. 세상을 향해야 한다. 그냥 무엇이 되어 세상의 영화를 누리겠다가 아니라 선한 영향력을 가진, 훌륭한 그 무엇을 지향해야 욕망의 단계를 넘어 꿈의 지평으로 나아가는 것이다. 세상은 흐리멍덩한 것 같지만 귀신같이 그걸 알아본다. 세상과 겨루면 안 된다. 백전백패다. 몸에 힘을 빼야 한다. 하늘 꼭대기에서 나를 바라봐야지 내가 하늘을 쳐다보면 안 된다. 하늘을 쳐다보는 자는 웅대하거나 고귀한 꿈을 꾸는 자여야 한다. 라캉이 말했다. "인간의 욕망은 타자의 욕망이다." 여하튼 나는 욕망을 말했을 뿐이다. 나에게 꿈이 있기는 한가, 이 물음에 아파진다.

"내가 다가섰지만 그녀는 꿈꾸지 않는 내 눈빛을 보고 떠나버렸다. 나는 서둘러 말을 타고 꿈을 구하러 달려갔지만 꿈을 파는 상인은 한심한 표정으로 말했다, 천 년 전에 이미 다 팔렸다오!"

나도 모르게 문득 이 문장이 떠오른다. 미래에 쓸 소설의 첫 문장으로 삼을까! 이 문장 하나가 모래 한 알이라면 소설은 낙동강 모래 전체만큼 모아야 한다. 꿈도 크다, 숨만 편안히 쉬면서 살아야지. 큰 걱정만 없이 살아가야지. 중년 남성들은 버킷리스트는커녕 가족을 위하여 이미 누추한 삶도 각오하고 있지만 아이들의 꿈을 위하여, 라는 식의 핑계로 '내 꿈 없음'을 위장하기도 한다. 위장이어도 그게 참 아름다운 거지만 어쩌면 참 슬픈 거지 그대나 나나.

대학 때부터 머릿속에 남은 에머슨의 시가 생각난다.

"네 운명의 수레바퀴를 저 하늘의 별에다 매라."

이 시구 때문에 내가 술꾼이 되고 헤비스모커가 되고 가끔씩 그렇게 아니꼬운 현실과 싸웠을 수도 있다. 운명의 수레바퀴를 차라리 현실에다 매었으면 현실과 친화하며 만족하며 잘 지내왔을 것이다. 그런데 꿈과 욕망을 구분하지 못해 꿈꾸는 삶에 몸을 던지지도, 현실을 추구하지도 못한 중년의 회한이라니, 아! 참으로 나의 운명은 어정쩡했다고 생각된다. 꿈과 욕망은 숫자 하나가 틀린 연락처로 인해 영원히 결별하는, 그 한끝 차이의 운명과 마찬가지지만 때로는 에머슨의 저런 말이 한 인간에게는 구체적으로 해롭게 작용할 수 있다.

그리스인 조르바가 말했다.

"꿈꾸는 것은 포기하지 말라."

'Boys, be ambitious'처럼 평범한 말이지만 조르바가 말했으니 정말 근사하고 멋있게 느껴진다. 그래, 그래도 꿈을 꾸어야지, 포기하지 말아야지, 그리고 좋은 사람이 되고 정직한 사람이 되고 염치 있는 사람이 된다면 사람의 마음을 움직이는 소설 한 권의 값어치는 될 수 있을까! 그런데 말이다, 제대로 욕망하는 게 나쁜 것일까. 조금씩 거짓말을 하고 적당히 갑질을 하고 염치는 개에게 던져버리고 꿈꾸는 눈빛으로 위장을 하자! 현자의 예리함은 속이지 못해도 대부분의 우둔함은 물리칠 수 있으리라. 꿈꾸는 눈빛을 조금이나마 흉내 낸다면 플레어스커트를 입은 멋진 여자가 윙크를 건넬지도 모른다. 하지만 욕망의 영역에서도 나는 찌질하다. 웅대하고 화려한 욕망에 대한 욕망조차 하지 않았으니 말이다.

영화 〈국제시장〉에서 덕수 아버지는 배에 오르지 못했고 이후 가족들과 영원히 만나지 못했다. 인생의 엇갈림은 어쩔 수 없는 거다. 꿈과 욕망도 어디서인가 만났다가 어디서인가 엇갈릴 것이다. 나는 어느 길을 따라 왔는지 솔직히 모르겠다. 무수한 길에서 헤매었다. 가다가 돌아왔고 가다가 포기했고 가다가 이 길은 아니라는 핑계를 만들었다. 영화의 마지막 장면, 덕수 할배의 마지막 대사가 생각난다.

"아버지 내 잘 해왔지예? 그런데 와 이래 댑니꺼!"

꿈과 욕망은 차치하고서라도 당장 현실을 헤쳐 나가는 것도 힘이 든다. 답을 알면 그리로 기어서라도 갈 텐데, 그래서 하느님께서는 이렇게 말씀하셨나 보다. "지치고 힘든 자들아, 다 내게로 오라, 내가 너희를 쉬게 하리니." (2015)

오십보백보

'오십보백보'라는 말이 있다. 『맹자』 「양혜왕」 상편에 나오는 이야기로, 전쟁에서 오십 보 도망간 병사가 백 보 도망간 병사를 보고 비웃는다는 내용이다. 조금 낫고 못한 정도의 차이는 있으나 본질적으로는 차이가 없음을 이르는 말로, 숯이나 검댕이나, 도찐개찐(도긴개긴-윷놀이에서 도나 개나 거기서 거기라는 뜻)과 비슷한 뜻이다.

일견 그럴듯한 이야기 같지만 그러나 오십과 백은 현격한 차이가 있다. 차이 정도가 아니라 때로는 차원이 다른 문제일 수 있다. 일단 농구경기에서 더블스코어는 프로와 아마추어의 차이로, 차포 떼고 두는 장기와 같다. 축구 국가대표로서 A매치 백 번을 뛰면 '센추리클럽'에 가입하는데, 오십 번에서 다시 백 번을 채우는 일은 운명마저 도와야 할 정도로 어렵다. 일 년에 오십 번 술 마시는 사람은 주당이 아니지만, 백 번 마시는 사람은 주당 중에서도 술꾼이다. 그리고 백 년이란 세월은 인생의 시간이 더 지속될 수 없는 안타까움으로 읽을 수 있으며 인내와 번영의 시간으로 이해될 수도 있다. 그 너머가 없다는 뜻이 되기도 한다. 그러나 오십 년은 그에 비하면 조족지혈이다.

오십 보가 생명을 좌우할 수도 있다. 데모가 심했던 90년대, 전경대 초짜 소대장 시절 경남대 뒤쪽에서 데모를 막다 기습을 당했다. 아차, 예상치 못한 좌측 고지대 언덕에서는 수박 통만 한 돌이 무차별적으로 날아왔고, 전면에선 코앞까지 학생들이 몰려와 쇠파이프를 휘둘렀다. 아득한 공포와 거친 호흡이 쓰나미처럼 우리 소대를 덮쳤다. 돌 무리 위에 있어 뒤각도 쉽지 않았다. 한바탕 일전이 벌어진 후 주위를 둘러보니 소대장인 나를 끝까지 지킨 대원은 방호조 단 두 명, 나머지는 오십 보쯤 먼저 후퇴해 있었다. 자칫하면 내가 납치될 뻔한 상황, 아! 그때의 배신감이란! 멀리서 딱 눈길이 마주친 어느 고참은 평소의 자신만만하던 표정과 달리 작은 눈에 어색한 상황을 꾹꾹 눌러 담았다. 그 고참은 내가 처음 부임했을 때 "소대장님! 제가 마 데모 막는 데는 선수 아입니까! 소대장님은 아무 걱정하지 마십쇼!"라고 큰 소리를 뻥 쳤었다.

어떤 상황에 맞닥뜨려 정신줄 놓고 도망가거나 투항하는 자와 두려움에 조금이라도 맞서는 자는 본질적으로 차원이 다르다. 오십 보는 인간이기에 용인되거나 이해될 수 있는 상징적이자 심리적인 공간이라 할 수 있으나, 백 보는 임계점을 넘는 배신과 어처구니없음, 비인간적인 단계로의 전락인 것이다. 따라서 오십 보 도망간 병사는 백 보 도망간 병사를 보고 비웃을 자격이 있다고 말해도 지나치지 않는다. 다분히 인문학적인 관점이지만,

오십 보만 후퇴하기 위해 죽을힘을 다해 두려움에 맞선 병사들로 인해 진지는 함락되지 않을 수 있으며, 장수를 보호할 수 있고 나라를 지킬 수 있는 것이다. 이는 역설적으로 오십 보의 진전이고 이러한 인간의 심리적 공간이야말로 역사에 용해된 콘텐츠였으며, 역사를 살아낸 자들이 공명했던 보편타당성이다. 따라서 '오십보백보'라는 말은 어떤 행위의 부정적인 면을 희석시키는 고도의 심리적 은폐술일 수 있고 무원칙주의자의 자기변명, 또는 타당한 비판을 막는 데 쓰이는 기제로 작용한다.

특히 우리나라는 삼면이 바다로 둘러싸여 있기에 '오십보백보'의 책임을 엄중히 묻는 문화적 합의가 정립되지 않으면 모두 보트피플이 될 수밖에 없는 운명이다. 일본이 전쟁할 수 있는 나라로 안보법제를 변경했고 북한에 중대변화가 있을 경우 중국 군대가 들어올 수 있다는 흉흉한 이야기가 나도는 국제상황이라면, 단 일 보의 후퇴도 허용하지 않는 강력한 심리적 공간을 만드는 것이 먹고사는 일만큼 아니 그보다 훨씬 중요한 담론일 것이다. 한국전쟁 때 신성모 국방장관이 여차하면 일본으로 도망가기 위해 부산항에 배를 준비해놓고 있었고 이승만 대통령이 이미 대전으로 피난하고도 거짓말 방송을 했다는 사실은 요즘 아이들 말로 "헐~"이다. 거슬러 올라가 명나라로 도망가기 위해 아홉 번이나 망명을 구걸한 선조의 역사는 서글프기까지 하다. 그런 임금이 두 번이나 이순신 장군을 잡아다 옥에 가두고 매질까지 했다. 내가 하면 '오십보백보'고 네가 하면 단 일 보로도 죽일 놈이 된다. 모든 백성의 웃음거리가 된 임금, 안데르센의 동화에 나오는 '벌거벗은 임금님'이 바로 조선에 있었던 것이다.

'조금'이란 말이 좋게 느껴진다. 조금은 조석의 간만 차가 가장 작을 때를 말하고 '사리'는 가장 큰 경우다. 이 세상에 조금 이하가 없으므로 완벽이 있을 수 없다. 우리 별 지구는 그렇게 만들어진 것이다. 그래서 우리는 조금 질투하고 조금 게으르고 조금 잘못하고 조금 배신해도 인간으로서 허용될 수 있는 공간 내에 있으며 과히 비난받아서는 안 되는 존재로 설 수 있다. '인간적이다'는 말을 듣는 사람치고 대체로 완벽한 사람이 없는 이치다.

그런데 이 조금을 넘지 않기 위해, 오십 보를 넘지 않기 위해 기울여야 할 노력은 때로 눈물겹다. 마지막 한마디를 내뱉지 않기 위해 혀를 깨물어야 하고 큰 배신을 하지 않기 위해 욕망과 싸워야 하고 조금 덜 먹기 위해 식욕과 싸워야 한다. 반대로 '사리'의 잘못을 저지르고도 '조금'으로 위장하거나 은폐하기 위해 사람들은 또 엄청난 노력을 한다. 달과 태양의 인력이 만들어 내는 조금과 사리의 중간에서 인간은 가끔 길을 잃는다. 그래서 고해성사가 있고 후회가 있으며 감옥이 있다. 오십 보와 백 보의 차이가 만들어 내는 기쁨과 슬픔의 파노라마, 그 자체가 인생이고 역사가 된다.

세상에 뭔가 어마어마한 것이 있는 줄 알던 때가 있었다. 다 가지지 못하면 던져버렸고 다 잃지 않으면 포기하지 않던 청춘의 시절이었다. '조금'이라는 것은 치사하고 시시했다. 그런데 그 '조금'이 지금 나의 토대요 조각조각 진실이었음을 차츰 깨닫는다. 모든 단어에 '조금'을 붙이면 아름다워지고 행복해진다. 조금의 배려, 조금의 친절, 조금의 베풂, 조금의 고생과 인내, 조금의 효도와 충성, 이 정도면 멋지지 않은가. 윤동주 시인은 "하늘을 우러러/한 점 부끄럼 없기를/잎새에 이는 바람에도/괴로워했다"라고 읊었다. 조금도 자신을 용서하지 않고 완벽해지려니 이렇게 괴로운 것이다. 물론 완벽을 지향했던 순국선열과 위인으로 인해 청소년은 꿈을 키우고 위로를 받지만 우리는 자신에게 조금의 여유와 용서를 선사할 필요가 있다. 오늘 조금 놀고 내일 조금 더 하면 되는 것이고 몇 점 부끄럼이 있는 존재라서 사람인 것이다. 그러고 보니 '쫌'이라는 경상도 사투리도 있다. "잘 봐줘라"는 말보다 "쫌 봐주라"는 말이 더 인간적으로 느껴진 이유가 있었나 보다.

좋은 소식보다는 안 좋은 소식이 너무 많이 들리는 세상이다. 여기 저기 혀를 끌끌 차는 소리가 들린다. 여러 가지 어려운 여건에 있는 분들은 부디 조금 더 버틸 수 있기를 조금 더 버텨주기를 기도하고 기대한다. 이렇게 아름다운 봄날을 담는 나라는 너희의 나라가 아니라 바로 우리의 나라이며 우리와 우리의 후손이 대대손손 살아가야 할 터전이기 때문이다. 돌이켜보면 나의 허물이 컸으되 오십 보의 아량을 베풀어 주신 많은 제위들이 있었다. 마지막 한마디를 삼켜준 지나간 사랑에게도 이 아름다운 봄날 경의를 표하지 않을 수 없다. (2016)

싸움소 범이

소는 성질이 온순하고 웬만한 일에는 놀라지 않으며 인내력이 강한 동물이다. 그래서 소 같은 놈이라는 말은 미련 곰탱이에 필적하는 수준인데, 곰은 일찍이 단군신화에서 백 일 동안의 인내력 테스트를 통과해 사람이 되는 호사를 누리지만 소는 소가 된 게으름뱅이라는 전래동화에서처럼 되려 불량인간이 벌 받는 모습으로 등장한다. 곰의 인내는 쑥 한 심지와 마늘 스무 개를 통해 승화되지만 소는 평생 밭을 갈고, 인간에게 살아서는 우유와 죽어서는 온몸까지 바치면서도, 그 노동의 미덕이 때로는 이렇게 조롱당하기도 한다. 하지만 유교에서는 호랑이로부터 주인을 지키는 의(義)를 상징하기도 하고 도교에서는 피리를 부는 목동을 태운 그림처럼 유유자적의 이미지로도 표현된다. 그리고 생구(生口)라 하여 농경사회에서는 소를 식구처럼 여겼다. 그러나 이것이 다 소에게 무엇이겠는가, 소는 소의 운명에 놓여 있을 뿐이다.

어릴 적 집에서도 소를 키웠다. 학교에서 돌아와 텅 빈 외양간을 바라보는 어린 마음이 어찌나 애잔하던지 나는 다음과 같은 시를 썼었다.

> 사슴만 하던 어린 소가 큰 뿔을 달고/우시장으로 떠나던 날/많이 먹고 가라고 그날 아침엔/무쇠 솥만 들썩거렸네/글자를 배우러 학교 간 사이/선량한 눈매를 가진 소는/아버지를 따라/뚜벅 뚜벅 걸어갔다네/음메 하며 순한 울음도 울었을 테지/내 어린 날에 처음 알았네/그렇게 쓸쓸한 마음도 있다는 걸

의령에 와서 전설의 싸움소 범이에 대한 이야기를 들었다.

범이는 970킬로그램에 달하는 거대한 몸집, 일자에 가까운 비녀 뿔, 넓은 앞가슴, 짧은 다리, 예사롭지 않은 눈빛을 가졌으며 목 감아 돌리기, 들배지기, 버티기에 능했다 한다. 범이는 12년간 191전 187승 4패를 기록했고 19회 연속 우승했으며 상금으로 1억 5천여만 원을 벌어들였다. 4번 패한 것도 노쇠한 후에 패한 거라고 하니 사실상 전승을 했다고 해도 과언이 아니다. 범이가 싸움소로 특기할 점은 2004년 11월 김해대회에서 시합 중 넘어졌는데 다시 일어나 싸웠고 우승까지 차지했다는 것이다. 인간은 넘어져도 다시 일어나 싸우지만 싸움소의 세계에서는 전무후무한 사건이었다고 한다. 인간으로 치자면 역사상 가장 위대한 전설의 복서라 일컬어지는 무하마드 알리에 견줄 만하다. 알리가 위대한 이유는 1960년 로마올림픽에서 금메달을 따고 프로로 전향해 헤비급 사상 처음으로 세 차례나 세계챔피

언 타이틀을 차지한 업적뿐만 아니라 적극적인 흑인인권운동을 했으며 불이익을 감수하면서까지 전쟁에 반대하는 사회운동을 했기 때문이다. 그런데 싸움소 범이는 소의 본능을 뛰어넘어 넘어져 일어나 다시 싸우는 인간의 특성을 보였다는 점에서 어쩌면 알리보다 더 위대한 생명체가 아니었나 하는 생각마저 든다.

범이의 주인이었던 의령 만하마을 하영효 씨는 97년 "범이라는 놈을 봤는데 지쳐서 혀를 내민 상태에서 1시간 20분을 싸우더라!"라고 칭찬하는 형의 이야기를 듣고 한달음에 달려가 1,500만 원에 범이를 구입했다. 그렇게 가족이 된 하영효 씨와 범이는 싸움소 세계의 전설을 써 내려갔고 범이는 2009년 10월 열다섯 살에 의령 싸움소 경기장에서 은퇴식을 가졌다. 마치 축구선수 박지성이 PSV 홈구장 필립스스타디움에서 공식 은퇴식을 가진 것처럼 인간 관중이 지켜보는 가운데 감사패와 꽃다발을 받았으며 경기장을 한 바퀴 도는 고별전을 가졌다. 그 후 범이는 주인의 배려하에 편안한 말년을 보내다가 2010년 5월 22일 숨을 거뒀다. 하영효 씨는 눈물을 흘리며 인간의 장례처럼 관을 마련하고 미리 마련해둔 자신의 장지 맞은편에 비석을 세우고 정성스레 장사를 지내주었다. 죽어서도 영원히 범이와 마주보고 싶어서였다. 마을주민들도 범이의 우승기를 들고 마지막 가는 길을 함께 배웅했다. 범이의 장례식은 MBC뉴스에 보도되기까지 했다.

범이는 남강 변에서 고된 훈련을 했으며 주인에게 소싸움으로 헌신했다. 우승을 하고 집으로 돌아가는 하영효 씨와 범이의 모습을 상상해본다. 얼마나 뿌듯하고 애틋했을까! 그러고 보면 의령은 참 대단한 고장이다. 우리나라 최고의 천하장사 이만기 교수와 최고의 싸움소 범이를 배출했다. 일단 힘으로 세상을 평정한 것이다. 어디 힘뿐인가, 우리나라 최고 부자를 배출하기도 했다. 거기에다 조일전쟁 최초의 의병장 홍의장군 곽재우까지 배출했으니 힘과 돈 그리고 의로움까지 겸비하지 않았는가! 여기에다 퇴계 이황 선생이 의령에서 수학한 것을 기려 덕곡서원까지 지어졌으니 천하의 덕이 골고루 미친 고장이라 아니할 수 없다.

소는 절대 사람을 고의로 밟지 않는다고 한다. 2009년 히트한 영화 〈워낭소리〉에서 소와 인간의 우정은 깊은 감동을 주었다. 소가 집으로 들어오는 꿈은 부자가 되는 꿈이라 하고 세상의 많은 스승은 소처럼 우직하라 하며, 호시우보(虎視牛步)라 하여 소의 느린 걸음은 철학적으로 비유되기도 한다. 그런데도 세상의 경박한 인간들은 자기들보다 더 하찮은 인간들을 지칭할 때 이 고상한 소를 굳이 끌어들여 '개나 소나'의 무례를 저지르는 것이다. 사는 게 힘들고 인생이 허허로울 때 초원에서 풀을 뜯는 소나 말을 쳐다보는 것만으로도 힐링이 된다. 내가 쓴 「소와 쇠파리」라는 제목의 시는 이렇다.

쇠파리가 소의 엉덩이에 앉았다

느리게 아주 느리게 소가 꼬리를 휘두른다
이리저리 빙글빙글 우아한 곡선을 그린다
큰 스님 부채처럼 천천히 허공을 갈랐다가
사바세상을 잊으라며
죽비처럼 탁 탁 엉덩이를 때린다
쇠파리도 춤을 춘다
어얼쑤 상모가 돌아가는 한 판 잔치다
쇠파리는 소의 피를 빨러 온 도적이다
소는 다 알고 있다는 듯
엉덩이를 드러내고 자비를 베푼다
나무아미타불 관세음보살
소의 큰 눈망울이 스르르 감긴다
한우 스님 열반하셨다

신은 인간에게 소를 주었다. 인간은 소를 부려먹고 죽이고 먹기까지 하지만 소에게는 쇠파리를 죽일 꼬리 채 하나 주지 않았다. 그리고 의령에서는 인간과 소가 친구였고 소가 죽었을 때 인간은 눈물을 흘렸다. 그 소의 이름은 인간의 이름이었다. 싸움소 범이~ (2018)

수박의 소리

누가 나에게 “세상에서 가장 맛있는 것이 무엇이오?”라고 묻는다면 주저 없이 이렇게 답하고 싶다. “익을 대로 익어 더 견디지 못하고 쩍 갈라져버린 찬 이슬 맞은 수박이 바로 그것이오!” 어린 시절, 무서움을 감내할 만한 나이가 되었을 무렵 가끔씩 원두막에서 수박밭을 지키는 임무가 나에게 주어지곤 하였다. 가끔씩 인기척을 내라는 선친의 엄명에 주기적으로 손전등을 하늘 위로 땅 아래로, 좌, 우로 비추고 흔들며 한여름 밤을 새우곤 했는데, 모든 감각기관이 귀에 집중돼 있는지라 거기서 듣는 풀벌레소리의 어우러짐은 들어본 사람만이 알 수 있는 대악(大樂)이었다.

뜨거운 여름의 열기가 어둠 속으로 다 빨려들어 가고 선선한 공기가 살갗을 보송보송하게 할 때쯤이면 저 멀리 마을의 불빛이 하나둘씩 사라지는 것을 보게 된다. 그 장면이 그림이라면 나는 제법 오랜 시간을 애잔한 마음으로 명화를 감상한 셈이다. 뒷집의 불도 꺼지고 우리집 불도 꺼지고 최후에 남은 어느 집의 불빛마저 꺼지면 칠흑의 밤 속에 별빛들은 더욱 찬란하게 빛나고 자연의 소리도 잦아들 때쯤 여름 햇볕에 익을 대로 익어가다 더 이상 견디지 못하고 쩍 갈라지는 수박의 소리! 인생이라는 게 뭔지 전혀 몰랐던 소년의 가슴에도 왠지 그 소리는 내가 들었던 어느 판소리보다 구성지고 어떤 곡조보다도 가슴에 와 닿았으니 그 소리를 생명의 끝이라고 느꼈기 때문일까. 미명의 아침, 그놈을 따다 보면 그 갈라짐이, 그 결이 얼마나 자연스러운지 또 한 번 감탄을 하게 된다. 밤새 찬 이슬로 냉장된 그놈의 가장 부드러운 속살을 퍼서 한입을 물면 달콤하고도 차가운 기운이 몸 전체로 퍼지며 잠자는 세포를 깨운다. 입안엔 달콤한 첫 키스의 여운 같은 것이 남는다. 온몸이 감전된다고 해야 옳은 표현에 가까울 것이다.

나는 요즘도 수박을 보면 풍요로움과 정겨움을 느낀다. 시장으로 팔려나간 수박은 다시 돈이 되어 돌아와 내 학비가 되었으니 그렇지 않으랴! 경험상 수박은 클수록 맛있다는 것이 내 지론이지만 아내는 큰 수박을 싫어한다. 냉장고에 넣을 자리가 없다는 이유에서다. 참 합당한 이유이지만 냉장고야 내 소관이 아니므로 나는 여름만 되면 큰 수박을 사 들고 집에 들어가기를 즐긴다. 솜털이 달린 손톱만 한 열매가 큰 수박으로 자라기까지의 과정을 눈으로 직접 보고 세상에서 가장 맛있는 수박 맛에서 원두막의 운치까지 느낀 셈이니 수박에 관한한 최고의 호사를 누린 셈이다. 그래서 어느 날 「원두막」이라는 제목으로 이런 시를 썼다.

팔월은 뜨거웠다
응달이 귀했으므로
고명 같은 바람이
흐뭇한 그늘로 불어 올 때는
거기엔
원두막 언저리엔
뜨거워
속으로 뜨거워
몇 날을 익어 와
허연 엉덩이를 드러낸
아! 기다림!
하룻밤을 이기지 못하고
쩌억 갈라져 버린 자멸(自滅).

제대로 성숙되고 익은 수박은 줄기를 단 그 기다림을, 그 인내를, 그 속내를 마지막 단 한 번 보여주는 것이고 단 한 번 소리하는 것이리라. 말 많은 것들과 설익은 것들이 설쳐대는 세상이다. 세상의 말 없는 것들에 위대함이, 조용히 익어가는 것들에 삼라만상의 질서가 있음을 안다. 생명 줄기를 잡고 있는 내 인생이 그러했을까. 내 사랑이 그러했을까. 아직은 소리 없이 조용히 익어갈 뿐이다. 막막한 기다림은 팔월의 햇볕처럼 아직도 내겐 뜨겁다. (2004 수필세계 신인상 수상작)

영화배우 송강호

과거를 돌아보면 사람은 누구나 아련히 목에 걸리는 사람이 몇 명쯤 있는 법이다. 내겐 영화배우 송강호가 그렇다. 그와 난 죽마고우다. 시골마을 앞뒷집으로 이십 년 이상을 살았으니 소설을 쓰고도 남을 그의 성장사는 내 머리에 선하다. 그에게 나도 역시 그럴 것이다. 하지만 우리는 1986년 이후 만나지 못했다. 〈초록물고기〉 이후 그가 서서히 유명해질 무렵, 지인의 부탁으로 그에게 청탁성 전화를 한 번 한 적이 있고 내가 경정으로 승진 했을 때 그는 꽤 비싼 축하 난을 보내왔다. 난에는 '영화배우 송강호'라고 쓰여 있었다. 그것이 전부다. 가는 길이 너무나 달랐기 때문일까! 한번쯤은 만나야 한다는 추억에 대한 의무감조차도 없었던 것일까!

조병화 시인의 「하루만의 위안」이라는 시엔 이런 구절이 나온다.

> 잊어버려야만 한다/진정 잊어버려야만 한다/오고 가는 먼 길가에서/인사 없이 헤어진 지금은 누구던가

1986년 겨울 어느 날이었을 것이다. 경찰대학에 합격을 하고도 나는 도무지 기쁜 마음이 없었다. 내가 원했던 대학이 아니었다. 침울했다. 그런 표정이었을 것이다. 동네 어귀 버스 정류장에 내렸을 때 마침 버스를 타기 위해 기다리고 있던 강호는 나를 보자마자 반색을 했다. 축하의 말을 했던 것 같고 안부를 물었던 것 같다. 나는 건성으로 응응 하며 발걸음을 멈추지 않았다. 강호는 몇 걸음 나를 따라왔다. 그와 나의 마지막 장면이었다. 인사 없이 헤어진 그 장면을 떠올릴 때마다 나는 떡이 목에 걸린 것처럼 마음이 답답했다. 나는 왜 그렇게 옹졸했을까! 강호는 할머니 밑에서 자랐다. 부모님의 따스한 손길을 받지 못했다. 그는 동병상련의 내가 외면한 그 순간을 품고, 덜덜거리는 4번 버스에 올라타 대한민국 최고배우가 된 지금까지 고난의 길을 넘고 넘으며 열심히 달려왔을 것이다. 영화 〈변호인〉을 보면서 나는 생각했다. 도대체 저 에너지는 어디에서 나오는 것인가.

고향마을이 떠오른다. 정다운 낙동강, 흐드러지게 피었던 아카시아 나무, 불우한 어린 시절, 아무에게도 의지할 수 없는 현실, 짐이었던 결핍들, 그는 지금도 그 모든 것으로부터 이별하고 싶은 것일까. 무명시절을 묵묵히 견디고 그 누구의 이미지도 아닌 오로지 혼자 이룩해낸 그의 무게가 내 나이쯤 되고 보니 아련하고 풍성하다.

얼마 전 친한 형님과 술을 마셨다. 형님의 아들은 한예종에 다니는 배우 지망생이다. "송강호 친구 아이가? 전화 함 해봐라." 나는 차마 전화번호가 없다는 말을 하지 못했다. 이래도 되는 것인지 하는 허허로움과 어이없음, 부끄러움이 뒤섞인 감정이 나를 당혹스럽게 했다. 수소문해서 문자를 보냈다. 시 길이만큼의 문자를 보냈더니 시 길이만큼의 문자가 왔다. 조만간 부산 내려갈 때 만나자는 내용이었다. 나는 과거를 거슬러 1986년으로 걸어갔다. 용등마을 어귀에 이르러 나는 그때의 우울한 감정에서 빠져나와 다시 만날 때까지 서로 잘 버티자는 악수를 나누는 상상을 했다. 그리고 다시 '인사 없이 헤어진 지금은 누구던가'를 음미하기 시작했다.

아주 어린 시절 동네 어르신들 야유회를 따라 해운대 해수욕장에 놀러간 적이 있었다. 강호와 나는 흰 팬티를 입고 해변에서 놀았는데 화려한 수영복을 입은 사람들과 조선비치호텔의 위용에 완전 주눅이 들어버렸다. 환타니 콜라 같은 것들이 바위 옆 물 속에 냉장되어 있었는데 우리는 침이 꼴깍 넘어갔다. 어르신들은 닭을 삶아 와 드시며 솔밭에서 씨름을 하고 놀았다. 나는 목이 탔다.

부산은 매년 영화제를 개최한다. 언젠가 영화제 개막식이 펼쳐지는 해운대 경찰서장으로 간다면, 그래서 해운대 바닷가를 바라보며 강호와 술잔을 나누는 장면을 하늘에 계신 강호 할머니와 나의 선친이 본다면 무척 기뻐하지 않으실까 하는 생각도 든다. 촌놈들이 자라 한 놈은 대한민국 최고 배우가 되고 한 놈은 해운대 경찰서장이 되어 조우한다면 좀 영화 같은 이야길 수도 있겠다. 연락이 오면 영화배우가 된 첫사랑을 만나는 것쯤은 아니겠지만 약간 풀이 죽은 정수리 주변머리를 사자갈기처럼 세우고 가능한 멋진 모습으로 첫인상에 강호의 기를 죽여야겠다, 나도 내 인생의 주연배우이니까. 그리고 그 자리에 내가 좋아했던 여배우 강수연이 있으면 더 좋겠다. 강호야 부탁한다.

(2016)

바바리코트

그러니까 17년 전 가을, 나는 감색 바바리코트를 하나 샀다. 옷 욕심이 없는 내가 옷가게로 성큼성큼 걸어 들어가 꽤 비싼 돈을 지불하고 멋을 부린 것이다. 가을바람에 낙엽과 함께 흩날리는 옷자락, 병풍처럼 목을 두르는 옷깃, 그때 언뜻 보이는 하얀 빰, 카페에서 연인끼리 눈을 맞추다 길거리로 나서며 어부가 그물을 던지듯 바바리코트를 입을 때 허공에 그려지는 커다란 실루엣과 펄럭임 소리, 가을의 우수, 나는 이런 것들을 상상했고 단추는 풀어헤친 채 바바리코트를 입고 가게를 나섰다. 아니 나의 심중(心中)에는 저당 잡힌 자유를 되찾으려는 마음이 있었을 것이다. 다람쥐 쳇바퀴처럼 반복된 고등학교 시절, 뚜렷한 확신 없이 선택할 수밖에 없었던 대학, 그리고 4년 동안의 제복생활, 병환 중이셨던 선친, 나는 무엇인가에 항상 억눌려 있었고 크게 기쁘지 않았다. 임관 후 월급을 받게 된 첫 가을, 매미가 허물을 벗고 창공으로 날아오르듯 나는 묵은 때를 지우고 잃어버린 자유의 날개를 달고 싶었다. 그때 바바리코트가 눈에 들어왔던 것이다.

그러나 바바리코트는 오랫동안 나와 어울리지 않았다. 누가 자꾸 쳐다보는 것 같아 옷 자체가 어색하게 느껴졌다. 내가 옷을 입은 게 아니라 옷이 나를 입은 듯했다. 가장 훌륭한 옷은 그 사람의 얼굴이 먼저 눈에 들어오게 하는 것이라야 하는데 사람들은 나보다 내 옷에 많은 관심을 표했고 바바리코트는 위용을 떨치며 나를 데리고 다녔다. 내가 바바리코트라는 옷을 모시고 다닌 것이다. 술집에서 깜빡 잊고 나오기도 여러 번, 바바리코트를 되찾아 오기 위해 성가신 발걸음을 옮겨야 했다. 갓 시작한 경찰생활 또한 좌충우돌, 나에게 맞지 않았다. 그렇게 몇 번의 가을이 흘러갔다. 그리고 그 옷은 젊은 날의 내 초상을 쭉 지켜보았다. 하루가 멀다 하고 가진 술자리, 젊은 날의 우울, 어그러진 세상에 대한 독설, 몇몇 여성과의 어색한 데이트, 선친을 잃은 슬픔, 그래도 찬바람이 부는 가을밤, 바바리코트는 아버지의 손처럼 따스하게 내 몸을 감싸주었다. 당시 경찰서 뒤편에 있던 하숙집으로 향할 때면 나는 자라목을 하고 어김없이 옷깃을 곧추세웠다. 담배연기를 흩날리며 천천히 골목길을 돌아갈 때 채워지지 않는 시린 가을이 먼발치에서 날 쳐다보는 것만 같았다. 아침에 눈을 뜨면 바바리코트는 가끔씩 이불대용으로 내 몸을 덮고 있기도 했다. 해가 바뀔수록 바바리는 조금씩 나를 닮아갔고 내 몸의 굴곡을 기억했다. 나는 자꾸만 꼬이는 허리띠를 버리고 2차 세계대전 때 독일 게슈타포의 견장 같아 보이는 어깨 장식도 떼 내버렸다.

다시 몇 번의 가을이 흘러갔다. 바바리코트는 내 무뚝뚝한 청혼과 늦가을에 태어난 아들의 탄생을 지켜보았으며 애쓰고 안달하면서도 웅숭깊은 척하는, 나의 수 없는 위선을 보았고 하얀 거짓말을 들었다. 97년 가을에는 경감 승진시험 합격을 위해서 혼신의 힘을 다하는 젊음의 심장소리를 들었으리라. 그러는 동안 코트의 소매 깃과 옷깃이 약간 탈색되었고 이사하는 중에 내피도 달아나버렸지만 수많은 가을을 건너오며 나의 체취가 올마다 진하게 배어들었다. 오랜 세월이 흐르고서야 나는 바바리코트와 한 몸이 될 수 있었다. 봄이든 가을이든 겨울이든 낮이든 밤이든 언제 걸쳐도 편안히 느껴졌다. 옷이 나를 입는 것이 아니라 내가 옷을 입게 되었다. 드디어 내 옷이 된 것이다. 다시 몇 번의 가을이 흐르는 동안 나는 삼십 중반의 나이가 되었고 삶의 모서리가 조금씩 닳기 시작할 무렵, 바바리코트가 잘 어울리는 남자라는 소리를 듣게 되었다. 십 년이라는 세월이 흘러서야 내게 어울리기 시작한, 허리띠와 내피가 없고 소매 깃과 옷깃이 낡았어도 어느 옷 위에 걸쳐 입어도 잘 어울리는 옷, 그때쯤 나는 생애의 마지막 가을까지 이 바바리코트를 버릴 수 없을 것 같다는 생각을 했다. 무수한 가을을 같이 보냈고 어렵게 청춘의 강을 건너온 내 젊음과 연민의 상징이었기 때문이다.

생각해보면 20대의 나는 바바리코트가 주는 지성미와 원숙미를 소화할 능력이 없었다. 비싸고 좋은 옷이라고 아무나 어울리는 것이 아닌 법, 나는 정신적으로 바닥이 얕고 아직 발효되지도 않은 앳된 청년이었다. 세상의 귀한 물건과 돈과 지위도 가질 수 있는 사람과 가질 수 있는 때가 다를 것이다. 버릴 것은 버리고 잃을 것은 잃어야 한다. 때를 기다리며 스스로 익어가야 한다. 행복한 삶이라는 것은 어느 누구에게 꼭 맞는 영원한 옷 한 벌 되어주는 것으로도 충분하지만 그 옷 한 벌 되는 게 얼마나 어려운 일인가. 조연(助演)으로도 삶이 행복할 수 있다면 주연(主演)을 고집할 이유도 없으리라. 성공한 영화는 주연보다 더 기억에 남는 빛나는 조연이 꼭 있으니까 말이다. 당시 선친께 드리던 용돈의 몇 배가 든 옷이기에 한가득 미안함마저 녹아 있는 감색 바바리코트, 이 가을에도 나를 멋진 가을남자로 만들어줄 것이다. 어느 가수가 '낭만에 대하여'란 노래를 불렀다. 나는 저 오래된 코트를 입으면 내 가슴이 잃어버린 것이 생각나고 내 가슴이 다시 못 올 곳이 그립다. 다시 이십 대의 청춘이다. 첫사랑 그 소녀는 어디에서 나처럼 늙어갈까.

작가노트

가을은 을씨년스러운 계절이다. 바바리코트는 새 옷이었을 땐 나한테 어울리지 않다가 허리띠와 견장을 떼고 내피를 잃어버리고 소매 깃이 낡았을 때에야 나와 조화롭게 되었다. 옷도 변했고 나도 변했다. 제행무상이다. 세상에 변하지 않는 것이 있으랴. 다만 우리가 부조화에서 조화로움으로, 오해에서 이해로, 곰살궂게 변해간다면 가을의 허전함도 인생의 고난도 낙엽 밟듯 넘어갈 수 있을 것이다. 나는 부산시장 선거에 나온 모 정치인이 한 표 부탁하는 자리를 떠나며, 마치 귀족이 옷을 입듯 비서관이 바바리코트를 입혀주는, 정치인의 야비다리를 본 적이 있다. 그가 손수 코트를 입었다면 나는 그가 담백하다고 생각했을 것이다. 가을이 깊어간다. 바바리코트를 입은 여인의 뒷모습은 참으로 매력적이다. 다시 10년이 흘러도 나는 내 바바리코트와 함께 멋지고 조화로울 수 있을까. 어느 누구에게 편안한 옷 한 벌이었다고 말할 수 있을까. 희망과 두려움이 교차하는 지금, 술친구로부터 전화가 온다. 소주는 계절을 타지 않는다. (2015)

풍악을 울려라

12월 31일이다. 달력을 한 장씩 거꾸로 넘겨본다. ○표와 X표가 어지럽다. 술을 마신 날은 ○표 안 마신 날은 X표다. 술에 절어 산 세월 명정(酩酊) 이십여 년, 몇 년 전부터 호흡이 순조롭지 못할 때가 있었다. 심장도 상했으리라. 정밀검사 결과는 이상 무, 한의사인 친구는 인체가 보내는 경고라 했다. 연달아 마신 다음 날, 어떤 날엔 호흡이 안 돼 답답한 느낌이 엄습했다. 변화가 필요했다. 술을 줄여나갔다. 아직까지는 경고가 오지 않는다. 나는 인체방위태세에 실패한 드렁큰(Drunken) 장군이었다.

나는 무식한 술꾼이다. 술을 마시지 않으면 불안했다. 청록파 시인 조지훈의 술꾼 18단계에 의하면 나는 폭주, 바둑으로 치면 무려 4단이나 된다. 더 젊었을 땐 술을 찾아 다녔다. 붉은 피에 흐르는 감성과 세상에 대한 궁금증이었을까. 한잔 술에 취하고 싶은 그런 밤이 어쩌다 찾아오는 것이 아니라 거의 매일 찾아왔다. 낯선 거리로 술을 찾아다녔다. 수류탄주를 마시고 병아리주를 마시고 물레방아주를 마시고 지갑을 잃어버리고 핸드폰을 잃어버렸다. 손에 다 쥐었다 생각했던 세상은 다음 날이면 어김없이 내가 닿을 수 없는 허공에서 조롱하듯 웃고 있었다. 나는 사랑고백에 실패한 소심한 남자처럼 쓰라린 속을 감추려 눈에 더 힘을 주었다.

하룻저녁에 양주 여덟 병을 마셨다는 수주 변영로 시인의 유명한 수필집 『명정(酩酊) 40년』에 보면 이탈리아 무명시인이 읊은 이런 시구가 있다. "연정(連情), 연음(連飮), 연향(連香), 이러다간 인생이 한 줌 재가 되고 만다." 아무리 인생을 난초처럼 청정하게 살더라도 어차피 사람의 몸은 한 줌 재로 돌아가기에 나는 이 무명시인을 우매하다고 생각했다. 이미 나는 어린 나이에 사랑하는 가족들이 한 줌 재로 떠나가는 슬픔을 여러 번 겪었다.

최철한, 내 생애 최초의 술친구였다. 고3 때 그의 자취방이었던가, 둘이서 소주 여섯 병을 나눠 마셨다. 잊힌 첫사랑처럼 희미한 불빛 속의 두 고등학생은 서로 지기 싫어 유치하게 어른스러움을 겨루었다. 조지훈 시인이 목월에게 읊었다는 "술 익는 강마을의 저녁노을이여"처럼 자족의 풍류를 배웠다면 좋으련만 젊은 사내들은 술을 마시면 뿌리를 뽑고자 했다. 술값을 크게 내는 건 사내다움의 척도였다. 동기 장근호가 생각난다. 졸업을 하고 첫 월급날 우리는 교육을 받고 있던 부평에서 무작정 택시를 잡아타고 택시기사에게 좋은 술집으로 가자고 했다. 아직도 잊히지 않는 술집 이름, 천궁, 하늘에 있는 궁궐이란 뜻이다. 아! 그때 그 공간에서 우리의 몰입도는 얼마나 무구했던가!

『법화경』은 "사람이 술을 마시고 술이 술을 마시고 술이 사람을 마신다" 한다. 잉거솔은 "술은 범죄의 아비이며 더러운 것의 어미"라 하고, 탈무드는 "악마가 바빠서 사람을 찾아다닐 수 없을 때 술을 대신 보낸다"고 한다. 그러나 키케로는 "술을 마시지 않는 인간으로부터는 아예 사리분별을 기대하지 말라"고 하고 G. 허버트는 "술이 들어가면 지혜가 나온다"고 했다. 술에 관해서도 경계와 예찬 딱 양당구도다. 어차피 나는 키케로당, 키케로는 "책이 없는 방은 영혼이 없는 몸과 같다"는 좋은 말까지 한 분이니 신뢰하지 않을 수 없다.

나에게 술을 가르쳐 준 선배님이 있다. 상대방을 존중하고 허물을 탓하지도 과시하지도 않는 분이다. 750밀리 블루 위스키 한 병을 원 샷 함으로써 선상 반란을 제압했다는 어느 마도로스의 일화도 선배님으로부터 들었다. 홍콩 누아르와 낭만이 함축된 이 짧은 이야기는 얼마나 술자리에 어울리는 이야기인가. 술자리에서 은연중에 상하의 키를 재고 상석의 위세를 부리거나 익지 않은 품격으로 거들먹거리는 부류를 지금까지 많이 보았다. 내 손에 칼을 쥐었을 때라도 나는 그러지 않아야지 다짐했지만 그런 밤의 술 깬 귀가는 적잖이 쓸쓸하였다.

목로주점 흙바람 벽엔/삼십 촉 백열등이/그네를 탄다/멋드러진 친구와 껄껄껄 웃던…

노래 '목로주점'의 가사다. 사랑하는 사람과 죽이 맞는 친구와 배울 게 많은 사람과 이 겨울 저녁 목로주점에서 껄껄껄 웃을 수 있다면 칼이 없을지라도 돈이 없을지라도 행복할 것이니, 키케로 당원들이여 총궐기하라! 혁명의 술잔을 들어라! 술 맛을 모르는 저 부주(不酒, 9급)의 잉거솔당은 격퇴의 대상, 모두 그들의 집에 감금을 시켜라. 결코 우리는 주정뱅이가 아니라 지혜를 추구하는 현자들이다.

천상병 시인의 시는 막걸리에서 나왔으며 장비의 캐릭터는 술로써 완성되고 이 인구감소 시대에 술의 힘을 빌려 태어난 생명은 또 얼마나 많은가. 살아 있다는 것은 당연한 것이 아니다. 이같이 기쁜 날에 어찌 한잔 술이 없을 수 있겠는가!

여봐라! 풍악을 울려라! (2015)

낮술

친동생처럼 날 아껴주는 손이 두꺼운 형이 있다.

내 손은 얇고 마디가 가는 데 비해 형의 손은 두껍고 마디가 굵다. 알게 된 지 20년 가까이 되었는데 언제부터 형, 동생이라는 호칭을 쓰게 되었는지 기억은 가물가물하다. 그러다 의형제라는 호칭까지 나누게 되었다. 좋은 일이 있으면 좋은 일대로 나쁜 일이 있으면 나쁜 일대로 두꺼운 손은 내 가녀린 손을 잡아주었고 흔들리지 않도록 등받이가 되어 주었다. 서로 멀리 있었던지라 간간이 통화를 하고 어쩌다 만나도 세월의 더께가 만들어내는 화젯거리는 마르지 않았다. 만나면 반가웠고 서로 상처받지 않았다.

그런데 언제부턴가 만나자는 연락이 뜸해졌다. 어쩌다 연락이 돼도 목소리는 풀이 죽어 있었다. 형은 나와의 만남을 완곡히 피했다. 소주 한잔 나누며 회포나 풀자는 나의 제안은 기약도 없이 연기되었다. 자동차로 몇 시간 걸리는 거리를 달려가 예고 없이 형 앞에 섰을 때 그 장면이 드라마틱할 수는 있을 것이다. 그러나 당분간 조용히 있어주는 것도 또 다른 예의라 생각한 나는 굳이 달려가지 않았다. 아무도 만나고 싶지 않을 때 마음의 문에 단단히 빗장이 걸려 있다면 형은 지금 그때를 힘겹게 견디고 있을 것이었다. 나는 문자로 간간이 안부를 전했다. 사계절이 흘렀다.

올해는 세계 경제에 먹구름이 몰려왔다. 예측의 범위를 넘어 주식은 폭락하고 유가와 환율은 상승되었다. 임금이 밀리고 사업체가 부도나고 어렵다는 아우성이 여기저기서 들렸다. 소리 없는 비명이 세간을 흘러 다닌다. 나는 형에게 이제 얼굴이라도 한번 봐야 하지 않느냐며 전화를 했다. '그러자'라는 짤막한 말 한마디가 전화기에 힘없이 굴러떨어졌다. 나는 바로 차를 몰았다. 축 처져 있을 거라는 예상과 달리 형의 표정은 의외로 밝았다. 소주잔을 집는 두꺼운 손도 여전했다. 낮술은 시작되었다. 서로 묻지 않았고 서로 답하지 않았는데 대화는 이어졌다.

"난 이제 빈털털이나 마찬가지야!"

달관한 듯한 말투였다. 얼마나 많은 생각들과 고민들이 그의 휑한 가슴을 긁으면서 지나갔는지 나로선 짐작조차 되지 않았다. 형의 얼굴에 알 듯 말 듯 미소가 어렸다. 동생 앞에서 기죽고 지친 모습을 보이지 않기 위해 사력을 다한 포커페이스였을까. 아니면 달관의 끝에서 나오는 허허로운 미소였을까. 그의 고통을 진실로 나눌 수 없다는 생각에 묘한 자괴감이 밀려왔다. 그 자괴감을 누그러뜨리기 위하여 빠른 속도로 술잔을 비워나갔다. 형을 진심으로 위로하고 싶었다. 그러나 위로의 말을 늘어

놓는다면 형은 정말 우울해질지 모른다. 나는 묵묵히 형의 이야기를 들었다.

"동생! 난 너무 곧게 살았어. 너도 이제 중견이 되었으니 좌, 우 30도만 휘어져!"

이전엔 제복을 입는 나에게 절대 휘어지지 말라던 분이었다. 그것이 남자의 길이라며 용기를 주고 결기를 돋우던 분이었다. 그런 형이 상황에 따라 적절히 휘어지라고 한다. 휘어진다는 것이 세상이 옆구리를 찌를 때 눈치껏 움직이는 거라면 그런 건 너무도 쉽게 할 수 있는 거라고 말해주고 싶었다. 왜 이때까지 그걸 몰랐느냐며 질책하고 싶었다. 그러나 어떤 부류의 사람들은 판을 깰망정 죽어도 휘어지지 않는다. 보기 싫은 사람들과는 말도 섞기 싫어하는 사람들이다. 형도 그런 사람 중의 한 사람이었다. 그러면서 나에겐 처세술을 가르치고 있었다. 휘어지지 않고 곧게 산 것이 형의 상황과 어떤 상관관계가 있는지 어렴풋이 짐작은 갔다.

형의 말을 귓전으로 흘리며 몇 마디 말을 던졌다. 나의 눈시울이 미세하게 젖고 있었다.

"바람 쐬고 싶으면 언제든지 부산 오세요, 전에 20년을 알았으니 앞으로 40년만 서로 웃고 지냅시다!"

형에겐 참으로 바람 같은 말들이었으리라. 형은 웃었다. 술잔이 오고 가고 시간도 손님처럼 왔다가 가고 선술집으로 옮겨 다시 이야기는 오고 갔다. F를 향해 서서히 올라가는 기름게이

지처럼 나는 천천히 취해갔다. 바깥엔 땅거미가 지고 있었다. 좀처럼 먼저 자리를 파하자고 하지 않는 형이 그만 일어서자고 했다. 네온사인 불빛이 차갑게 느껴졌다. 형은 두꺼운 손을 내밀며 악수를 청했다. 그러면서 나를 끌어안았다. 형은 포옹을 하곤 곧장 돌아섰으나 그때 형의 오른쪽 눈에 살짝 맺힌 눈물을 보았다. 다시 문자가 왔다. "동생! 고맙다, 우리의 우정과 새로운 인생을 위하여, 동생 고맙다!"고 적혀 있었다. 나는 형이 보낸 문자와 눈물 한 방울을 영구보관 메시지로 저장했다.

세월은 흐를 것이다. 가끔씩 문자를 나누고 어쩌다 만나고 통화를 할 것이다. 두꺼운 손은 성실할 것이고 거짓말을 하지 않을 것이다. 그걸로 족하다. 우린 여전할 것이고 형의 눈물이란 이야깃거리가 생겼다. 그 이야기를 웃으며 꺼낼 수 있는 날, 그때를 기다리며 살아가는 것, 인연에게 착한 친구가 되어주는 것, 이것을 우리는 희망 그리고 사랑이라 불러도 좋으리라. (2008)

나의 버킷리스트

버킷리스트(bucket list)는 죽기 전에 하고 싶은 일의 목록이라는 말이다. 신문을 만드는 선배로부터 '나의 버킷리스트'라는 제목으로 글을 좀 써달라는 부탁을 받았을 때 두 가지 생각을 했다. 지나간 세월도 긍정하지 못하는데 어떤 바람을 이야기하기가 계면쩍은 느낌이었고 의외로 '꼭'이라는 단어가 필요할 정도로 죽기 전에 하고 싶은 일이 많지 않다는 거였다. 하지만 죽어도 못 잊는 일은 생각이 났다.

누군가의 이야기가 생각난다. 가난한 두 사람은 사랑이라는 걸 했다. 아니 조금 양보해서 사랑이었다고 생각하는 걸 했다. 하지만 뻐꾸기 우는 사연으로 헤어지게 되었고 오랜 시간이 지난 후에 만나게 되었다. 여자는 세 가지 소원을 말했다고 한다. 당신과 여행을 꼭 한 번 가보고 싶어요, 당신과 함께 한 달쯤만 살아보고 싶어요, 그리고 한참 뜸을 들이더니 입을 열었다고 한다. 당신과 같은 날에 죽고 싶어요. 그는 시선을 허공에 두고 회한에 잠긴 듯했지만 곧 의기양양한 표정이기도 했다. 그는 사랑의 귀족이었다. 누구에게 버킷리스트가 된다는 것은 아무나 이를 수 있는 경지가 아니어서 말이다.

지구를 다 둘러보고, 가지고 싶은 만큼 재물을 가지고, 원하는 지위에 오르고, 가수 하동진의 노래가사처럼 '아주 멋진 여자'를 만나 바다가 있는 아름다운 해변을 걸어본다고 해서 공허한 인생은 채워지지 않는다. 지구라는 데를 다 둘러볼 필요도 없거니와 돈은 바닷물과 같아서 마시면 마실수록 목이 마르고 높은 지위는 나 아니라도 오르고자 하는 사람이 벌떼처럼 많으며 내가 하찮게 될 때 그 아주 멋진 여자는 쿨하게 이별을 고할지 모른다. 조물주는 김중배의 다이아몬드에 심순애의 마음이 흔들리도록 인간을 그렇게 만들었다.

그러기에 사람은 도구가 아니라 목적으로 살아야 한다. 이 지구상에서 단 한 명이라도 누군가의 목적이 된다는 것은 연결과 순환이라는 우주의 본질에 닿아 있는 황홀함이요 안락이다. 이에 비한다면 사하라 사막이나 나이아가라 폭포 따위의 버킷리스트는 거스름돈에 불과하다. 그래서 나는 잠시라도 누군가의 목적으로 여생을 살고 싶다. 그러면 늘 가득 충전된 상태로 콧노래가 절로 나오는 베사메무쵸가 될 수 있을 것이다. 이 욕망에 허기가 질 때 나는 짙은 고독에 휩싸인다. 아! 그런데 무조건적인 사랑을 주시는 어머니 말고 누가 나를 목적으로 여길 것인가, 아내는 아이의 어머니일 뿐 내 어머니는 일찍이 돌아가시고 없다. 그리하여 나는 쓸쓸한 마음으로 유치환의 시구를 떠올린다.

> 사랑하는 것은 사랑받느니보다 행복하나니라/오늘도 나는 에메랄드빛 하늘이 환히 내다뵈는/우체국 창문 앞에 와서 너에게 편지를 쓴다.

오래전 바둑을 좋아하는 대학 선배에게 장난기 있는 얼굴로 물었다.

"형! 지금 당대 최고의 여배우랑 데이트 하는 거하고 이창호랑 바둑 한 판 두는 거 중에 어떤 거 택하겠수?"

"말이라고 하나! 이창호랑 바둑 두는 거."

선배는 순간의 망설임도 없이 답했다. 아, 그랬다. 사람은 통점(痛點)이 다르고 낙점(樂點)도 다른 것이었다. 사람들은 말한다. 과거에 얽매이지 말고 과거에 상처받지 말라고. 그런데 실은 하루의 대부분을 과거를 회상하며 살면서도 그렇게 말할 수밖에 없다. 살아가야 하기 때문이다. 하지만 아무리 노력해도 긍정이 되지 않는 과거가 있다. 기억의 끈이 거기에 가닿으면 나는 한없이 우울해진다. 하염없이 슬픈 아이가 거기 있다.

"아버지! 시간 지났다고 안 된다 캅디더!"

토끼처럼 깡충깡충 기뻐하며 초등학교로 달려갔던 큰형님은 잠시 후 시무룩한 표정으로 마당으로 들어섰다. 그렇게 큰형님의 중학교 진학은 좌절되었고 부산 목재공장에 취직한 이후

급성폐렴을 앓다가 부산 백병원에서 마지막 숨을 거두었다. 숨지기 전날 큰형님은 작은 목소리로 선친께 이렇게 말했다 한다.

"아버지! 저, 안 되겠습니더!"

어머니께서는 급한 전갈을 받고 그 겨울의 새벽을 달려가시며 흐느끼셨다.

"어떻게~ 어떻게~ 니 성아를 묻겠노!"

가이 리치 감독의 영화 〈알라딘〉의 지니가 세 가지 소원을 들어준다면 나는 먼저 큰형님의 중학교 진학과 푸르고 푸른 꿈을 주문하겠다. 유품이었던 큰형님의 두꺼운 대학노트가 생각난다. 하루의 노동이 끝나고 밤마다 볼펜으로 긁적였을 그 노트에는 희망과 사랑, 슬픔과 고통, 별과 바람과 구름이, 그리고 한 소년의 짧은 생애가 모두 들어 있었다.

얼마 전 큰 외삼촌의 장례식장에서 법무사 일을 하시는 칠순의 작은 외삼촌께서 말씀하셨다. 어릴 적 외할머니께서는 함지박을 머리에 이고 생선 장사를 다니셨다고 한다. 어느 날 동네 어귀에서 외할머니를 마주쳤는데 자기도 모르게 부끄러워 외면했던 기억이 아직도 당신을 괴롭히고 있다는 것이었다. 외삼촌의 눈은 촉촉이 젖어 들었다. 그때 기러기가 줄을 지어 김해 가락의 겨울 밤 하늘을 넘어가던 날, 세상의 슬픈 인과율(因果律) 한 조각은 우연히 우리집에 떨어졌었고 그 조각을 가슴에 품게 된 나는 마치 나의 잘못인 것처럼 나이가 들수록 큰형님이 너무 불쌍하고 그에게 죄송스럽다. 더더욱 가슴이 아리는 건 한 달에 한 번씩 월급을 들고 집에 올 때마다 동백꽃 울타리에서부터 큰 소리로 '아버지!'를 외치던 그 효자의 음성과 나를 보면서도 늘 웃던 그 소년의 미소 때문이다.

나의 버킷리스트는 여기에서 멈추어야 한다. 나머지는 욕심이다. 그것들은 그렇게 하지 않아도 무방한 것들이며 어쩌면 내가 마음만 먹으면 가능한 것들이다. 그러나 이왕 지니를 불렀으니 나머지 소원도 말해보려 한다. 나는 안중근 장군을 존경한다. 스스로를 버리고 고귀함을 얻은 역사의 인물은 많지만 안중근 장군은 의무자(義務者)가 아니었으며 담당 간수 치바에게 존경 받은 청년이었으며 사형 직전 미세한 떨림도 없이 爲國獻身軍人本分(위국헌신군인본분)을 붓글씨로 써 내려간 사람이었다.

나는 사무실에 장군의 존안을 모셔 두고 가끔씩 기도를 한다. 내 욕심이 얼마나 헛되고 뜬구름 같은 것인지 내 마음이 얼마나 보잘것없는 것인지 내 두려움이 얼마나 가소로운 것인지 자각하기 위해서다. 내가 쓴 「다시 안중근을 위해」라는 졸시는 다시 또 안중근이 오면/지나간 일이 어찌 되었냐고/누가 답하리, 로 끝을 맺는다. 그래서 나는 지니에게 안중근 장군과 술 한 잔 나누며 그의 눈빛과 숨결을 느끼고 싶다고 말하고 싶다. 워렌 버핏과의 점심 식사 한 끼에도 수십억이 매겨지는 걸 감안하면 이 소원이 얼마만 한 가치가 있는지 짐작조차 되지 않는다. 역사의 창문에 던진 불멸의 눈빛을 바라보는 눈부신 시간이 지나고 나면 장군은 나에게 악수를 청할 것이다. 그가 돌아서 다시 불멸의 역사 속으로 사라질 때 나는 거수경례를 해야 할지 굴신경례를 해야 할지 아니면 그냥 손을 흔들어야 할지도 미리 생각해둬야겠다. 그리고 운이 좋다면 그가 탁자에 두고 간 만년필이나 지포라이터 등의 소지품 하나를 건질 수도 있을 것이다.

영화에서 주인공 알라딘은 세 번째 소원으로 램프의 요정 지니에게 자유를 선물했다. 그래서 마지막 소원으로 고마운 사람들에게 뭔가를 베풀고 싶지만 나의 소원이기에 그냥 접고 내 이야기를 하고자 한다. 솔직하게 말하자면 동짓달 기나긴 밤의 황진이나 이화우 흩뿌릴 제의 기생 매창을 옆에 앉히고 거문고 듣는 밤의 풍류에 젖고 싶기도 하고 당나라로 날아가 양귀비의 술잔을 받아보고 싶기도 하다. 어차피 남는 것은 추억, 살다 보면 이슬비도 장대비도 한순간 아니던가. 조선으로 날아가 이순신 장군과 차 한잔 나누며 장군이 후세에 성웅(聖雄)으로 일컬어진다는 것과 그렇지만 여전히 영웅에 대해 이치를 따지는 신문(訊問)이 지지를 얻고 서릿발 같은 증오를 가진 좀팽이들이 득세함을 일러바치고 싶기도 하다. 명랑해전을 지켜보는 것은 필수 옵션이 될 것이다.

「접기로 한다」라는 시가 있다.

> 요즘 아내가 하는 걸 보면/섭섭하기도 하고/괘씸하기도 하지만/접기로 한다/지폐도 반으로 접어야/호주머니에 넣기 편하고…

그래, 접어야 한다. 아니 한 수 접어줘야 한다. 알라딘의 램프는 존재하지 않는다. 바둑이나 장기를 둘 때 강자는 역시 한 수 접어줄 줄 안다. 한 수 물어달라는 청을 하지 않았는데도 "한 수 물어줄까?"라며 여유를 던진다. 그러나 세상에 이런 아량을 가진 강자는 드물다. 약자인 내가 접히고 접어줄 수밖에 없다. 세상은 여유가 없고 각박하다. 그렇지만 세상에는 알고도 져주는 사람이 많기에 은혜와 관용이라는 말이 별처럼 반짝인다. 굳이 설명하지 않는 사람이 있다. 마지막 장면에 아무 말도 하지 않고 돌아서는 사람이 있다. 우리는 인생을 다시 살 순 없지만 새로 살 수는 있다. 반의반만 접어주기로 하자.

나 팔꽃 인생 2

또 한 해가 간다.

시간이 가버린 것이 아니라 김광석의 노랫말처럼 매일 이별하며 살고 있다. 금연 두 달째, 담배 한 개비의 낭만과 이별하고 낡은 양복과 와이셔츠를 버리고 가물가물한 추억과 이별했다.

이제 나의 40대와도 영원한 이별이다. 만 50세, 좀 더 무거워져야 할지 좀 더 가벼워져야 할지 헷갈린다. 무거워야 할 때 무거워지고 가벼워야 할 때 가벼워진다면 좋으련만 무거워지기도 가벼워지기도 어려운 일이다 .

낯설다. 내가 50이라는 거, 치과에서 간호사가 아버님이라 부르는 거, 큰누님의 꼬맹이 손자가 날 할아버지라고 부르는 거, 이런 건 사실 아무것도 아니다. 호기심이 점점 사라진다는 거, 열정이 꼬리를 내린다는 거, 주량이 절반 이상으로 줄었다는 거, 이런 내가 순간 낯설다.

자니 윤이 치매에 걸려 미국의 어느 요양원에서 외롭게 지내다 세상을 떠났다고 한다. 그가 남을 웃겼던 길이 결국 쓸쓸하고 외로운 곳에 이르렀다는 거, 이거 참 인생무상이다. 낯설다.

이럴 때 딱 어울리는 노래가 산울림의 '언젠간 가겠지'이다.

언젠간 가겠지
푸르른 이 청춘
지고 또 피는
꽃잎처럼…

가사는 담담하다. 인생의 무상(無常)함을 담담하게 관조한다. 심드렁하기까지 하다. 뭐가 그리 호들갑스럽냐고 나무라는 거 같기도 하다. 그래서 깊은 위로가 되는 노래다.

낯설다는 것은 내 좌표를 다시 정립해야 한다는 신호다.

인식과 현실의 불균형에서 균형으로 나아가는 것이 '정립(鼎立)'이다. 쉽게 말하면 주제파악을 하라는 것이다. 그러나 어떤 인간은 이를 거부한다. 이룰 수 없는 꿈을 꾸기도 하고 이룰 수 없는 사랑으로 나아가기도 하며 견딜 수 없는 고통을 견디고자 한다.

주제파악을 한다는 것은 좋은 이별을 한다는 것이다.

나는 꽃잎 하나라는 거, 새해에도 잘 피고 또 지자!

© 최상민. 경남 진주 지수, 2009

3부

나도 나에게 타인이다

남이 나를 규정짓게 놔두지 말고

스스로를 규정할 수 있는 파워와 내성이 필요하다.

헐한 자아보다는 든든하고 건강한 자아로

내게 주어진 삶을 조금이라도

덜 후회하도록 살아나가기 위한

정신적 방어 장치가 중요하다는 것이다.

참된 것과 귀한 것

경찰대학에 입학했을 때 모든 것이 새로웠다. 새로우면서도 어색하기도 했던 것 중의 하나가 이름 뒤에 '학생'을 붙여 부르는 것이었다. 예를 들면 '홍길동 학생!' 이런 식이다. 사실 경상도 억양으로 이를 무난하게 소화하기란 쉬운 일이 아니다. 계면쩍기도 하다. 호칭은 무엇일까. 관계와 인식의 표출이다. 대상과의 현실적 거리이기도 하고 그렇게 관계를 늘 유지하려는 심리적 표면장력이기도 하다.

사회적 관계에서 형님, 동생으로 맺어지고 호칭하기란 쉬운 법이 아니다. 형님은 형님으로서의 도리를 다 해야 하고 동생은 동생으로서 성심껏 동생 노릇을 해야 하기 때문이다. 그것은 때로는 매우 성가신 일이기도 하다. 그런데 만나자마자 형님 동생이라는 호칭을 바겐세일 하는 경우를 본다. 그 사람의 성향과 인품을 제대로 알기도 전에 말이다. 더욱이 상대로부터 어떤 이익을 보고자 하거나 인맥 쌓기에만 치중하는 마음이 엿보일 때는 그 사람의 자아가 살짝 헐하게 느껴지기도 한다. 형님이라 부르는 데 돈 드는 게 아니지 않느냐는 반문도 일리가 없는 말은 아니지만 '호칭으로 일거에 거리 좁히기'는 부작용이 만만치 않다.

그런데 말이다. 자꾸 호칭을 하다 보면 분명 이전과 달라진 어떤 친밀감이 느껴지기도 한다. 이게 바로 '규정의 효과'인 거다. 언어는 분명 우리를 세뇌시키는 효과가 있다. 반복되면 더 그렇다. 하룻밤에 만리장성도 쌓는다고 하지 않는가. 마찬가지로 '사랑해'라는 말을 자꾸 하면 마치 사랑하고 있는 것처럼 느껴진다고 한다. 아이를 칭찬하고 장점을 말해주고 긍정적 화법을 사용하라는 것도 같은 맥락이다. 조그만 잘못에도 사고뭉치라 꾸짖고 단지 공부를 못한다 해서 커서 뭐가 되겠냐 구박하면 그 규정의 파괴력 때문에 아이는 정말로 스스로를 바보의 틀 속에 가둬버릴지 모르는 일이다. 입버릇, 말버릇은 정말 무서운 병이다.

오래전 개원의사인 선배 한 분이 약속시간에 늦었더랬다. 누가 불쑥 "점빵 문 닫고 왔냐?"라는 멘트를 날렸다. 선배의 얼굴이 붉으락푸르락 했다. 나는 그때 의사가 근무하는 사각의 공간이 어릴 때 내가 사탕 사러 다니던 점빵으로도 표현될 수 있음에 놀랐다. 그런데 잠시 잠깐이었지만 이상하게도 의사 선배가 불쌍하게 느껴진 건, 그때는 몰랐던, 언어가 유발하는 규정의 힘이었던 거다. 저녁 일곱 시까지 하루 종일 환자에 묶일 수밖에 없는 개원의의 일상을 '점빵'이라는 단어 하나로 규정해버린 것이다.

요즘은 아버지를 아빠라 하고 부모 자식 간에 친구처럼 지내는 것이 트렌드다. 근데 아들은 중학교 들어가면서부터는 누가 시키지도 않았는데 아버지, 어머니라 부르고 말을 높였다. 왜 그러냐고 물으니 "그냥 그래야 할 것 같아요!"라고 했다.

아들이 아버지라 부를 때마다 나는 옛날 내가 맨날 부르던 그 아버지가 되었다는 사실이 자각되고, 나는 어떤 아버지인가 하는 생각과 반성이 스쳐간다. 그리고 아빠라고 불렀을 때보다 아들을 좀 더 객관적으로 바라보게 된다. "꽃과 꽃처럼 아름다운 사람은 눈앞에 있을 때 굳이 멀리 두고 보듯 보아야 하고 멀리 있을 때 애써 눈앞에 두고 보듯 보아야 한다"라는 작자미상의 시가 생각난다. 물론 아빠가 보는 자식과 아버지가 보는 자식 간에 어떤 차이점이 있지는 않을 것이다.

요즘 드라마 〈징비록〉을 재미있게 보고 있다. 어떤 책에는 "그게 조일전쟁이지 어떻게 '임진년에 왜놈이 일으킨 작은 난리'라는 뜻인 임진왜란이냐, 전쟁이라는 단어를 쓰지 않은 속셈은 전쟁 책임론을 피해가기 위한 당시 집권층의 꿍꿍이 아니냐?"라고 주장한다. 국토의 삼분의 일이 참절(慘絶) 당하고 백성의 삼분의 일이 죽은 상황은 전쟁이 아닐 수 없다. 반대로 작은 것을 크게 부풀리기도 한다. 이른바 '역모'라는 거다. 조선시대 사화(士禍)는 미미하거나 아예 있지도 않은 것을 부풀려 대역 죄인으로 조작한 사례가 부지기수다.

이렇듯 전쟁을 축소시키고 사화를 창조하는 것은 이런 규정의 문제와 직접 관련이 있으며 반드시 어떤 노림수나 음모가 있는 법이다. 그래서 그 무리(無理)함을 뒷받침하기 위해서 필연적으로 말도 안 되는 논리가 만들어진다. 그 논리는 현실의 옷을 입고 푸른 담쟁이처럼 담을 기어오른다. 이윽고 모든 담벼락을 점령하는 것이다. 이런 규정의 권한은 누가 가지는 것인가, 헤게모니가 가지고 갑이 가지고 힘센 놈이 가지고 영리한 놈이 가진다. 그리고 이 논리는 양적, 질적으로 변용되고 변이되어 제국주의 패권주의 전체주의로 태어난다.

어쩌면 우리가 말하고 행동하는 대부분의 것들이 이 규정의 권한의 파생품일 것이다. 남이 나를 규정짓게 놔두지 말고 스스로를 규정할 수 있는 파워와 내성이 필요하다. 헐한 자아보다는 든든하고 건강한 자아로 주어진 삶을 조금이라도 덜 후회하도록 살아나가기 위한 정신적 방어 장치가 중요하다는 것이다. 내가 방어하지 않으면 누구도 대신 해줄 수 없다. 타인의 사고와 규정의 노예로 사느냐, 주체로서 사느냐, 나의 선택만 남아 있을 뿐이다.

바야흐로 봄이다. 어릴 때는 참새가 참 많았다. 마당에 참새떼가 앉아 모이를 쪼고 우르르 날아가곤 했다. 참새 한 마리를 잡아볼 요량으로 줄을 매단 막대로 키를 받치고 멀리 떨어져 마루에 앉아 참새가 키 안으로 들어오는 순간 줄을 확 잡아당기곤 했는데 한 번도 성공하지 못했던 기억이 떠오른다. 참새가 왜 참새인가, 우리나라 전역에서 번식하는 가장 흔한 텃새에 왜 '참'

자를 붙였을까. 귀한 것보다 흔한 것이 '참'이라는 역설에 주목해야 한다. 그래서 흔한 듯 옆에 있는 사람들이 우리에게 바로 참사람인 거다. 귀한 새와 귀한 사람은 우리 곁엔 없는 법이다. 내 곁에 내 손안에 있다면 이미 귀한 것이 아니다.

그런 생각이 든다. 나는 귀한 사람이 되고 싶은가, 참사람이 되고 싶은가. 귀한 사람은 고독해져야 하고 참사람이 되기 위해서는 귀함을 버려야 한다. 양손에 떡을 쥘 수 없다.

이제 규정의 권한은 너에게 와 있다. (2015)

교황님 가라사대

얼마 전 프란치스코 교황께서 한국을 방문하셨다. 나는 교황께서 희망을 가지라 하지 않고 '희망을 빼기지 말라'고 말씀하시는 표현방식에 주목했다.

교황의 말씀은 인간은 본래 희망을 안고 태어나거나 희망을 가지는 존재임을 전제하는 것이다. 그러나 인간은 희망을 빼기지 않는 존재는 아니다. 오히려 약간의 상처로도 우울을 앓는 유리 같은 존재다. 이 지구상 곳곳에는 끝나지 않는 전쟁으로 인해 송두리째 희망을 잃은 사람들이 있으며 가족을 잃고 실의에 빠지거나 불치의 병에 걸려 시한부 선고를 받은 사람들도 있다. 처절한 배신을 당하거나 벗어나기 힘든 일상의 덫에 갇힌 사람은 헤아릴 수 없이 많다. 인간은 인간으로서의 한계를 가지는 법인데 어떻게 하면 희망을 빼기지 않고 살 수 있을 것인가.

그리스인 조르바가 말했다.

"가장 우둔한 놈은 가장 바보스런 구석이 없는 놈이야!"

그런데 이게 잘 안 된다. 현명해지기 위해 가장 우둔한 놈이 되고 마는 것이다. 그렇다면 가장 바보가 가장 현명한 놈이라는, 난득호도(難得糊道)와 맥락을 같이하는, 카잔차키스의 이 역설에 희망을 빼기지 않는 비결이 담겨 있는 것 같기도 하다. 바로 바보가 되라는 것이다.

대부분의 사람들은 버티는 삶을 산다. 버틴다는 것은 희망의 끈을 놓지 않는다거나 희망의 불씨를 살리기 위해 노력한다는 뜻과 같은 말일 수도 있고, 다른 말일 수도 있다. 칼럼니스트 허지웅은 『버티는 삶에 관하여』라는 책을 썼는데 그가 젊은 시절 버텼던 삶에 관한 진솔한 고백이었다. 버티다 버티다 마지막 희망의 끈마저 빼앗길 때 사람은 자살을 택하기도 한다. 기욤 뮈소의 『천사의 부름』이라는 소설에는 자살이 이렇게 정의되어 있다. '천사가 불렀다'는 뜻의 소설 제목에 자살이 이렇게 정의되어 있다는 게 참으로 인간적이라 느껴진다.

"사람들은 저마다 자살에 대한 견해를 가지고 있다. 자살은 용기 있는 행동도 비겁한 행동도 아니다. 막다른 골목에 다다른 사람이 절박한 심정으로 내리는 결정일 뿐이다. 삶에서 벗어나기 위해, 사람으로서 도저히 견딜 수 없는 고통으로부터 달아나기 위해 택하는 최후의 수단이다."

교황께서는 단지 희망을 빼기지 말라고 하셨을 뿐 그 '희망을 빼기지 않는 방법'에 대해서는 말씀이 없으셨다. 막다른 골목에 몰린 사람들이 지푸라기 같은 희망조차 없이 살아내기는 힘든 세상이다. 모든 희망이 재가 되어버린 상황에서 숨을 쉬며 인간으로 존재하려면 바보가 되는 수밖에 없다. 진짜 돌아버리면 잊어버린다. 사람은 감당할 수 없는 고통을 겪는 상황에서는 본능적으로 자신의 감정을 마비시키지 않는가.

바보가 되어 살겠노라고 작심은 해보지만 아이러니하게도 가장 바보스런 구석이 없는 사람이 되려고 발버둥치는 나 자신을 본다. 한때 애창곡이었던 '불나비'라는 노래에 이런 가사가 있다.

차라리 재가 되어 숨진다 해도
아~ 너를 안고 가련다 불나비 사랑

모든 희망이 재가 되어버린다 해도 그 상처와 슬픔을 직면하며 끌어안고 가겠다는 옥쇄의 각오야말로 인간에게 남은 마지막 무기이자 희망일 것이다. 그 희망만큼은 뺏기지 않겠노라고 교황께 다짐해본다. 옥쇄 이후의 일은 아마도 교황님께서 책임져주실 테니 말이다. (2014)

관점

관점(perspective)이라는 것, 이게 참 조삼모사한 거다. 문화심리학자 김정운 교수는 베스트셀러 『에디톨로지』라는 책에서 소실점(消失點)을 예로 들며 시선은 권력이라 말한다. 왕의 의자가 가장 높은 곳에 있거나 부자가 전망이 좋은 곳에 별장을 짓는 이유가 다 시선을 소유하기 위해서라는 거, 그래서 우리는 은연중에 조금이라도 사진발 잘 받는 얼굴방향을 내밀고 최대한 선량한 미소를 지음으로써 어느 곳에서 바라보고 있을지 모를 은폐된 권력을 의식한다. 그리하여 득템한, 반쯤은 원판과 다른 꽃 사진을 SNS에 프로필 사진으로 올려 세상에 저항의지가 없으며 모두에게 양 같은 친구가 될 수 있음을 알린다. 이는 일종의 구애행위다. 사진발에 전혀 신경 쓰지 않는 부류는 자신이 이미 권력자이거나 어떤 권력에도 신세질 필요가 없는 두 가지 중 하나다.

지난 11월 11일, UFC 웰터급 정찬성 선수는 5라운드 마지막 1초를 남기고 상대 야이르 로드리게스 선수의 엘보에 맞아 KO패 하고 말았다. 정말 아쉬운 건 그때까지 정찬성 선수가 판정에서 앞서고 있었기에 1초만 견뎠으면 승리를 거머쥘 수 있었을 터, 정찬성의 마뜩잖은 행동이 도마에 올랐다. 상대 선수와의 의미 없는 하이파이브나 상대가 환호를 유도할 때 몇 번이나 가만히 바라보고만 있던 행동이 프로로서 너무 순진했다는 거였다. 정찬성은 이 뼈아픈 경기로 인해 많은 심적 물적 데미지를 입었다. 그러나 UFC 데이나 화이트 대표는 이 경기를 UFC 역사상 가장 놀랍고 스펙터클한 경기 중 하나라 치켜세웠다. 어떤 사람에게는 목표의 좌절이 다른 관점에선 가장 바라던 결과가 되기도 한다.

한나라 개국 공신인 한신 장군은 '가랑이 밑을 기는 치욕'이라는 뜻의 과하지욕(袴下之辱)으로 유명한 맹장이자 덕장이었다. 그러나 그는 무고로 처형당하고 멸문의 화를 입는 비참한 최후를 맞는다. 한신 장군은 유방과 천하를 나누라는 참모 괴통의 진언을 받아들이지도, 황제로 즉위한 유방에게 절대 충성을 맹세하지도, 그렇다고 공성신퇴(功成身退, 공을 세우고 나면 몸은 물러간다는 뜻)의 깔끔함도 없이 어정쩡하게 권력의 주변을 서성거리다 위협을 느낀 권력에 의해 토사구팽 당하고 만다. 어쩌면 과하지욕의 인내는 한 인간의 최종적이고 전체적인 관점에서 보면 본받아야 할 기질이 아니라 비참한 말로로 이어진 결정 장애(흐리멍덩함)가 아니었는가 하는 것이다. 어떤 인내는 오만과 허세, 비굴함의 또 다른 이름일 수 있다. 사마천은 천하와 권력이 얽혀 있을 때는 개인의 장점도 치명적인 약점이 된다고 적는다. 관점은 시간과 공간에 따라 달라지는 실로 상대적인 개념이다.

『명심보감』에 당관자 필이폭노위계(當官者 必而暴怒爲戒, 관리는 반드시 심하게 화를 내거나 성냄을 경계해야 한다)라는 말이 있다. 화를 내는 건 자기 몸을 해치므로 결국 자신만 손해라는 말이다. 그런데 국가예산을 다루는 공무원이 엉성하게 일처리를 할 때 상사가 화를 낸다면 국민들에게는 좋은 것인가 그렇지 않은 것인가. 상사의 호통만으로 공직사회는 움직이지 않으며 오히려 자율과 창의를 해할 뿐이라는 의견도 있지만 그 호통이 잃어버린 자율과 창의의 날개를 복원하려는 리더의 열정이라면 시민은 손해 보는 게 아니다. 삼성전자 권오현 회장은 『초격차』라는 책에서 "이미 타성에 젖어 있는 사람을 그대로 존치시킨 채 혁신에 성공한 예는 거의 없다. 사람이 바뀌지 않으면 시대가 바뀌지 않는다"라고 말한다.

양반의 지위가 세습되던 시절엔 공맹의 말씀을 익히고 실천하는 유교적 관점만으로도 사람은 충분히 훌륭해질 수 있었다. 사람이 바라봐야 할 기준은 하나였고 어제와 오늘이 늘 같았다. 그러나 현대사회에서의 훌륭함은 개성과 창의, 멋짐과 아름다움, 희생과 봉사 등 수많은 스펙트럼으로 번지고 있다. 관점은 치열하게 부딪히고 서열이 바뀌며 무한히 확장되고 있는 것이다. "나는 너를 띄엄띄엄 보지 않기 위해 무던히 노력했다. 그리고 네가 나를 띄엄띄엄 보는 게 싫어 아예 나를 숨기려 한다." 어느 산문 구절이다. 구질구질하지 않게 종적을 감춘 사람들은 자존심이 세고 권력자의 기질을 가졌다. 오로지 사람의 가치를 떨어뜨리는 추함은 보이려 하지 않는 사람들이다.

1702년 아코성 47명의 사무라이는 주군 아사노 나가노리의 원수를 갚기 위해 죽음의 길에 나섰다. 원수의 목을 베고 에도 막부 쇼군의 자결의 명을 받을 터, 사무라이 아소가이는 사랑하는 연인 키요의 따뜻하고 하얀 젖가슴을 떠올렸다. 10.26 때 박흥주 대령은 직속상관인 김재규 중정부장의 명령을 따랐다가 눈에 넣어도 아프지 않을 두 딸을 두고 41세에 형장의 이슬로 사라졌다. 그에게 직속상관의 명을 따르지 않을 재간이 있었을까. 영의정 정창손의 사위 김질은 단종 복위를 꾀했던 사육신을 배신하여 세조의 공신이 되고 좌의정의 지위에까지 이르렀다. 사육신이 거열형에 처해졌음은 물론이다. 도쿠가와 이에야스는 조일전쟁을 일으킨 도요토미 히데요시가 죽음을 앞두고 간곡하게 부탁한, 그 아들 히데요리를 유언과 다르게 결국 자결에 이르게 한다.

사람의 마음은 상황에 따라 변하고 심지어 이랬다저랬다 한다. 그러기에 자기 자신도 썩 믿을 존재는 못 된다. '내가 왜 그랬을까'라는 후회는 인간의 특성이다. 이 손모가지, 이 혓바닥, 그렇게 잘린 손목과 혀가 인생을 이루고 역사가 된다. 그러나 어쩌랴 결국 주관적 관점으로 회귀하기 십상인 게 인간이라는 존재라 지천명의 나이에 이르니 인간의 그 나약함에 대해 '그럴 수도 있겠지!'라는 연민의 감정을 품게 된다. 그래서 나무를 보면 나무라는 존재 자체가 얼핏 존경스러울 때가 있다. 나무는 인간처럼 배신하는 존재는 아니라서 그렇다. 순우리말 나무와 범어로 귀의(歸依)한다는 뜻의 나무(나무관세음보살)는 공교롭게도 동음이의어다. 수많은 나무들, 아! 나무는 말이 없고 정말 깊다. 헤아릴 수 없다. 나무에 기대는 자는 어디로 가야 할지를 묻는 사람이다.

나는 한 여인을 미워하다가 그리워하다가 불쌍해하다가 이제는 존경하기까지 한다. 지난 40년간 변해온, 초등학교 때 돌아가신 어머니에 대한 나의 감정은 내 나이가 달처럼 차오르면서 조금씩 초승달에서 만월로 변해왔다.

너도 내 입장 돼보라는 말, 귀에 못이 박히도록 들은 역지사지라는 단어, 눈으로 보지 말고 마음으로 보라는 거, 이면을 보라는 거, 통찰하라는 거, 길게 보라는 거, 예측하라는 거, 일희일비 하지 말라는 거, 정답 없다는 거, 숱한 가정법, 널린 거짓말, 이게 모두 관점과 관련된 것이다. 우리에게 주어진 조건 자체에 어떤 힘이 있는 것은 아니다. 관점은 경험과 지식의 정도에 따라서 변하며 애초에 타고난 성향과 가정환경에도 좌우된다. 독서의 정도에 따라서도 달라지는데 삼성전자의 권오현 회장이 콕 집어서 이 말을 했다.

"옳은 결정을 내리는 사람의 대체적인 특징이 다독가다."

나쁜 결정을 내리는 사람이, 다원적이면서 좋은 관점을 가질 확률은 희박한 것이다.

> 아침에 피었다가/저녁에 지고 마는/나팔꽃처럼 짧은 사랑아 속절없는 사랑아/마지막 선물 잊어 주리라

잊어주는 게 마지막 선물이라 말하는 저 립스틱 짙게 바른 여인의 사랑은 왜 짧았던 것일까. 그런데 사랑은 꼭 영원해야만 하는 것인가. "생각대로 살지 않으면 사는 대로 생각하게 된다"는 작가 은지성의 말을 떠올린다. 소설가 김영하도 『빛의 제국』이라는 소설에서 이 말을 했다. 그런데 사는 대로 생각하는 게 꼭 열등한 것일까. 다만 이런 생각을 한다. 내 사랑이 나팔꽃보단 길어야겠다는 거, 속절없는 사랑은 아니어야 한다는 거, '잊어 주리라'는 마지막 선물은 반품, 아! 립스틱 짙게 바르고. (2018)

생각을 르네상스하라

어느 자치단체의 부구청장이셨던 분이 생각난다. 그분은 어떤 설명이나 주장을 펼치면서 "왜 안 됩니까?"라는 말을 자주 구사했다. 왜와 안 됩니까 사이를 꽉 붙여서 무심한 듯 허공에 툭 뱉으면 갈피를 못 잡고 있던 내 생각은 묘하게도 그분의 생각을 따라갔다. '왜 안 됩니까'라는 말이 허공에 머무는 그 짧은 순간 왠지 '아멘'이라도 해야 될 거 같았으나 나는 대신 가벼운 고개 끄덕거림으로 당신의 말에 동의한다는 표시를 했다. 나중에 나는 그분의 대화법이 자기모순을 없애기 위한 소크라테스식 대화법을 닮았다는 것을 알고 그런 반문을 흉내 내곤 했었다.

상투적인 말을 늘 사용하는 사람이 있다. 들으나마나 한 말, 하나마나 한 말이다. 그게 유머러스하면 말은 생명력을 얻게 되지만 대부분 진부하거나 생생함이 결여된 말이다. 거기에다 심드렁하기까지 하면 최악이다. 나치 전범 아이히만을 통해 악의 평범성 개념을 만든 한나 아렌트는 이를 말의 무능함이라 표현한다. 말의 무능함은 말의 뿌리에 있는 사유가 제대로 작동하지 않았기 때문으로 사유의 무능성이 말의 무능성으로 나타났다는 것이다. 개그맨들은 사람들을 한 번 웃기기 위해 장시간 아이디어 회의를 한다. 생각의 노를 저어 사유의 바다로 나아가 상투어(魚)가 아닌 은빛 월척을 낚아 올리려는 노력이다. 이때만큼은 개그맨의 세계도 헤밍웨이의 『노인과 바다』 스토리와 다르지 않다. '상투적이지 않다'는 것은 그저 얻어지는 게 아닌 것이다.

헤르만 헤세는 "어떠한 상황에서도 현실을 숭배하거나 존경해서는 안 된다"고 말한다. 이는 "지식인은 미래를 보는 사람이기 때문에 현실과 불화(不和)하는 사람"이라는 연세대 김호기 교수의 말과 맥이 닿는다. 주류에 영합하지 않고 부당한 권위를 의심하는, 그 지식인이 지식인을 기르고 다시 그 지식인이 그때의 현실과 불화하며 그로부터의 미래를 바라보는 것, 이런 양심이 세상을 손톱만큼씩이라도 이동시켜왔다. 어쩌면 숭배나 존경은 아닐지라도 현실과의 타협은 가능한가라는 해석의 여지를 남기는 헤세의 말에서 나는 인간적인 운신의 공간을 발견하면서 동시에 현실의 벽을 본다.

온통 남 탓만 하는 염량세태(炎凉世態)의 하루를 견디다 보면 저녁쯤이면 그래, 그냥 태양이 돈다고 말해버리면 만사가 편할 거라는 유혹이 석양보다 매혹적일 때가 있다. 갈릴레오는 목숨을 부지하기 위해서였지만 그에 비해서는 아주 사소한 이유로 고의적인 거짓말은 늘 일어난다. 그리고 발각되지 않는다. 거짓말은 합리성을 따라 만들어진 이야기라서 종종 현실보다 더 합리적이고 호소력이 있기 때문이다. 내가 들었던 거짓말 중의 하나는 '국론분열'이라는 말이었다. 국론분열은 배후가 존재하는 바이러스 같은 것이어서 반드시 국론을 분열시키고 사회를 이간질하는 어떤 첩자가 있을 거라는 생각이 들었다. 그러나 차츰 국론은 무엇이며 그리고 분열은 어떤 상태인지 국론은 분열돼서는 안 되는 것인지, 국론이 분열되면 나라가 망하는 것인지 자문하게 되면서 이 말의 허구성과 상투성을 깨닫게 되었다. 더구나 한나 아렌트가 말한바, "의견의 정치가 작동하는 곳에는 말이 넘쳐난다. 의견은 말로 표현되고 그 말들이 서로 충돌하고 결합하기 때문이다. 그래서 의견의 정치는 시끄러울 수밖에 없다. 민주주의 정치는 시끄러운 정치다. 국가가 시끄럽지 않고 질서 있게 조용히 운영되는 것은 시민이 원하는 것이라기보다 관리자의 바람일 뿐이다"라는 구절을 읽었을 때 나는 내가 틀리지 않았음을 확신하게 됐다.

형소법 제 70조에는 '구속의 사유'가 나와 있다. "죄를 범하였다고 의심할 만한 상당한 이유가 있고, 일정한 주거가 없거나, 증거인멸의 염려가 있거나, 도망하거나 도망할 염려가 있는 경우"다. '염려'라는 단어의 뜻을 찾아보니 여러 가지로 걱정이 된다는 뜻이다. 하지만 증거는 수사기관이 찾는 것이고 피의자에게 증거를 인멸하지 않을 것을 기대하기는 어렵다. 도망의 염려라는 기준 또한 낡은 느낌이 든다. 일거수일투족이 실시간으로 드러나는 사이버 세상에서 생활반응 없이 숨어 살기란 불가능하다. 가족과 집이 있고 성실하게 조사를 받아왔으며 그 조사가 상당한 정도로 진행이 됐다면 이런 염려는 염려라 보기 어렵다 할 것이고 더구나 그 염려 내지 걱정의 정도는 판사에 따라 들쭉날쭉하다는 여론이 비등하다. 판사는 모범생이었으며 우수한 두뇌를 가졌으므로 그들이 사용하는 법전 또한 완전무결하리라는 인식은 오래전 후진 시대에 만들어진 법전이 후광효과를 누리는 것이다. 법의 영역에서 현실을 숭배하거나 현실에 안주하는 경향이 높고 그래서 이익을 누리는 쪽은 대다수 국민이 아니라는 의견은 힘을 얻은 지 오래다. '다툼의 여지'라는 말도 재판을 잘해야 할 필요성이 있다는 의미의 동의반복일 뿐이지 않는가.

좋은 글을 쓰는 사람은 생각이 깊은 사람보다 정이 많은 사람이라고 한다. 그럴 것 같다. 정이 많은 사람은 누명을 씌울 것 같지도 않고 편드는 속내가 빤히 보이는 유치한 글을 쓸 거 같지도 않다. 정이 많아서 약자를 위해줄 거 같고 잘못했더라도 과도하게 창을 겨눌 것 같지 않다. 그런데 이 텍스트에도 함정이 있다. 생각이 깊은 사람과 정이 많은 사람을 왜 굳이 비교해야 하는지, 정이 많은 사람이 좋은 글을 쓴다는 객관적인 검증자료는 있는지 의문이 든다. 생각이 깊고 정이 많은 사람이 좋은 글을 쓴다고 하면 될 일이다. 내가 이 생각에 이르기까지 오랜 시간이 걸렸다. 화자의 권위에 짓눌려 생각의 힘을 잃은 것이다.

나는 아내에게 나를 바꾸려 하지 말라고 말한다. 사람을 바꾼다는 것은 무모한 노력이며 갈등만 유발할 뿐이라고 짐짓 진지하게 말한다. 누구나 간섭을 싫어한다. 그러나 시소의 반대편에 아내가 앉아 있지 않았더라면 나는 담배를 끊지 않았을 테고 매일 술을 마셔왔을 공산이 크다. 나는 지속적으로 견제를 받았기 때문에 그나마 어느 정도 삶의 균형을 유지하고 있는 것이다. 마찬가지다. 우리 사회의 잘못된 관성을 견제하는 것은 다른 유형의 사회로 나아가고자 하는 최소한의 노력이다. 아울러 그것은 일류의 꿈이다. 현실과 상투의 산을 넘는 일이 시끄럽지 않을 리가 없다. 그래서 민주주의 정치는 원래 시끄러운 거라고 한나 아렌트는 말한다. 본래 시끄러운데 시끄럽다고 말하는 것은 다른 꿍꿍이속이 있다는 것이다. 그러니 문제는 시끄러운 게 아니라 견제 받지 않으려는 관성이다. 관성은 그냥 이 정도의 세상에서 살아가자고, 일류의 꿈은 우리의 꿈이 아니었다고 나지막이 속삭이는 거다.

다시 헤르만 헤세의 말을 생각한다. 현실을 숭배하거나 존경해서는 안 된다는 구절보다 '어떠한 상황에서도'라는 구절에 나는 더 큰 울림을 얻는다. 이것이야말로 헌법정신의 토대이기 때문이다. '왜 안 됩니까'라는 반문이 어느 노신사의 철학이었듯 '어떠한 상황에서도'는 한 치의 물 샐 틈도 허용치 않는 헤세 문학의 뼈대가 되었을 것이다.

진실은 차치하고 어제의 엄연한 사실도 외면하는 사람들

의 얍삽함에 치를 떤 적이 있다. 어떠한 상황에서도, 진실을 이야기할 힘이 나에게 있을까를 자문해본다. 손톱이 뽑히고 살점이 떨어져 나가는 고문에도 '검은 곰'은 보지 못했다고 버틸 수 있을까. 그럴 수 없다면 필부(匹夫)의 소박함으로 막걸리나 마시며 살아가자고 씁쓸한 혼잣말을 해본다. 그래도 지구는 돈다.
(2019)

기다림을 기다리며

사랑의 본질은 기다림이라고 한다. 일찍이 훈아 형님은 사랑이 무어냐고 물으신다면 눈물의 씨앗이라고 말하겠다고 노래했다. 하지만 사랑이 어디 눈물만 낳았겠는가, 사랑은 세상 모든 것을 잉태하는 거대한 생명의 샘이지만 하필이면 어느 누구에게는 닭똥 같은 눈물을 낳게 하였으리라. 사랑의 기능은 이러할 테지만 그 본질은 기다림이라는 데 동서고금의 현자(賢子)들은 특별한 이견이 없어 보인다. 예를 들어 사랑의 본질은 기쁨이라고 말해 보자. 그러면 '기쁘지 않으면 사랑이 아닌가'라는 질문에 답하기 어려워진다. 그러나 '기다림이 없는 마음은 사랑이 아닌가'라는 질문에는 누구나 그렇다는 결론에 도달하기 쉽다.

업고 가다가
너무
보고 싶어서
안는다
보고 싶어서

하재욱의 『안녕 하루』라는 책에 나오는 시다. 아기의 얼굴이 얼마나 아른거렸으면 업고 가다가 다시 안아서 볼까! 이 사랑과 그리움의 정수(精髓) 앞에서, 나는 경주 토함산 석굴암에서 본존불을 처음 접했을 때만큼이나 숙연함을 느낀다. 그 짧은 시간마저도 그리움에 목마른 게 사랑일진대 영원한 이별이나 오랜 단절이 가져다주는 기다림의 고통은 헤아리기조차 어렵다. 그래서 유시민 작가는 『어떻게 살 것인가』라는 책에서 사랑의 자세에 대해 다음과 같이 조언한다.

> 영원한 이별의 상상이 가슴 찢어지게 아린 맛을 주는 그 사람에게, 꼭 해주고 싶다고 생각했던 그대로를 하라. 그것이 좋은 사랑의 표현이라고 생각한다.

유독 기억에 남아 있는 기다림이 있다. 아마 어릴 적에 본 6.25 특집극이었을 것이다. 하얀 한복을 입은 어머니(탤런트 김용임 扮)가 나무 밑에 정한수를 놓고 빌고 또 빌었다. 전장(戰場)에 나간 아들을 무사히 돌아오게 해달라고, 여름이었으리라. 매미 소리는 그리 아련하고도 슬프게, 소년이었던 나의 마음을 파고들었다. 국민애창곡인 '처녀뱃사공'의 가사처럼 '군인 간 오라버니'는 소식이 오지만 월남전에 자식을 보낸 부모의 마음은 단순한 기다림이 아니다. 영원한 이별의 가능성을 내포한 고통스런 기다림이 지금 나의 몫이라면 어떤 기분일지, 나의 기다림의 자세는 어떡해야 하는지를 낯설게 상상할 필요가 있다. 같은 맥락에서 황동규 시인은 「즐거운 편지」라는 시에서 그 기다림의 자세까지 지평을 넓힌다.

> 진실로 진실로 내가 그대를 사랑하는 까닭은/내 나의 사랑을 한없이 잇닿은 그 기다림으로 바꾸어 버린 데 있었다/다만 그때 내 기다림의 자세를 생각하는 것뿐이다

시는 기다림 그 자체를 넘어 어떤 자세로 기다리는가에 따라 그 사랑의 깊이와 넓이가 다름을 암시한다. 순정이 사라진 요즈음 한없이 사랑을 기다린다는 거, 그러면서 그 기다림의 자세까지 생각한다는 건 춘향의 절개요 사나이의 순애보다. 이런 순정에 관해서라면 바로 미자 누님의 노래를 빼놓을 수 없다.

> 열아홉 살 섬 색시가 순정을 바쳐/사랑한 그 이름은 총각선생님/서울~엘랑 가지를 마오 가지~마오

총각선생님이 서울로 아니 갈 리가 없다. 그게 운명이다. 순진한 섬마을 처녀는 사랑의 약자다. 순정을 바쳐 사랑한 선생님이 섬을 떠나던 날 처녀는 숨죽여 운다. 처연한 울음은 오로지 섬 색시의 몫, 가지 말라고 붙들 수도 없다. 꼭 다시 만나자는

손가락 건 맹세라도 있었다면 저리도 처연하랴! 결국 섬마을 처녀는 동백아가씨가 된다. 섬마을 처녀의 풋사랑이 안타깝다면 동백아가씨의 기다림은 애잔하다. 사랑이 익어서 철철 넘친다. 그래서 사랑의 본질은 기다림이다.

> 헤일 수 없이 수많은 밤을/내 가슴 도려내는 아픔에 겨워/얼마나 울었던가 동백 아가씨/그리움에 지쳐서 울다 지쳐서/꽃잎은 빨갛게 멍이 들었소

용필 형님은 미소에도 슬픈 미소가 있음을 노래한다. 어릴 적 내가 살던 마을엔 원양어선을 타는 신랑을 둔 새댁이 있었다. 가끔씩 마주치던 그녀의 미소도 슬픈 미소였다. 장미꽃 피는 날엔 돌아오마던 당신, 장미꽃은 이미 지고 있기에 그리움에 지친 새댁의 환한 미소마저 슬퍼 보이는 것이다. 나는 마을을 떠났고 그녀의 신랑은 장미꽃 다발을 들고 약속대로 돌아왔을 테지만 장미꽃이 지고 겨울이 오고, 다시 몇 해가 흘러도 돌아오지 않는 사람이 있다.

> 돌아서면 잊혀질까/세월가면 잊을 수 있을까/슬픔은 흘러 흘러 가슴을 적시네/장미꽃 피는 날엔 돌아오마던 당신

편지 외엔 연락조차 어려웠던 시절이 있었다. 비단 구두 사

가지고 오신다던 약속을 지키지 않는 오빠에게는 아마도 뻐꾸기 우는 사연이 있을 터. 가뜩이나 스산한 가을, 우수수 떨어지는 나뭇잎을 바라보며 타향천리 오빠를 그리는 여동생의 마음이 스산하기 이를 데 없다.

> 뻐꾹 뻐꾹 뻐꾹새 숲에서 울제/우리 오빠 말 타고 서울 가시면/비단 구두 사가지고 오신다더니/서울 가신 오빠는 소식도 없고/나뭇잎만 우수수 떨어집니다

피란민 오빠도 목을 놓아 여동생을 그리워한다. 1.4 후퇴 때 흥남부두에서 잃어버린, 목 놓아 불러 봐도 찾지 못했던 여동생 금순이를 그리워하며 영도다리 난간 위의 초생달을 바라보면서 '굳세어라 금순아'를 노래하는 오빠의 마음을 어찌 달랠 수 있겠는가.

> 눈보라가 휘날리는 바람 찬 흥남부두에/목을 놓아 불러 봤다 찾아를 봤다/이 내 몸은 국제시장 장사치기다/금순아 보고 싶구나 고향꿈도 그리워진다

기다림을 매우 직설적으로 표현한 시가 있다 황지우 시인의 「너를 기다리는 동안」이라는 시다.

내가 미리 가 너를 기다리는 동안/다가오는 모든 발자국은/내 가슴에 쿵쿵거린다/기다려 본 적이 있는 사람은 안다/세상에서 기다리는 일처럼 가슴 애리는 일 있을까/사랑하는 이여 오지 않는 너를 기다리며

맞다, 세상에서 기다리는 일처럼 가슴 아리는 일은 없다. 그리고 기다리는 것을 좋아하는 사람도 없다. 그래서 고무신을 거꾸로 신기도 한다. 더구나 오지 않을 사람을 기다리는 그 막막함은 누구의 몫인가. 얄팍한 사랑은 그 핑곗거리를 만들고 기다림을 포기한다. 그래도 사랑이었노라고 미화시킨다. 기회주의자의 기다림은 그러한 것이다. 만해 한용운은 「님의 침묵」에서 도저히 흉내조차 내지 못할 서슬 퍼런 기다림의 결기를 보여준다.

님은 갔습니다/아아 사랑하는 나의 님은 갔습니다/떠날 때에 다시 만날 것을 믿습니다/아아 님은 갔지마는/나는 님을 보내지 아니하였습니다

광복이 언제 오리라고, 천지간에 친일로 돌아서는 그때에 광복이 올 것을 굳게 믿으며 자신은 조국을 보내지 아니하였다는, 저 애끊는 기다림이야말로 바로 사랑의 정수다. 이런 기다림이 있었기에 그리운 내 형제는 부산항으로 돌아올 수 있었다. 용필 형님의 '돌아와요 부산항에'는 동포애를 강조한 시대의 노래

로서 가사 속의 형제는 재일동포를 의미한다고 한다.

목메어 불러 봐도 대답 없는 내 형제여/돌아와요 부산항에 그리운 내 형제여/가고파 목이 메어 부르던 이 거리는/그리워서 헤매이던 긴긴날의 꿈이었지/돌아왔다 부산항에 그리운 내 형제여

그리고 용필 형님은 '기다리는 아픔'에서 기다림이 아프다 하면서도 기다릴 수 있게 해달라고 애원까지 하는 사랑의 본질을 기어이 타종한다. 이거야말로 화엄(華嚴)이요 복음(福音)이다. 기다림이 고통이라 해도 그 고해의 바다에 자발적으로 뛰어들겠다는 것이며 뼈를 깎는 아픔이라 해도 온몸으로 감수하겠다는 거다. 실로 운명을 건 사랑이다.

고독한 이 가슴에 외로움을 심어주고/초라한 내 모습에 멍울을 지게 했다/함께한 시간보다 더 많이 가슴을 태웠고/사랑한 날보다도 더 많이 아파했다/날 위해 힘들다 말해 줘/내가 기다릴 수 있게 해 줄래

1975년 발표한 서정주 시인의 「신부」라는 시를 보면 한숨 외엔 어떤 말조차 나오지 않는다.

신부는 초록 저고리 다홍치마로 겨우 귀밑머리만 풀리운 채 신랑

하고 첫날밤을 아직 앉아 있었는데, 신랑이 그만 오줌이 급해져서 냉큼 일어나 달려가는 바람에 옷자락이 문돌쩌귀에 걸렸습니다. 그것을 신랑은 생각이 또 급해서 제 신부가 음탕해서 그새를 못 참아서 뒤에서 손으로 잡아당기는 거라고, 그렇게만 알고 뒤도 안 돌아보고 나가 버렸습니다. 문돌쩌귀에 걸린 옷자락이 찢어진 채로 오줌 누곤 못 쓰겠다며 달아나 버렸습니다.

그러고 나서 40년인가 50년이 지나간 뒤에 뜻밖에 딴 볼일이 생겨 이 신부네 집 옆을 지나가다가 그래도 잠시 궁금해서 신부 방문을 열고 들여다보니 신부는 귀밑머리만 풀린 첫날밤 모양 그대로 초록 저고리 다홍치마로 아직도 고스란히 앉아 있었습니다. 안쓰러운 생각이 들어 그 어깨를 가서 어루만지니 그때서야 매운재가 되어 폭삭 내려앉아 버렸습니다. 초록 재와 다홍 재로 내려앉아 버렸습니다.

아, 어쩌란 말이냐! 기다림은 슬프고 슬프다. 기다린다는 것은 사랑하고 있다는 것이다. 그래서 기다리는 자는 행복하다. 기다리는 것 빼고는 행복하다. 기다림의 고통은 싫은데, 기다리는 게 사랑이라니 그게 행복이라니 이 변증법적 사랑을 어쩌란 말이냐!

문을 열고 들어오는 모든 사람이

너였다가

너였다가, 너일 것이었다가

다시 문이 닫힌다

사랑하는 이여

오지 않는 너를 기다리며.

(2019)

나도 나에게 타인이다

나보다 한 시절 젊은 어느 여성 작사가는 “내가 ‘반짝’ 하고 모양이 갖추어지는 순간은 무언가를 감수하고 정색할 수 있을 때다”라고 적는다. 진정한 불혹(不惑)의 경지다. 이런 결론에 이르기까지 그녀는 수많은 경계의 허물어짐과 그만큼 너덜너덜해지는 자신의 정체성에 대해 많이 고민해왔으리라. 대부분의 사람들은 무언가를 감수하지 못하는 걸 감수하며 살아간다. 그건 똑같은 사람이 되지 않으려는 성숙한 심성일 수도 있고 현격한 힘의 차이에 기인하거나 안타깝게도 습관적인 무기력일 수도 있다.

무언가를 감수한다는 것은, ‘유가(儒家)에는 3년마다 금부도사가 드나들어야 된다’는 속담처럼 어려운 내딛음이다. 그래서 어느 책에는 범부(凡夫)를 이르기를 ‘모난 돌이 정 맞는다’를 과도하게 명심한 나머지 자나깨나 몸을 낮추는 삶을 전부로 아는 사람이라 표현한다. 위인은 자기를 버림으로써 ‘모양이 갖추어지는 순간’을 통과한 사람이다. 이런 잉태의 순간이 있어야 역사의 창에 빛이 되는 것이다. 마찬가지 개인적 관점에서 인본주의(人本主義)가 무르익을 대로 무르익어 깊은 내면의 이야기에 곰곰이 귀기울이라는 이 시대에는 누구나 자신의 정체성에 대해 끊임없이 고민하게 된다. 애착(愛着)이 부족한 사람은 늘 타인에 기대려 하고 고독을 향유하려는 사람은 타인을 지옥으로 여긴다. 내 정체성을 침범하고 오염시키는 존재는 내가 키우는 개가 아님은 분명하며 어떤 경우든 정체성에 다가가려는 존재의 작용(作用)이다.

생각하건대 어느 선배는 뒷담화로 나를 '글이나 쓰는 사람'이라 디스한 적이 있다. 근데 이 뒷담화에는 생생한 알레고리가 담겨 있다. 이 말은 내가 별로 봐줄 만한 구석이 없는 진부한 사람이라기보다는 자기 마음에 들지 않는다는 데 방점이 있다. 실수일 수는 있으나 농담일 수는 없다. 네 귀에 들어가도 무방하다는 정색(情色)이다. 어느 정도 신뢰가 형성돼 있다고 믿었던 사람이었는데 그는 무엇을 감수하고 나의 정체성을 뿌리째 흔들었을까. 나는 그 곡절에 대해 묻지 않았다. 다만 그는 그의 '정색'을 했고 그의 모양을 갖추었을 뿐이다. 그때 나는 송나라 보제스님의 말이 생각났다. "나 말고 누가 나를 망치겠는가!"

자존감이 강한 사람은 모양 빠지는 것을 싫어한다. 속된 말로 폼생폼사다. 그 모양이 그의 정체성이라면 그 모양을 갖추기 위해 무엇을 감수하기도 하고 정색하기도 하는 것이니 그는 굳은 사람이 아니라 유연한 사람이라야 한다. 그래서 유연함은 자존감에서 나온다. 자존감이라는 최고의 가치를 지키기 위해서는 그 수단 방법에 있어 유연해질 수밖에 없다. 목숨마저 도구화될 수 있는 것이다. 그러기에 목숨을 초개(草芥)같이 버린다는 말이 있다. 초개는 하찮은 지푸라기라는 뜻이다. 그러나 목숨이 최고의 가치가 되는 경우에는 사람의 정체성이 사라지는 참사(慘死)가 일어나게 된다. 그래서 범부는 애원한다. '목숨만은 살려주십시오'라고.

『5백년 내력의 명문가 이야기』라는 책에 나오는 이야기다. 남원 선비 박주현 선생이 일제가 만든 민회(民會)에 협력하지 않는다는 이유로 고문당하여 죽고 곧 한일합방까지 되자 그와 심교(心交)를 맺었던 곡성 선비 정재건 선생은 선비로서 목숨을 유지하며 산다는 것이 견딜 수 없는 치욕이라는 이유로 자결하고 만다. 목숨을 버린다는 것은 유연함의 극치다. 자존감이라는 이 정체성은 의령에서도 빛난다. 의령 선비 백산 안희제 선생은 백산상회를 설립하고 마지막 경주 최부자로 일제시대를 넘긴 문파 최준 선생으로부터 독립자금을 받아 상해 임정으로 보냈다. 이로 인해 최준 선생은 일경으로부터 손톱이 빠지는 고문을 당하지만 끝내 발설하지 않는다. 해방이 되어 김구 선생이 보여준 '자금 조달 인명 기록장'을 보고 거금의 돈이 한 푼의 착오도 없이 전달된 사실을 알고 최준 선생은 이미 고인이 된 백산의 무덤이 있는 의령을 향해 "백산, 미안하네, 준을 용서하게"라고 큰절을 하며 눈물을 글썽였다고 한다. 자금을 보내면서 백산이 최소한의 활동비 정도는 사용했을 거라고 짐작했던 것이다. 미안함과 고마움이 섞인 눈물이었다. 자존과 자존이 부딪히며 아름답게 얽힌 이 이야기에 나는 눈길이 오래도록 머물렀다. 이 역사의 정색(情色)이야말로 너무나 인간적이라서 더 숙연해진다.

소설 『지킬박사와 하이드 씨』처럼 나도 내 정체성을 정확히 말하기 어렵다. 나는 좋은 사람인지 아닌지도 모르겠다. 경남 김해군 가락면이 부산으로 편입된 이후 내가 김해사람인지 부산사람인지 늘 헷갈리는 것과 비슷한 이치다. 타인의 속을 다 들여다보고 비교해봐야 알 수 있는 일이다. 나는 말을 예의바르게 하는 사람과 오랜 교분을 가진다. 언어에는 반드시 존재가 들어 있기 마련이라고 하이데거는 말한다. 그래서 누가 부랑한 말을 하지 않는다면 나는 늘 지킬박사일 테지만 장담하지 못한다. 『지킬박사와 하이드 씨』의 작가 로버트 루이스 스티븐슨은 소설의 주제를 다음과 같이 말한다.

"나는 인간이 하나가 아니라 둘이라는 사실을 깨달았다. 인간은 궁극적으로 다면적이면서 이율배반적인 별개의 인자들이 모여 이루어진 구성체이다."

한국사회에서의 정파(政派)는 정체성이 오염되고 상처를 입을 때 당명을 바꾸고 분당을 통해 표적을 분산시킨 후 적절한 시점에 합당하는 방법으로 정체성을 회복한다. 그러나 개인은 다르다. 이름을 바꿀 수 없으며 몸을 둘로 나눌 수 없다. 개인은 가능한 한 명징한 정체성을 갖도록 노력하는 것이 바람직하다. 명징하진 않더라도 어느 정도 기준을 가져야 한다. 예로 나는 상대방에 욕설을 섞는 사람은 그 상대방을 사랑하지 않는다는 기준을 가지고 있다. 어떤 경우에도 화를 내는 스님은 큰스님이 아니라는 글을 읽은 이후의 일이다.

신영복 선생은 『담론』에서 "나는 내가 만난 사람들과 내가 겪은 사건으로 구성된다"고 말한다. 이런 맥락에서 보면 로버트 루이스 스티븐슨의 말도 신빙할 수 있다. 그러니 정체성을 지나치게 의식하기보다는 내가 '반짝' 하고 모양이 갖추어지는 순간이 언제인지에 더 집중하는 것이 맞겠다. 어딘가 모양 빠지는 자신을 느낀다면 정체성에 문제가 있다는 시그널이다.

월왕 구천은 오나라를 기습공격하지만 오왕 부차에 의해 포로가 된다. 오나라에 햇수로 3년간 인질이 되어 부차의 말을 키우는 천한 일을 하고 병이 난 부차의 똥을 손가락으로 찍어 맛보기까지 하며 부차의 의심을 풀었다는 이야기가 『사기(史記)』에 전해진다. 보통 사람은 자신의 정체성을 철저히 숨기고 위장한 구천과 같은 사람을 당해내지 못한다. 그러니 목이 길고 입이 뾰족한 사람을 조심하시라.

「모난 돌」이라는 시가 있다.

모난 돌이라 욕하지 마라

둥근 네가
온 세상 굴러다니며
세상 잡것들과 몸 섞으며

온갖 저지레를 다하는 동안

모가 나서
어느 쪽으로도 구를 수 없는 나는
해와 달, 저 철새들이 길을 잃지 않도록
여기 이 자리에 붙박이로 살았노라

때론 모난 돌이
떠돌이들의 이정표임을 잊지 마라

우리는 모난 돌이 정 맞는다는 속담 때문에 모난 돌이 떠돌이들의 이정표와 같은 정체성을 가질 수 있으며 제대로 정을 맞으면 훌륭한 조각품도 될 수 있다는 사실을 간과해왔다. 이렇듯 삶이라는 것은 해석하기에 따라 조각조각 빛을 머금고 있다. 늘 삶의 재해석이 필요한 이유다. 나는 나와 가장 밀접하게 직면할 수 있는 존재이며 내 정체성은 오로지 내가 만들고 규정하는 것이지 그 누구도 평가하거나 파괴할 수 없는 독자성을 지닌다. 이 정체성이 어떤 이유로 인해 거울 속의 사람처럼 흔들린다 할지라도 언제나 균형이라는 선물은 찾아온다. 포기하지만 않는다면.

그러니 모양 빠지는 모난돌이라 백안시해서는 안 되겠다. 그리고 생각해야겠다. 나는 언제 '반짝' 하고 빛나는 모양일지.

칠거지악의 복수

케이로스 전 이란 축구대표팀 감독은 2019 아시안컵 준결승에서 일본에 지고 난 후 이란 기자의 질문에 "너희들은, 뭐 했냐?"는 핀잔성 질문을 던졌다. 케이로스는 2014 브라질 월드컵 최종전에서 대한민국을 이긴 후 당시 최강희 감독에게 주먹감자를 날린 장본인이다. 주먹감자는 거리의 부랑아나 하는 모욕적인 제스처이기 때문에 패자인 상대방을 존중하지 못했다는 비난이 일었다. 월드클래스 반열에 오른 손흥민 선수는 "아무리 좋은 선수라도 상대를 존중하지 않으면 아무 것도 아니다"라는 아버지의 가르침을 항상 가슴에 새기고 있다고 했으며 대한민국 축구 국가대표팀 파울루 벤투 감독이나 토트넘 포체티노 감독 또한 상대에 대한 존중을 강조한다.

너희들은 뭐 했냐, 기자에게 그만 입을 나불거리라는 노장의 이 불쾌한 반응은 지나가는 행인에게 맥락 없이 으르렁거리는 견공(犬公)을 연상시킨다. 같이 진흙탕으로 빠지자는 이 '니는?' 전술은 톡 쏘는 사이다처럼 순간적 감정의 배설에 불과한 유치한 방어전술이다. 상대를 살짝 우습게 보는 심적 알고리즘을 가진 엘리트나 인격이 성숙되지 않은 유아적 기질을 가진 사람이 쉽게 저지르는 실수다. 그리고 영화나 드라마에서 주로 촉발의 기제로 작용한다.

"털어 먼지 안 나는 놈 있냐? 니 배에는 칼 안 들어가냐?"

이런 대사에서 관객은 벌써 심장이 두근거린다.

얄밉도록 지능적인 유형은, '할 말은 많지만 하지 않겠다'든지 '그 부분에 대해 말씀드리는 것은 부적절하다'는 식의 화법을 구사한다. 이는 화자에게 약간의 고상함을 부여할뿐더러 칼을 빼지 않고 상대방의 예봉을 무디게 하는 유구무언 화법이다. 여기에 '오늘은, 이 자리에서는'이라는 단서를 달기도 한다. 언제든 방아쇠를 당기겠다는 뜻이지만 그런 일은 일어나지 않을 공산이 크다. 궁금증은 증폭된다. 노이즈마케팅이라면 사실상 충분히 성공한 셈이다. 고개를 끄덕일 만한 협상 제의가 오기를 기다리는 당돌한 덫, 상대방이 부글부글 끓어올라 감정에 못 이겨 반응하는 순간부터 말려드는 것이다. 골리앗이 한번씩 이 그물에 걸려 넘어진다. 선택은 하나다. 눈물을 머금고 협상에 응하든지 이에는 이로 진흙탕 싸움으로 들어가든지.

강요된 묵언(默言)이 있다. 이 침묵은 특히 여성들에게 강요되었다. 심지어 칠거지악에는 시부모에게 불손하거나 말을 함부로 하는 경우까지 여성을 쫓아낼 수 있었다. 그리고 암탉이 울면 집안이 망한다고 하여 닭이 우는 것과 집안이 망하는 것은 전혀 인과관계가 없음에도 그러한 가정법을 억압의 문화로 구축했다. 여성에게는 순종의 가치를 탑재시키고 남성은 가정의 절대 존재로서 그 위상을 향유하기 위해서였다. 그러나 갑을 역전, 유튜브에서 누구나 들을 수 있는 어느 재벌가 여인의 악다구니 목소리가 충격으로 다가온다. 마치 내가 그 목소리의 대상이 된 느낌이 파도처럼 덮친다. 사내아이는 항상 우렁찬 고고성을 울리며 태어나야 하고 아녀자의 목소리는 담장을 넘지 않아야 한다는, 우리가 지닌 관념론적 인식기반의 완벽한 붕괴다. 나아가 칠거지악의 처절한 복수다. 유구무언이다.

사실 가십거리를 선사하는 케이로스 같은 유형의 인간들이 없다면 세상은 '근엄한 김 교수'로 가득 차서 얼마나 재미없는 곳이 될 것인가. 김 교수는 나이트클럽 같은 데서도 강의를 하려 드는 지루하고 따분한 부류들의 총칭이다. 세상에 공자 같은 사람만 산다면 우리를 배꼽 잡게 만드는 개그는 소나 말에게 맡길 것인가. 망나니 같은 정치인이 있어야 감동과 기쁨을 주는 정치인이 드러나고 사탄이라는 악을 상정하지 않으면 하느님의 임무가 모호해지듯 모든 게 뒤섞여 흘러가는 게 우리네 헛짚는 인생살이다. 그래서 사람들은 말로 싸운다. 그것도 처절하게 피를 뚝뚝 흘리며 투계처럼 싸우는 것이다.

세상에서 가장 모호하면서도 공격적인 사과는 "의도는 없었다, 불편했다면 사과드린다"는 문장이다. 이는 사실 의도된 선전포고다. 무엇이 그리 불편하냐는 거다. 결투신청이 명백함에도 상대방이 무대응으로 일관하는 것은 긁어 부스럼을 만들기 때문이다. 꼬리를 내리는 것처럼 보이지만 무대응 전략은 다양한 출구를 확보할 수 있는 멀티 카드다. 지금 세상은 사건과 사고의 폭죽놀이로 가득 찬 곳이지만 사람들은 며칠만 지나면 언제 그런 일이 있었냐는 듯 망각의 강에 빠진다.

고수는 묵언수행에 정진한다. 장자에 나오는 목계의 경지에 이른 경우다. 목계라 함은 나무로 만든 닭처럼 상대가 아무리 도발해도 평정심을 유지하는 단계를 이른다. 아마도 최규하 전 대통령이 이 경지에 올랐던 듯하다. 행정학 용어에 어떤 이슈를 아예 의제에 올리지 않는 무의사결정(無意思決定)도 같은 맥락이다. 어떤 결정도 하지 않고 누구의 편도 들지 않는다는 것, 이건 참으로 무서운 내공이다. 그러나 목계의 경지를 함부로 흉내 내다간 쫄딱 망한다. 자칫하면 우물쭈물하는 기회주의자의 민낯이 드러나기 쉬우며 누구도 진정한 우군으로 생각하지 않기 때문이다. 대부분 목계를 자처하고 흉내 내지만 어이없게도 그냥 닭값으로 팔리기도 한다.

기품은커녕 매너조차 없는 부랑한 말이 온오프라인에 흘러넘친다. 얼마나 잘났냐며 진흙탕 싸움을 걸고 고상한 말 뒤에 덫을 놓는다. 세월의 법칙은 입장을 바꿔놓았다. 이제 남성도 침묵을 강요당한다. 아예 입을 다문다. 아름다운 도전과 멋진 실수가 자리를 잃은 까닭이다. 제대로 된 평론이 힘을 잃어서이다. 음흉한 도발과 커튼 뒤의 협상이 무질서하게 행해진다. 이전투구의 필드에서 숨 쉬기가 점점 어려워진다.

축구에서는 최근 비디오판독시스템(VAR)이 도입되었다. 아무리 훈련된 심판도 완벽하지 않으며 인간은 불완전함을 전제한다는 취지다. 그래, 우리는 인간이었다. 불완전하고 두려움을 가진 인간이었다. 망각하고 있었다. 그럼에도 기계처럼 싸운다. 그러니 사람들이여! 너무 맵게는 말하지 말아다오. 인간적으로 부탁한다. (2019)

어쩌면 첫사랑

세이브 더 칠드런(Save The Children)에 전화를 걸었다.

늘 마음은 있었어도 숫자 몇 개로 구성된 그 전화번호를 누르는 게 그렇게 어려웠나 보다. 의령천에 흰 왜가리도 저렇게 품위 있게 나는데 나도 조금은 베풀 수 있는, 그리 나쁜 인간은 아님을 스스로 확인하고 싶기도 했을 것이다. 초등학교 6학년 때 내 예쁜 선생님은 마산교대 출신의, 키가 훤칠한 처녀 선생님이셨다. 치마 밑에 손거울을 놓고 쳐다보며 킥킥댔던 친구도 있었지만 피부가 하얀 선생님은 내가 범접할 수 없는 여신이었다.

나는 가령 농협에 적금을 붓는다든가 하는 선생님의 잔심부름을 도맡아 했는데 어느 날 선생님은 교육청에 상을 타러 가라고 말씀하셨다. 모범생에게 주는 상이려니 했는데 그곳에는 불우한 학생들이 모여 있었다. 아니 정확히 말하자면 사회자가 불우한 학생들 어쩌고 하며 우리를 불우한 학생이라 언급하고 있었다. 이윽고 집에서는 사주기 힘든 겨울파카를 하나씩 주었다. 터덜터덜 집으로 돌아오는 길, 나는 우울했다. 가난했지만 누가 나를 불우한 학생이라 규정짓는 건 무척 자존심 상하는 일이었다. 나는 속으로 외쳤다.

“선생님! 저는 불우한 학생이 아니에요!”

빡빡머리 소년은 엄마가 없고 초라한 입성에 늘 허기졌지만 너희들이 마음대로 불러서 불우하다 떠들고 생색낼 대상은 아니라고, 나는 힘겹게 그날을 내 머릿속에서 지웠지만 하늘보다 더 파랬던 그 진파랑 파카는 아직도 가끔 내 머릿속을 지나가기도 하고 졸졸 따라 다니기도 한다.

오른손이 하는 일을 왼손이 모르게 하라. 여러 명 모인 자리에 슬며시 자신의 선행을 왼손에게 생색내는 오른손이 있다. 보통 이런 경우를 본전치기밖에 못하는 ‘밥맛’이라 그러는데 나도 그러지 않는지 가끔씩 지난 일을 톺아본다. 내색하지 마라, 감정을 드러내지 마라, 겸손하게 굴어라, 사실 이런 분야엔 공무원은 어쩔 수 없이 실력이 쌓이게 돼 있다. 이름하여 무색무취의 경지다. 정치색을 띠어서는 낭패를 본다. 소주병처럼 가만히 앉아 있는 게 상책이다. 주의 주장이 강한 공무원은 ‘어디서~ 공무원이’라며 눈총을 받는다.

문제는 이런 수십 년의 수양(?)이 무색무취의 도(道)에 이르는 게 아니라 무미건조로 흐른다는 것이다. 유머가 없는 입과 경쾌함이 결여된 꼰대형으로 점점 퇴화되어 결국 재미없는 사람으로 박제되는 것이다. 이래서 공무원은 점잖 떨기 대회가 열리지 않는 한, 주위 사람들에게 인기가 없다 이런 젠장, 나는 내가 왜 별 재미없는 사람인지 지금 논리적으로 증명하고 있다.

나는 나와 피가 섞이지 않은 인간의 죽음에 꺼이꺼이 울음 우는 박애의 인간이 아니며 나의 에너지를 내 안전과의 타협에만 사용하는 인간일 뿐이다. 어떻게든 훌륭한 사람이 되고 싶었는데 별 볼 일 없는 인간이 되고 말았기에 나는 가끔씩 슬프다. 세이브 더 칠드런에 전화를 한 건 내 양심의 퇴보를 더디게 한 영양제 한 알이었다. 그런데 그 전화 한 통으로 이렇게 기분 좋아질 수 있다니, 사랑이 환하다. 좀 더 사랑하며 살 수 있겠다.

맞다. 나는 초등학교 6학년 때부터 사랑을 했다. 선생님은 나를 알아주셨고 나에게 도움이 되고자 했으며 너는 잘될 거라는 암시마저 주셨다. 나는 사랑의 부자였다. 그런 나를 두고 불우학생이라니, 교육청은 가끔씩 내 친구 석이처럼 터무니없는 오비(Out of Bound)를 낸다. 나는 읽을거리에서 사랑이야기가 나오면 정독을 하는 편이다. 사랑이 더 도드라져 보이기 위해 글쓴이의 얼굴 사진도 젊고 예쁜 걸 쓰는 것 같다. 나는 특히 여대생이 '선배'라는 호칭을 쓰는 게 좋다. 그리하여 덩달아 잠시 그 달콤함에 젖는다. 선생님은 1학기가 끝나갈 무렵 내 가슴 한가득 달달함을 남긴 채 포항제철에 다니는 남자에게 시집을 가셨다. 이후 한 사나이의 모든 연애의 기준이 되었다.

공무원은 없는 게 많은 사람이다. 재미가 없고 입이 없고 돈이 없고 색깔이 없는 사람이다. 그러나 '지'는 많은 사람이다. 월급 꼬박꼬박 나오지, 빨간 날 꼬박꼬박 다 놀지, 잘릴 걱정 안하지, 그래서 철밥통이지. 하지만 공무원이라 해서 공무원 아닌 날들이 없었겠는가. 공무원 사람으로서 여느 사람처럼 삶의 신산함이 없겠는가. 정치이야기도 할 수 없고 내밀한 사랑의 이야기도 할 수 없으며 누구를 신랄히 비판할 수도 없어 나는 오늘도 추억 하나를 끄집어내어 엿가락처럼 길게 늘인다. 무슨 말을 하고 싶은 것처럼, 비비 꼬면서 말이다. (2018)

이 또한 지나가리라

승진을 했다.

작년 이때쯤 집 뒤 어린이 놀이터에서 처연히 하늘의 초승달을 바라보며 "또 일 년을 어떻게 견디나!" 하며 한숨을 쉬었던 기억이 난다. 그러나 시간은 고장나지 않았고 강물처럼 흘러갔다.

"This too shall pass away. 이 또한 지나가리라"였고 그렇게 되었다.

누구도 대체해 줄 수 없는, 피할 수도 없는 사람의 인생길, 지친 사람들의 어깨를 녹여주기 위해 오늘 하루도 이렇게 저문다. 추운 겨울이면 인간을 세상에 보낸 하느님도 미안하여 밤을 더 길게 주신다.

"여기까지 온다꼬 얼마나 힘들었겠노!"

숙모님께서 하신 말씀이다. 미수(米壽)의 숙부님은 "농민의 아들로 태어나 니가 고생 많았다"라는 감동적인 격려 말씀을 주셨다. 그리고 한 분은 왼손을 한 분은 오른손을 잡고 어루만질 때 내 눈가도 촉촉이 젖었다. 동네 어귀엔 송강호가 청룡영화제

남우주연상을 탔을 때도 걸리지 않던 플래카드가 내걸렸다. 돌아가신 부모님이 바람이 되어 내 얼굴을 스친다. 문득 매캐한 담배냄새가 난다.

"아버지, 저 왔습니더!"

선친은 거북선이나 청자 같은 싼 담배를 피우셨다. 경찰대학 입학 후 처음 집에 들른 나는 우리 학생들이 견학을 간다든지 대학버스로 이동할 때 경찰 에스코트를 받은 이야기 등을 자랑삼아 떠들었다. 선친의 심드렁한 반응, 그런 특권이 있으니 불편하고 힘든 사람이 있다는 당신의 뜻이었다. 나는 무색해졌다. 선친이 생각날 때면 이 일이 떠오른다. 성찰해본다. 나는 어떤 사람인가? 특권을 바라고 즐기면서도 타인이 누리는 특권을 비판하는 사람은 아닌지.

정호승 시인을 좋아한다. "외로우니까 사람이다", 그의 시 「수선화에게」에서의 이 시구는 얼마나 아름답고 명쾌한 정의인가. 한때는 헤밍웨이의 "바다는 비에 젖지 않는다"라는 말을 좋아했다. 우리의 인생도 "이 또한 지나가리라"이다. 외로움에 젖지 않도록 철저히 외로워져야 한다. 타인에게 바라는 기대를 버리고 누르고 외면해나가야 한다. 징징대서도 안 된다. 안도현 시인의 "너는 누구에게 한 번이라도 뜨거운 존재였느냐"라는 표현은 매사에 궁시렁대지 말라는 충고다.

천상병 시인은 「귀천」이라는 시에서 "소풍 끝내는 날 가서 아름다웠다고 말하리라"라고 읊었다. 인생길에서 우리는 인간이라면 누구도 피할 수 없는 수많은 희로애락을 마주한다. 분명한건 승진이란 기쁨에 머물기보다는 이제 빠른 속도로 나이가 들어간다는 것, 때로는 보잘것없었던 내 삶의 편린과 더 친해져야 한다는 것, 후배들에게 좀 더 좋은 이야기를 들려줘야 한다는 것이다. 지난 일요일에 제사를 모시면서 선친께 이렇게 말씀드렸다.

"아버지! 저 승진했습니다!"

선친께서는 미동도 없이 "잘 하거라!"라고 말씀하시는 것 같았다. 어깨의 짐이 무거울수록 어른이다. 어느 시인은 "나는 내가 항상 무겁다"고 읊었다. 무거운 듯 가볍게 때로는 무심하게 아름다운 이 소풍 길을 걸어갈 일이다. (2016)

© 최상민. 경남 사천 비토섬, 2014

나팔꽃 인생 3

조금씩 잊혀져간다
머물러 있는 사랑인 줄 알았는데
또 하루 멀어져간다
매일 이별하며 살고 있구나
-김광석, 서른 즈음에

저 산은 내게 내려가라 내려가라 하네
지친 내 어깨를 떠미네
-양희은, 한계령

출퇴근길 차 안에서 우연히 이런 노래들을 만나면 과거로부터 도착한 선물처럼 느껴진다. 신나는 음악도 기분전환에 좋지만 이런 발라드는 존재의 우울을 깊게 어루만진다. 음악의 힘이다. 그런데 근래의 노래들은 힘이 부족하다. 신나는 거 같은데 그것뿐이고 사랑을 노래하는 거 같은데 질질 짜는 듯 들리는 창법에, 큰 사랑의 대범함과 깊이가 없다. 특히 젊은 남자 가수들이 결단의 힘이 없는 가사를 옹알옹알거릴 땐 한 대 쥐어박고 싶다.

사랑이란 무엇인가?

죽을힘을 다하여 밀어 올려야 하는 정답 없는 모순이다. 용필 형님도 '킬리만자로의 표범'에서 "모두를 잃어도 사랑은 후회 않는 것"이라 노래했다. 이런 각오와 깊이가 아니라면 그건 그냥 금방 잊히고 말 만남이거나 단말마의 쾌락이거나 적령기라서 해치우고 마는 결혼에 불과하다. 그래서 차라리 열아홉 이승기가 '누난 내 여자니까'라고 시원하고 남자답게 내질러버리는 게 더 순수해보이고 받아줄 만한 사랑이 되는 것이다. 아직 사랑을 꿈꾸는 그대들이라면 머리를 굴리지 말고 세속의 잣대는 집어던져야 한다. 그러지 않고선 언감생심 사랑의 언저리라도 갈 수 있을 터인가.

시대가 그렇다. 사람의 시선은 온통 넘치는 풍요에 쏠린다. 산동네 빈민촌은 눈에 보이지 않고 빈자의 인격은 인정받지 못한다. 노래는 당연히 그 시대의 문화와 맥락을 반영한다. 시대가 사랑과 여유를 가르치지 않으니 노래가 얄팍해진다. 제대로 슬퍼하지 않고 제대로 사랑하지 않는다. 결코 패배를 몰랐던 사랑이 싸워보지도 않고 쉽게 무너진다. 어쩔 수 없다며 자조할 뿐이다. 그래서 사랑을 아는 이도 드물다. 사랑의 모습이 어떻게 생겼는지 그릴 수도 묘사할 수도 없다. 그리하여 사랑을 모르는 사회는 거짓을 일반화한다.

가수 백지영의 '총 맞은 것처럼'이라는 노래 가사를 보면 '심장이 멈춰도, 구멍 난 가슴, 총 맞은 것처럼' 등 극단의 단어를 동원한다. 그리고 '치료해줘, 이러다 내 가슴 다 망가져'라는 자기 걱정으로 끝난다. 총 안 맞아 보고 총 맞은 것처럼 아프다고 뻥을 쳤으니 자기걱정부터 하는 게 당연하다. 사랑이 아니라 자기 마음대로 안 되니 투정을 부리는 것처럼 느껴진다. 엉터리가 아닐 수 없다. 은은하고 담백하면서도 깊은 울림의 사랑은 노래에서 사라져간다.

김정운 교수는『에디톨로지』라는 책에서 "창조는 편집이다"라고 말했다. 창조란 말이 쉽게 다가온다. 우리도 매일 편집하며 살고 있으니 매일 창조하는 셈이다. 일과를 편집하고 연휴를 편집하고 미운 사람을 편집한다. '일신우일신'이라는 말도 같은 맥락이다. 때로는 편집당하고 까맣게 잊힌다. 여성들이 헤어스타일을 자주 바꾸는 이유도 '어제로부터의 자기편집'이다.

추억은 과장되고 미화된다는 말이 있다. 추억이라는 과거도 편집되듯 사랑도 쉽게 편집된다. 사랑이 창조의 영역으로 옮아간다. 이제는 '미워도 다시 한 번'이라든지 '내 삶을 눈물로 채워도 널 기다리면서 살지도 몰라' 같은 순애보는 없다. 감미로움을 가장하여 응석부리는 노래가 대세가 되었다. 그런데 사람과 사람 사이의 사랑이 매일 창조되는 종류의 것일까!

그래서 〈님아 그 강을 건너지 마오〉라는 독립영화가 관객의 심금을 울린다. 누구나 사람은 영원하고 진실된 사랑을 추구하기 때문이다. 총각 탤런트 박찬환은 〈불타는 청춘〉이라는 프로그램에서 59세가 된 지금까지도 자기가 진정 사랑할 수 있는 사람을 기다린다고 했다.

노래에 취향이 있듯 사랑에 정답이 있겠는가. 그 오묘한 변주를 뉘라서 정의할 수 있겠는가. 평생 사랑하며 살 수 있는 사람만이 행복할 수 있으리라. 아직 사랑을 기다리는 그대여! 두려워 말고 사랑을 잡으라. 그 고통의 바다에 뛰어들어라. 당신의 삶을 눈물로 채워라. 결핍의 시대를 넘어 온 중년들은 술 한잔에 그렁그렁해진 눈빛으로 옛 노래를 흥얼거린다. 진짜 결핍은 사랑이 부재한 삶이었다고, 뜨거운 안녕을 하지 못한 삶이었다고.

김소월은 부인 홍단실에게 나라 잃은 슬픔을 토로하며 32세에 자살하였다. 「먼 후일」이라는 시다. 아! 오늘도 어제도 아니 잊는 것, 사랑이여!

먼 후일 당신이 찾으시면
그 때에 내 말이 잊었노라

당신이 속으로 나무라면
무척 그리다가 잊었노라

그래도 당신이 나무라면
믿기지 않아서 잊었노라

오늘도 어제도 아니 잊고
먼 후일 그때에 잊었노라

© 최상민, 전남 고흥, 2014

4부

물을 부어도 새지 않는 사이

사소해서 당연하고 가벼운 것들,
매일 반복되는 것들, 그것이 정성이고 진실임을
그 사소함이 단절되기까지는 누구나 잘 알지 못한다.

사소함에 대한 고찰

애연가였던 선배가 담배를 끊은 사연은 30년 골초치고는 퍽 사소한 편이다. 올 초 담뱃값이 두 배로 뛰어오를 게 확실시되자 거의 모든 담배 가게는 담배를 진열해놓지 않거나 한 번에 한 갑 내지 두 갑밖에 팔지 않았다. 하루에 세 갑 이상을 피고 한 번에 두 보루 이상 담배를 구입했던 선배는 약이 바짝 올랐다.

"내가 너희들 같은 쪼잔한 놈들에게 담배를 구걸하겠느냐!"

하늘이 무너져도 한 대의 담배를 물 것 같았던 선배는 그 길로 담배를 끊었다. 때론 이유 같지 않은 이유가 이유가 된다. 가수 박미경은 '이유 같지 않은 이유'라는 노래에서 "마음이 변했다면 이유를 대지마~"라고 노래한다. 마음이 변했다고 차마 말하지 못하는 연인에게 날리는 돌직구다. 그러나 이별을 통고하는 입장에서 둘러댈 수 있는 이유래야 그 사소함일 수밖에 없다. 대게 헤어짐의 이유는 시간 지나고 보면 얼마나 사소하고 찌질한 것이던가.

"대부분의 역사는 찌질한 사감으로 움직인다"는 색다른 해석도 있다. 친근한 집안 누님 같은 박완서 선생은 이렇게 읊조렸다.

“원래 사람이 그래. 먼저 밉고, 그게 감정 때문이 아니라고 말하려고 논리를 개발하지!” 이렇게 본다면 논리나 명분 같은 것들은 애초 사소한 이유거나 사감을 은폐하거나 보강하려 하는 것에 불과한 것일 수도 있다. 그러니까 카게무샤에 불과할 뿐 진짜는 따로 존재하는 허울 좋은 논리나 명분들 말이다.

숙종 5년 경신환국은 이렇게 일어났다고 한다.

> 왕의 허가 없이 궁중의 천막을 가져간 남인 영의정 허적은 숙종의 분노를 사고 허적의 서자 허견이 역모를 꾀한다는 고변이 올라 와 허견은 능지처참되고 100여 명이 처형되거나 유배되어 남인은 철저히 몰락하고 말았다.『왕을 참하라』 백지원 저

궁중의 천막을 가져가 잔치에 쓴, 어쩌면 별것 아닐 수도 있는 행위가 영의정이 왕권을 능멸한 것으로 해석되고 멸문지화를 당하는 엄청난 희생까지 초래했으니, 1989년 동독 정치국원 귄터 샤보브스키의 사소한 말실수가 독일통일을 낳은 것처럼 사소함은 사소함에 머물지 않고 어떤 변곡점을 계기로 논리와 명분을 잉태하여 거대한 역사를 만드는 것이다.

작은 잘못을 여러 번 반복하는 사람이 있다. 그것을 지적하기에는 트집 잡고 꼬투리 잡는 거 같고 그냥 넘기기에는 개운하지 않다. 이정원의 『전(傳)을 범하다』에 이런 말이 있다.

“사소한 악의 실체는 악에 있는 것이 아니라 사소함에 있다. 그것은 사소하기에 우리의 양심을 무기력하게 만든다. 또 그것은 사소하기에 다른 정당한 논리를 등에 업을 수 있다. 그리하여 사소한 악은 아무 것도 아닌 평범한 것이 되고 만다.”

때로 사소함은 통일을 낳고 죽음도 만들었다가 헤어짐의 이유가 되었다가 다시 미미한 것이 되어 사소함으로 치부되니 ‘이 사소한 놈’의 실체는 도대체 무엇일까? 위지안(于娟), 서른 살 최연소 나이로 상하이 푸단 대학 교수가 되고 자상한 남편과 귀여운 아이를 둔 상태에서 말기 암을 발견한 그녀, 그리고 사망한 그녀는 『오늘 내가 살아갈 이유』란 책에서 사소함에 대해 이렇게 말했다. “정성이란, 거창한 이벤트가 아니라 매일 매일 지속되는 사소함에 있다는 것을 그때까지 나는 알지 못했다.” 사소함은 서서히 모든 영토를 점령하는 힘을 가진다. 위지안뿐이겠는가. 사소해서 당연하고 가벼운 것들, 매일 반복되는 것들, 그것이 정성이고 진실임을 그 사소함이 단절되기까지는 누구나 잘 알지 못한다. 황동규 시인도 이렇게 읊었다.

> 내 그대를 생각함은/항상 그대가 앉아 있는 배경에서 해가 지고 바람이 부는 일처럼/사소한 일일 것이나//언젠가 그대가 한없이 괴로움 속에 헤매일 때에/오랫동안 전해오던 그 사소함으로 그대를 불러보리라

사소한 것은 과연 사소한 것일까?

사소함으로 그대를 불러보겠다는 시인의 마음처럼 더 간절한 사랑의 고백이 또 있을까. 시인은 정말 멋지다. 배우 원빈이 드라마 〈가을동화〉에서 읊었던 "얼마면 돼?"라는 대사도 정말 멋졌다. 왜냐고? 그가 줄 수 있는 모든 것을 주겠다는 거였으니까, 그 말 한마디가 모든 걸 사소하게 만들어버렸으니까, 그 사랑의 마음만 가장 빛나게 만들어버렸으니까 말이다.

사소한 이유로 담배를 끊었지만 그 사소함이 선배의 건강을 오래도록 지켜줄 거라고 생각하면, 그래서 나태주 님의 「촉」이라는 시가 이해가 된다. 시인은 아스팔트 각질을 비집고 솟아오르는 새싹의 촉끝에 지구를 들어 올리는 힘이 있다고 읊었다. 그 연약한 새싹의 촉에 백만 대군을 움직이는 힘을 부여한 것이다. 짧은 시 한편에는 이런 비의(秘意)가 들어 있다. 여자의 눈물이 강한 이유다. 여자는 신기하게도 자기가 필요할 때 아름다운 한 편의 시로 변한다. (2015)

모기를 위한 변호

윙- 하는 소리에 맹렬함까지 뿜는 저 모기가 내는 소리, 선잠을 깨운다. 살그머니 와서 배만 채우고 가면 좋으련만 귓전을 울리는 공습경보는 슬슬 화를 돋운다. 잠자는 거인의 코털을 건드린 죄에는 괘씸죄가 추가된다. 만일 눈꺼풀처럼 민감한 곳을 쏘기라도 했다간 장롱 뒤나 소파 밑으로 얼른 도망가지 않으면 사지가 찢어지는 거열형이나 바스러지는 압슬형을 가하고 싶은 복수심이 인다. 동식물은 생존을 위해 진화를 한다. 동물들은 오랜 세월을 거치며 보호색을 둘렀고, 로키산맥 해발 3,000미터 수목 한계선 지대에서 자라는 나무들은 매서운 눈보라 때문에 곧게 자라지 못하고, 마치 사람이 무릎을 꿇고 있는 형상을 갖추게 된다. 그런데 모기는 진화는커녕 눈치가 없어도 여간 없는 게 아니다.

모기가 소리를 없애는 쪽으로 진화했다면 먹이를 구하는 데 한결 수월했으리라. 한 끼의 식량을 구하는 데 매번 목숨을 걸지 않아도 되었을 것이다. 백수의 왕인 사자도 사냥을 할라치면 살금살금 다가가고 만물의 영장인 사람도 전쟁이 나면 얼룩무

늬 옷을 입고 무엇을 훔칠라치면 숨을 죽이고 깨금발로 살금살금 다가가는데, 남의 피나 빨아 먹는 모기 주제에 '나 모기여' 하고 사이렌을 울린다. 사람의 관점에서 사람이나 하는 생각을 해보자면 아둔함이라고 해야 할지 배짱이라고 해야 할지다. 아둔하다면 모기를 저렇게 만든 신의 오묘한 뜻을 헤아려야 할 것이고, 배짱이라면—사실 이 분야의 금메달감은 사람이지만—주인이 보건 말건 앵앵거리며 염치없이 남의 밥에 손을 대는 파리 같은 것에도 배짱이 있다고 해야 할지 헷갈린다.

아둔함과 배짱의 사이, 아니면 먹이의 대가로 항상 목숨을 거는 순혈의 패기를 삼각점에 놓는다면 모기 소리는 이 트라이앵글 안에서 태동한다. 모든 사물이 소리를 내려놓은 새벽, 이때 들리는 금속성의 모기소리는 전율을 일으킨다. 2차 세계대전 때 영국 도버해협을 건너는 독일 공습기를 레이더로 감지한 영국 공군은 즉시 스핏파이어를 출격시켰다. 그러나 진지에 고립된 이불 속의 병사는 불에 굽히는 오징어처럼 오그라든다. 누가 작고 가는 소리를 모기소리만 하다고 비유했는가. 이때 활개 치는 방의 주인은 모기다. 영해를 건너고 영공을 날아 공격을 시도한다. 인간들은 나라를 빼앗기 위해 비행을 하고, 날카로운 발톱과 부리를 가진 맹금류는 먹이를 통째로 잡기 위해 하늘을 날고, 모기는 글자 한 자 쓸 양도 안 되는 피를 구하기 위해 날갯짓을 한다.

겨울의 초입에도 모기는 아직 사람 곁을 물러나지 않았다.

딸아이는 눈을 동그랗게 뜨고 "아빠, 내 방에 모기 한 마리 산다!"고 한다. '산다'는 표현에 모기의 존재감이 느껴진다. 그리고 아주 잠시 작고 하찮은 모기의 삶을 생각하게 된다. 아이가 모기에 물렸을 때 아내는 코맹맹이 소리로 상처를 호호 불며 약을 발라주었다. 이 장면에선 적어도 모기가 모녀지간의 소통과 사랑의 매개체가 되었다. 그 후 아이는 침대 위에 하얀 모기장을 달았는데 그 모기가 그때 이후로 어떻게 되었는지를 생각하는 건 지나친 사소함일까.

나는 가능한 생물을 죽이지 않으려 한다. 산행 길에 여치, 사마귀 같은 풀벌레나 지렁이가 있으면 등산객의 발에 밟힐까 치워준다. 집 안에 들어온 곤충류도 '잘 살거라!' 하면서 힘들게 잡아서 내보낸다. 바퀴벌레도 휴지로 싸서 버릴 뿐 죽이지 않는다. 살생을 금하는 불교의 가르침을 따라서가 아니다. 어릴 때 닭 모이를 위해 개구리를 죽인 죄를 조금이라도 씻을까 해서다. 친구들과 함께 들을 휘저으며 날쌘 개구리를 잡아 바닥에다 패대기를 치면 개구리는 사지를 파르르 떨면서 죽었다. 친구 집의 닭들은 그 개구리를 게걸스럽게 먹고 자랐고 그 대가로 우리들은 군것질거리를 벌었고 텔레비전을 얻어 볼 수 있었다. 그런데 모기만큼은 이러한 자비의 대상에서 제외된다. 티베트의 고승 달라이 라마는 어느 인터뷰에서 가장 견디기 힘든 순간이 여름에 모기를 죽일 수 없을 때라고 했다. 모기도 소중한 생명으로 보기 때문에 그저 무시하거나 쫓아낼 뿐이라고 한다. 그러나 달라이 라마급이 아닌 평범한 사람에게 모기는 불구대천의 원수요 멸족의 대상일 뿐이다. 모기에게는 부처님의 가피나 하느님의 은총이 먼 듯하다. 모기에게 이건 정말 차별이다. 피 한 방울도 안 되는 밥벌이를 한다는 이유로 사람들이 모두 죽이려 드니 모기에겐 떡 하나 덜 주는 식의 차별이 아니라 목숨이 걸린 차별이 된다. 사람이 사람을 죽이려 드는 세상, 남의 피를 빨아 살면서도 거드름을 피우며 살아가는 세상 이야기를 모기들이 안다면 아마 치사해서 모두 티베트로 이민을 떠날지도 모른다.

소는 모기에게 있어서만큼은 달라이 라마와 동급이다. 등에 모기나 쇠파리가 앉으면 꼬리를 휘둘러 쫓을 뿐이다. 꼬리의 느린 움직임은 경망스럽지 않다. 때로는 우아하기까지 하다. 망상에 빠지지 말고 세상 야박하게 살지 말라는 돈오(頓悟)의 가르침인 듯, 큰스님의 부채처럼 천천히 바람을 가른다. 소가 부처가 되어 세상을 향해 죽비를 내리친다. 소의 꼬리에 부처님의 그윽한 자비가 느껴진다. 인간들은 천연기념물을 죽이고 털을 벗겨도 사냥이라고 점잖게 표현한다. 모기는 남의 피를 빠는 도적이지만 생계형일 뿐이다. 모기의 밥은 죽음 옆에 놓여 있다. 존재를 바치는 밥, 저토록 슬픈 밥이 이 지구상에 또 있으랴. 개는 충성스런 존재가 되었고 까치도 은혜를 갚았으며 개미는 사냥꾼의 발뒤꿈치를 물었고 지렁이도 꿈틀하는데 아직 모기는 저 수직의 벽에 우두커니 앉아 있다. 세상, 작고 하찮은 존재를 대변하며 다음 생을 꿈꾸는 좌선(坐禪), 이윽고 천천히 내려와 밥 옆의 죽음을 먹고 열반에 든다. 하늘의 명부에 적힌 모기 씨의 죄는 평생 한 방울의 피를 훔친 것이었다. (2009)

할매 순두부집에서

일요일 아침, 동네 조기축구회에 나가 맑은 공기를 마시며 오전 내내 땀을 흘리고 나면 마음에 슬며시 평화가 깃듦을 느낀다. 땀과 함께 스트레스와 삶의 소금기가 빠져나가고 나면 심신이 말랑말랑해지는 것이다.

운동을 마치면 우르르 목욕탕으로 몰려가 찬물 더운물을 오가며 잡다한 이야기를 나눈다. 동네 어느 미용실에 새로 온 아가씨가 예쁘고 어느 노래방이 시설이 좋다는 등 이런저런 이야기가 오고간다. 시시콜콜한 이야기지만 꾸밈이 없기에 진솔하고 순박하다.

조기회에는 시장에서 계란 파는 사람, 대리운전 하는 사람, 포크레인 모는 사람, 노래방 운영하는 사람, 샐러리맨, 교사 등 직업군이 다양하다. 그들이 쏟아내는 이야기는 바로 삶 그 자체다. 그들의 경제 이야기가 바로 실물경제요, 그들의 기쁨과 슬픔의 표현이 곧 서민문학이요, 이 모든 것은 목민관(牧民官)이 알아야 될 서민의 애환이다.

다시 우리가 우르르 몰려가는 곳이 동네 시장통에 자리 잡고 있는 '할매 순두부집'이다. 큰 양푼이 그릇에다 막걸리 여섯 병에 사이다 한 병을 섞는다. 오손도손 둘러 앉아 들이켜는 첫 잔의 맛, 여기저기서 캬! 하는 감탄사가 흘러나온다. 이 시점이 바로 조기축구 모임의 절정이요 백미다.

그곳에는 진짜 여든이 넘으신 할머니가 앉아 계신다. 계산을 할라치면 며느리는 계산서와 돈을 들고 할머니께 무언가 설명을 하는데 할머니는 말없이 그냥 고개만 끄덕인다. 그리고 며느리는 돈을 할머니께 맡긴다.

말랑말랑해진 심신에다 막걸리 몇 잔을 걸치고 이런 풍경을 보게 되면 나는 순한 양이 된다. 일주일을 통틀어 제일 선량해지는 것이다. 그러면 누구의 부탁이라도 들어주고 싶어진다.
(2003)

추석 단상

10일간의 연휴가 지났다. 정말 길고도 긴 연휴였다. 인터넷 댓글에 배꼽 잡는다.

누가 길다고 했나 지나고 나니 찰나의 순간이었다 /최 부장(나중에 김 부장도 나온다) 얼굴 또 봐야 하나 /군대 복귀하는 기분이다 /궁시렁대지마라 /삼분의 이만 일하고 월급 받는 거랑 샘샘해라 /자살하고 싶다 /나는 지금 옥상으로 올라가는 중이다 /아! 연휴 전날 퇴근하면서 마트에서 엄마 만나기로 한 그 순간이 최고로 행복한 순간이었다….

사람 생각은 다 비슷한가 보다. 속박을 싫어한다는 거, 아무래도 일상은 속박이다. 편안한 엄마의 얼굴이 아니라 근엄한 최 부장 앞에 서야 하고 주위의 눈치도 봐야 하며 처리해야 할 프로젝트는 머리를 짓누른다. 때로는 지긋지긋하기까지 한 일상, 그러나 그 일상이 소중하고 그리울 때도 있을 것이니 너무 한탄하거나 구박하지는 말자.

'조상 덕 본 사람들은 모두 비행기 탔다'는 기사도 있었다. 차례를 지내는 사람들, 뭐랄까! 한방에 머쓱하게 만들어버리는 말이다. 차례와 조상 덕은 아무런 상관관계가 없음을 이렇게 완벽히 증명하는 재치라니, 참으로 유능한 기자다. 놀랍다. 그 바람에 귀향하는 많은 사람들은 졸지에 조상 덕 못 보고 고속도로를 기어오는 바보 개미가 되었다(믿거나 말거나 정부에서는 이를 안타깝게 여겨 통행료 면제 조치를 취하였다는 설이 있다).

시대가 바뀌긴 했다. 이제 가족은 뿔뿔이 흩어져 살고 친척은 잘 만나지 않으며 오히려 스트레스의 대상이라 말한다. 추석 명절이라는 형식을 통해 가문의 힘과 격식을 과시하는 것도 호랑이 담배 피는 시절의 이야기가 돼버렸다. 그렇다, 추석 명절은 캐리어를 끌고 외국으로 여행을 떠나기 좋은 연휴일 뿐이지 며느리가 극심한 스트레스를 받는 날이 아니다. 별 도움도 안 되는 시댁, 그리고 딱히 우호적으로 느껴지지 않는 친척들, 그 묘한 분위기, 그 속에서 전을 굽고 상을 차리고 설거지를 해야 하는, 아! 가련한 여인이여, 어차피 인생은 빈 술잔 들고 취하는 것, 차라리 결혼이나 말 것을.

추석 명절 연휴기간에는 가정폭력이 평소보다 50% 늘어난다. 이혼율도 연휴 직후에 세 배나 증가한다고 한다. 추석 명절은 구타유발자요 이혼 장려일이라 해도 과언이 아니다. 웃음꽃이 피는 집이야 그래도 좀 나을 테지만 갈등이 내재된 집안 분위기는 일촉즉발이다. 뭔가 잘못됐다. 육전(肉煎)이 잘못한 것도 조기가 잘못한 것도 아니다. 무엇이 문제일까.

나는 자유란 빚지지 않는 것이라 생각한다. 빚은 구애받는 것이다. 결혼은 잔뜩 빚을 지는 행위다. 의무가 산더미 같다. 경제활동을 해서 가정을 유지해야 하고 아이를 낳으면 잘 키워야 한다. 사돈에 팔촌에 경조사는 좀 많은가. 자유자재하시기 위해서 당신이 낳아 놓은 딸을 굳이 불필이라 칭하신 성철스님도 경상도 말로 꼬롬한 느낌이 있다. 인연은 인연일 뿐이다. 모든 부모는 원죄가 있다. 이 고해의 바다에 자식을 뿌린 죄다. 그래서 부모는 내내 우는 사람이라는 것을, 그 불쌍한 자식의 얼굴을 보기 위해 추석 명절을 손꼽아 기다린다는 것을, 최 부장이 주지 않는 진심을 주는 사람이라는 것을, 자식은 모른다, 자신이 원죄를 저지르기 전까지는, 그래서 추석 명절이 되면 아내의 눈치를 살핀다는 신문 기사의 남자가 애잔하다.

옆으로 새는 이야기지만 영화 〈남한산성〉, 주인공들의 목소리가 그렇게 멋있고 우렁차도 되는 것인가. 여기에 나오는 왕과 대신들은 모두 빚쟁이들이다. 백성을 보호해야 하는 빚을 지고 있는 자들이 방종을 일삼다 백성을 사지로 몰아넣었다. 주전(主戰)이니 주화(主和)니 하는 것도 웃긴다. '주전'은 승산 없는 싸움을 하자는 것이고 '주화'는 싸워보지도 않는 비굴한 굴종이다. 전쟁이 끝나고 어떻게든 살아남은 그들은 또 호의호식하며 빚쟁이 사기행각을 벌인다. 백성을 하늘이라 해놓고 실제는 발톱의 때처럼 여긴다. 여기에 조선 유교의 위선이 있다. 인조는 스스로 죽어야 마땅했다.

세상풍파 다 겪은 노인들이 자주 말씀하신다. "펀케(편하게) 해라이!" 모든 살아 있는 것들은 편안함을 추구한다. 편안함은 곧 자유다. 그래야 자기의 이유, 즉 자유에 이를 수 있다. 나도 원죄가 있는 사람, 나는 아들에게 이렇게 유언할 참이다. "내 제사를 지내지 마라, 죽으면 태워서 뿌려라, 너희들끼리 일 년에 한 번이라도 만나 나를 추억하는 잠시의 묵념으로 족하다. 그 장소는 이왕이면 골프장 클럽하우스나 공항이면 더 좋겠다."

그리고 아이들이 결혼을 하면 서로 그리움이 깊어질 때만 만나자고 할 것이다. 나같이 예민한 사람은 며느리의 위장된 미소를 감내하기 어렵고 감내해서 지켜지는 가치는 값어치가 있다고 보기 어렵다. 차례와 제사는 아주 간략하게, 나아가 그런 제사의 형식을 취하지 않는다 해서 조상님들이 데모라도 하시겠는가.

코스모스 피어 있는 정든 고향 역은 우리 마음의 고향이다. 여우도 수구초심이다. 뿌리가 없는 나무는 없다. 인간은 모두 빚지고 사는 존재다. 공기 한 숨도 자연으로부터의 빚이다. 없을 수 없다면 받아들이고 피할 수 없다면 즐겨라. 궁시렁대지 말자. 그 누구도 책임이 없으며 그 누구도 비난받아서는 안 된다. 스스로 빚지는 행위를 하면서 자유까지 바라는 건 어른이 아니다.

우리는 정말 모를까, 진짜 문제는 추석 명절에 있는 것이 아니라 위로받지 못한 나의 삶과 사랑받지 못한 너의 삶이 접점을 찾지 못해 아직도 헤매는 것임을. 여기 좀 봐달라고 소리치고 있음을. 쿨하게 받아들이기엔 아직 우리가 철없고 너무 젊다는 것을. (2017)

나의 영웅 김득구

봄이다. 누구의 입김으로 만들어졌기에 봄바람은 이리도 싱그러운가. 연애가 필요한 시간, 세상 모든 처녀는 공평하게 봄 처녀가 된다. 이은상 시인은 봄을 처녀에 빗대어 표현했다.

봄 처녀 제 오시네
새 풀 옷을 입으셨네
하얀 구름 너울쓰고
진주 이슬 신으셨네
꽃다발 가슴에 안고
뉘를 찾아 오시는고

그러나 춘래불사춘, 봄이 왔으되 이 찬란한 봄을 누리지 못하는 사람도 많다. 나도 그중의 하나다. 직원들과 풋살 축구를 하다 오른발 내측 무릎인대가 파열되고 말았다. 나의 봄이 찢어졌다. 아직 청춘인 줄 알고 설친 내 탓이려니 자책하며 넘어진 김에 쉬어가자 자위하면서도 우울한 기분까지는 떨치지 못한다. 이렇게 하루아침에 처지가 달라지니 장애인 이동권이 왜 중요한지 알게 되고 생뚱맞게도 교도소에 갇혀 바라보는 봄이 어떠할지도 생각하게 된다.

촛불항쟁 이후 올 봄에 급전직하 처지가 달라진 사람들이 많다. 한때 우리의 리더였던 사람들, 나 또한 때로는 동정 때로는 냉소로 뒤섞인 중의적 감정들을 느낀다. 동시대를 호흡하며 지내왔으므로, 다수결은 곧 우리 전부가 선택한 민주주의였으므로 나는 아무런 책임도 없는 듯 야박한 말을 쉽게 내뱉을 수는 없다. 최소한 인간적으로는 그렇다는 얘기다.

무술년 올봄에는 뉴스가 참 많다. 원양어선 그물망에서 고등어가 퍼덕거리며 쏟아지는 것처럼 많다. 눈앞이 반짝이거나 가슴을 울렁거리게 하거나 봄바람처럼 따스한 뉴스도 있지만 화나고 답답한 뉴스가 이리도 많다. 성철스님은 다른 이의 허물은 농담으로도 앓으리라고 하셨는데 뉴스는 남의 허물만 들추고 확인되지 않은 사실까지 후벼 파니 뉴스를 보는 우리는 애당초 수양의 자세가 되어 있지 않다. 당연히 득도하기는 영영 글렀다.

그러다 운이 좋게도 가슴을 적시는 뉴스를 만났다. 고 김득구 권투선수의 유복자 김지완 씨의 얘기다.

"뭔가 이제서야 제 인생이 이어지는 것 같아요! 생각의 끈으로 아버지의 마지막 경기를 봤는데, 정말 30년 전에 엄마 뱃속에 있던 나를 위해 열심히 싸웠구나! 아버지가 어머니를 정말 사랑하셨구나! 가슴 깊이 느꼈어요!"

김득구 선수는 챔피언이 되지 못한다면 살아서 돌아오지 않겠다는 결연한 의지로 미국으로 떠났다. 네바다주 라스베이거스 시저스 팰리스 호텔 특설 링, 열세일 거라는 예상과 달리 김득구 선수는 불굴의 정신으로 대등한 싸움을 벌여나갔다. MBC 중계를 보던 나는 앉아서 시청하지 못하고 일어서서 주먹을 휘두르며 그와 함께 싸웠다. 그러나 김득구 선수는 안타깝게도 14라운드에서 미국 레이 맨시니 선수의 주먹에 쓰러져 그만 혼수상태에 빠지고 말았다. 그때 나는 중학교 3학년이었다, 82년 11월 14일 일요일 아침 그날의 깊은 우울을 선명하게 기억한다.

냉수로 허기진 배를 채우며 가난을 벗어나기 위해 꼭 챔피언이 되고 싶었던 강원도 사나이 김득구, 그때 뱃속에 있었던 김지완 씨는 치과의사가 되어 레이 맨시니를 만난다. 산타모니카에서 지완 씨를 만난 맨시니가 먼저 입을 열었다.

"자네를 만나고 싶었다네, 그런데 막상 만나니 무슨 말부터 해야 할지 모르겠네…."

몇 초의 정적이 흐른 뒤 "어머니부터 소개해 드릴게요!"라며 지완 씨가 어머니 이영미 씨를 가리켰다. 이영미 씨가 고개 숙여 인사하자 맨시니의 눈에 눈물이 고였다. 그리고 말했다.

"이제 제가 비로소 편한 마음으로 살 수 있을 것 같습니다."

나는 이 기사를 접하고 깊은 감명을 받았다.

"그이의 분신을 훌륭히 키우겠다"라고 말하고 그 약속을 지켜낸 당시 임신 3개월의 약혼자 이영미 씨, 항상 김득구 선수를 마음에 두고 평생 속죄하는 마음으로 살았던 레이 맨시니, 성인이 돼서야 아버지의 사랑을 마음으로 느낀 지완 씨, 그리고 이 셋의 만남, 눈물과 감동과 사랑이 내 마음을 적셨다.

그런가 보다. 겨울의 찌든 때는 봄바람이 씻어내고 뉴스로 입은 상처는 또 뉴스로 위로받는다. 이영미 씨가 참 고맙다. 내 마음의 영웅 득구 형님은 좋은 여자를 만나셨다. 못 다한 인연은 꼭 다음 생에 꽃 피우길 기원드린다. 지금 나는 아주 축소된 인간이다. 춘삼월의 봄바람을 어찌할 수가 없다. (2018)

말을 리뉴얼하라

주현미의 '정주고 내가 우네'라는 노래가 구성지게 흘러나온다. 옆 사람에게 물었다. "정 주고 울었던 적이 있는가요, 울린 적은 있어도 운 적은 없습니다, 총각 때 다 그런 거 아입니꺼!" 차 안의 사람들이 일동 웃는다. 윤복희의 '다 그런 거지 뭐'라는 노랫말이 생각난다. 이미 이별을 작정한 사람의 마음을 붙잡을 수는 없는 일이다. 빰이라도 한 대 갈기고 돌아설 수밖에. 나이가 드니 트로트 노래의 가사가 더 와닿는다. '애수의 소야곡' 첫 소절은 가사까지 환상적이다.

> 운다고 옛사랑이 오리요마는
> 눈물로 달래 보는 구슬픈 이 밤

섬은 바다를 잇고 다리는 사람을 잇는다. 새만금 어디쯤엔가 적힌 글이다. 바람처럼 지금 너에게 당장 달려갈 수는 있지만 그러지 않는, 아니 그럴 수 없는 이유를 정현종 시인은 말한다.

사람과 사람 사이에 섬이 있다

그 섬에 가고 싶다

가고 싶었지만 갈 수 없었던 섬, 가지 않았던 섬, 여전히 외로운 섬, 눈물로 그려보는 섬, 사람은 누구나 섬을 가진다. 그래서 사람들은 정 주기 위해 주위를 두리번거린다. 정 주고 울지라도 정 주고 우는 그 울음이라는 걸 한번 울어 보려고 술을 마시고 거리를 걷고 노래를 하고 이 가을 국화 옆에서 사진을 찍는다.

사랑에 충실했던 배우 신성일의 죽음은 사람과 사람 사이의 관계에 대해 또 사랑에 대해 많은 걸 느끼게 한다. "저승에선 순두부 같은 여자 만나 구름 타고 놀러 다니시라"는 엄앵란의 멘트는 말의 격조란 걸 제대로 보여준다. 영화에 살고 영화에 죽은 스타에게 딱 들어맞는, 이 스토리 있는 한 줄의 말은 문학적이기도 하거니와 영화의 멋진 대사 같은 헌사다. 죽어서도 다시 구름 타고 놀러 다닌다니, 사람의 죽음에 이 정도로 생명력을 불어넣은 적이 일찍이 있었던가! 순두부 같은 여자를 만나라는 말에서는 배우자의 허물 있는 삶을 정정당당하게 치유해주는 어떤 힘과 의리마저 느껴진다. 이 정도 도량 있는 여자였으니 엄앵란은 젊은 신성일을 품었을 것이다. 오히려 엄앵란은 신성일의 남자다움을 이야기한다. "내가 존경할 만해서 55년을 살았지 흐물흐물하고 능수버들 같은 남자였으면." 아내로서의 이런 멘트는 신성일이 정직하고 의리 있고 고집이 셌다는 주위의 평가와 맥락이 일치한다. 부창부수다. 반면 신성일의 멘트는 매우 평범한 단어지만 진심이 강하게 느껴진다. "참 수고했고 고맙고 미안했다." 죽음 직전의 말은 울림이 강하다. 그는 남편으로서의 마음을 드러냈다. 이 한마디 말로 아내인 엄앵란의 섭섭함은 다 지워졌을까, 나는 그러하리라고 본다. 그리고 '참'이라는 부사가 이럴 때 가장 적절하게 사용될 수 있음을 제대로 깨닫는다.

사랑은 소통이다. 나희덕 시인은 "네 가슴 밑바닥에 닿아봤으면 했다"고 읊었다. 상대의 가슴 밑바닥에 발을 디디고 선다는 건 얼마나 큰 기쁨이며 충만일까! 완벽한 소통의 침대는 얼마나 큰 제국인 것인가! 우정도 그러하다. 단단한 버팀목으로 존재하지만 자유로울 수 있도록 배려해 주는 것, 비유하자면 소떼가 노니는 푸른 목장 같은 것이 우정이리라. "차운산 바위 위에 하늘은 멀어"라는 완화삼으로 운을 띄우니 "구름에 달 가듯이 가는 나그네"로 받았던 조지훈과 박목월 선생의 일화는 푸른 밤 속으로 기차여행을 떠나는 것과 같은 아련함마저 선사한다. 이렇듯 격조 있는 소통은 오랜 세월 인구에 회자되는 힘과 생명력을 지닌다. 60년 전 『경향신문』 1면에도 주목할 만한 소통이 실렸다. 청년 이어령이 "학의 목소리로 시를 읊고 신라의 거문고로 구름을 부르는데 어째서 우리의 마음은 이렇게 답답할까요, 국화꽃 그늘에서 순수한 주정에 취하셨다"라며 순수문학을 비판하자 미당 서정주 시인은 "현실의 표면쯤은 휴지와 같을 수 있다. 그러니 현실이 아닌 영원에 천착하겠다"라며 점잖게 답했다. 미당 사후 이어령은 "이제 미당의 언어는 바다의 것, 하늘의 것, 우주의 것이 되었다"며 천재시인에 대한 예를 갖춘다.

어릴 때부터 참 많이도 들은 말이 "서울은 눈 감으면 코 베어간다"는 말, 요즘은 "눈 뜨고 있어도 코 베어간다"는 말로 진화했다. 내가 부산에 살고 있는 것도 코를 잘 간수하기 위한 방편이라고 한다면 유머의 반열에 들 수 있는 것일까. 요즘 유명인들은 많은 것들과 싸워야 한다. 능지(陵遲)나 박피(剝皮)의 고통에 버금가는 악성댓글과 싸워야 하고 가짜뉴스와 싸워야 한다. 팩트는 왜곡되고 과장되어 헛소문이 된다. 기원전 로마 사람이었던 오비디우스는 소문의 여신을 이렇게 긍정적으로 설명한다.

> 세상 한가운데, 바다와 대지와 하늘의 중간에 우주 삼계(三界)가 서로 만나는 곳이 있다. 이곳에서는 아무리 멀리 떨어져 있어도 뭐든 다 보이고, 열린 귀로 뭐든 다 들린다. 이곳에 소문의 여신, 파마(fama)가 산다. 꼭대기에 그의 거처가 있다. 이곳은 수많은 입구와 수천 개의 통로가 나 있고 문은 문짝이 없어 밤낮으로 열려 있다. 『변신이야기』

그런데 요즘은 파마 신도 울고 갈 세상이다. 예수님께서 '죄 없는 자, 저 여인에게 돌을 던지라'시니 다음 날 신문에 '예수, 창녀 옹호 발언 파장 일어'라고 왜곡하고 부처님께서 '천상

천하유아독존' 하시니 '부처, 오만의 극치, 국민이 심판해야'라고 조롱하며 최영 장군이 '황금 보기를 돌같이 하라'시니 '최영 장군, 돌을 황금으로 속여 팔아'라며 덮어씌운다. SNS상에서는 코 베어 가는 정도가 아니라 오마분시의 폭력과 십자포화의 저주를 퍼붓는다. 당하는 사람 입장에서는 죽음을 생각할 정도로 힘들다.

사랑과 낭만, 연대의 시대는 가고 소통의 단절과 확증 편향의 시대가 목을 조른다. 말은 점점 거칠어지고 목소리는 점점 높아지며 제네바 협약도 지켜지지 않는 진흙탕 싸움이 도처에서 벌어져도 그게 대화의 기본인 것처럼 받아들여지는 무감각함은 이미 우리의 양심마저 점령했다. 사람이라는 존재는 눈앞에 바다를 핑계로 헤어지기도 하고 다시 한 번 믿으며 사랑할 기회를 주어 보기도 하며, 마지막 눈길마저 거부하던 사람이 초라한 모습으로 다시 돌아와 울기도 하는 것이다. 다만 그래도 품위를 잃지 말고, 다만 그래도 시들한 그 맹세를 까먹지는 말자는 것이다. 박지원 의원이 형님뻘인 신성일의 빈소에서 "내 아내에게 안부 전해 주시라"라고 한 멘트도 해학적이었다. 엄앵란의 "순두부 같은 여자 만나 구름 타고 놀러 다니시라"는 말, 이건 정말 스타의 죽음을 축제로 승화시키는 압권이었다.

앵란 누님! 파이팅이다. (2018)

물을 부어도 새지 않는 사이

날씨가 쌀쌀해졌다.

패티 김은 '가을을 남기고 간 사랑'을 노래했는데 사람의 흔적이란 저토록 큰 공허를 남기는가 보다. 사랑이 가을을 남기고 가다니, 가을은 얼마나 큰 공허인가. 날씨가 쌀쌀해질수록 외로움이 날을 세우고 청춘은 짝을 찾아 두리번거린다. 그래서 짝이 생기면 '난로를 마련했다'는 표현을 한다.

청담스님이 평생의 도반이었던 성철스님의 속세 딸 불필스님에게 이렇게 말했다.

"니 아부지하고 내하고는 물을 부어도 새지 않는 사이 아이가!"

나는 '물을 부어도 새지 않는'이라는 표현에 눈길이 한참 머물렀다. 청화스님의 이 표현으로 말미암아 나는 숙제를 가지게 된다. 물을 부어도 새지 않는 사이가 뭔지를 알고 싶기 때문이다. 그런 사이는 도대체 어떤 사이일까! 가을처럼 공허한 느낌이 인다.

수능시험이 있었다. 삼수해서 의대 간 아들을 둔 선배는 수

능 날 속이 시커멓게 탔다는 표현을 한다. 강준만 교수의 『강남좌파』라는 책에는 이런 표현이 있다. "한국에서 가장 치열한 계급투쟁은 노동운동이 아니라 대학입시전쟁이다." 그런데 행복은 성적순이 아니라고들 이야기한다. 얼마 전 우리나라 국민들의 행복지수가 중국, 베트남보다 낮다는 보도가 있었다. 행복이 성적순도 아니고 재물에도 좌우되지 않는다면 행복은 무슨 순일까. 행복을 좌우하지도 않는데 왜 사람들은 대학입시전쟁까지 치르는 것인가.

『정약용과 그의 형제들』이라는 책을 보면 저자는 "다산 정약용은 인생에서는 실패하고 역사에서는 성공한 불행한 인물"로 규정한다. 이런 표현방식을 빌린다면 우리는 각자의 인생을 수백 가지로 규정할 수 있겠다. 'A에는 실패했지만 B에는 성공했다'라는 식으로 말이다. 나는 나의 인생을 어떻게 규정할 것인가. 그런데 역사에서는 성공했다면서 왜 저자는 다산 정약용을 불행한 인물이라고 표현하는 것일까. 귀양살이가 길었다 하여 인생에서 실패했다고 규정될 수 있는 것일까. 수많은 업적을 남긴 존경스러운 인물이라 할지라도 오랫동안 정쟁(政爭)에 희생당한 그 인생이 부럽지는 않아서일까. 그렇다면 결국 사람들은 일생의 부귀와 안락을 행복의 조건으로 여기면서도 그 속내를 굳이 드러내지 않고 다른 고상한 이야기를 늘어놓는 것인가.

얼마 전 회의시간에 직원들에게 뜬금없이 이런 질문을 던졌더랬다.

"지금 행복합니까?"

근데 참 신기한 것은 그 질문만으로도 굳게 닫혀 있던 직원들의 표정이 환하게 열리는 것이었다. '요즘 어떻게 지내냐'는 안부전화에 내가 '에브리데이 해피데이'라고 답을 하곤 했을 때 전화기 너머 상대방이 웃었던 것과 같은 맥락이리라. 사람들은 행복이라는 단어만으로도 금방 생기를 찾는다. 부모가 자식을 보면 금방 힘을 내듯이 말이다.

『노자타설』이라는 책에 이런 중국 옛말이 있다.

"인생 백년 삼만 육천 날을 근심 중에 있지 않으면 병 중에 있네!"

온갖 근심걱정을 하다가도 누구에게 전화가 오면 짐짓 아주 잘 지낸다고 웃으며 답할 수밖에 없다. 내 뇌를 세뇌시키는 것이다. 근심도 잠깐 비켜서서 바라보면 별거 아니다. 한주먹거리도 안 되는 것이 나를 괴롭히고 있었다고 생각해야 한다. 사람들이 자주 쓰는 말 "거 머시라꼬!"가 바로 이런 과정을 거쳐 탄생한 자기세뇌법이다.

"죽지 않는 한 모든 것은 가벼운 상처에 불과하다"라는 말이 떠오른다. 행복의 정의는 각자의 몫으로 남겨두도록 하자. 다만 누구의 말처럼 인생은 진부하기는커녕 매번 새롭고 아픈 것이라는 걸 잊지 말았으면 한다. 감명 깊게 읽은 책 중에 『가시나무새』라는 책이 있다. 랠프 신부와 매기 클레어리가 만나는 장면이 떠오른다. 누가 그랬다.

"아무리 긴 소설도 실은 어느 한 사람에게 보내는 편지"라고.

남진 형님은 '우수'라는 노래에서 "맺지 못할 인연일랑 생각을 말자"라고 노래했지만 생각을 말잔다고 생각나지 않는 게 인연이던가. 가을은 어느 한 사람에게 편지를 쓰기 좋은 계절이다. 가을의 우수(憂愁)가 사람으로 하여금 '살아 있음'을 새롭고 아프게 느끼게 한다. 저 공활(空豁)한 가을 하늘을 바라보면서 사람은 어쩌면 평생에 걸쳐 편지를 쓰고 있는 존재일지도 모른다는 생각을 한다. 행복이든 고통이든 물을 부어도 새지 않는 가상(假想)의 그 사람을 그리면서 말이다. (2014)

변신이야기

오비디우스의 『변신이야기』(그리스 로마 신화를 집대성)를 읽고 하늘을 쳐다보면 창공에 신(神)들이 벅적거리는 느낌이다. 태양도 구름도 바람도 예사롭게 보이지 않고 길가의 가로수, 산과 바다, 호수와 옹달샘, 나무 한 그루에도 사연이 숨 쉬는 것 같다. 신들의 이야기는 두 가지 원칙을 전제로 한다. 하나는 신이 인간에게 질 수 없다는 것과 한 신이 한 일을 다른 신이 원상태로 되돌릴 수 없다는 거다. 그러나 강신(江神) '아켈로오스'는 '헤라클레스'가 아직 인간이었을 때 '데이아네이라'라는 아름다운 처녀를 두고 '헤라클래스'와 싸움이 붙었는데 박살이 나고 말았다는 이야기가 책에 엄연히 존재한다. 신은 인간과 결혼(테티스 여신과 인간 펠레오스)을 하기도 하고 인간을 사랑하기도 한다. 또 그들은 그들의 제단에 향을 사르고 인간들이 뭘 갖다 바치는 걸 좋아한다. 이때는 주로 잘생긴 황소나 양이 희생된다.

그리스 로마 사람들이 만든 신들의 이야기가 곧 그리스 로마 신화다. 우리도 단군 신화를 만들었다. 이는 모두 허구의 이야기다. 하늘에 팅거벨같이 생긴 요정이 있을 턱이 없고 곰이 마늘을 먹는다 하여 사람이 될 수도 없다. 인간은 집요하리만치 뿌리를 찾고 사물의 연관관계나 인과관계를 연구한다. 과학과 인문학은 동전의 양면처럼 앞서거니 뒤서거니 서로 추동해왔다. 어느 시기에는 과학이, 어느 시기에는 인문학이 태양의 빛을 받아 더 빛난다. 신화는 인간 정신문명의 산물로 시간과 공간과 인과관계라는 세상의 틀을 벗어나지 못한다. 신은 세상 너머 천궁에서 영원히 산다고 하지만 신들의 이야기라 해서 사람의 이야기와 별반 다른 것이 없는 이유다.

'쿠피도(에로스)'의 화살을 맞은 '아폴로(아폴론)'는 싫다는 요정 다프네를 줄기차게 쫓아다닌다. 얼마나 싫었으면 아폴로의 손이 몸에 닿자 다프네는 월계수가 되어버렸다. 아무리 사랑했다 하더라도 아폴로의 행위는 납치로 신고될 수 있는 지독한 스토킹으로, 결국 살신(殺神)을 저지르고 만 것이다. 갓 퇴직한 전관의 변호사를 사지 않는 한 백 퍼센트 구속이다. '제우스(유피테르)'는 신중의 신으로 불벼락이라는 막강한 힘을 가졌다지만 존경심이라고는 불러일으키지 않는, 독재에다 갑질을 일삼는 난봉꾼이다. 경찰의 관점에서 보면 제우스는 대여성악성범죄꾼이다. 능히 종신형이다. 그 죄상은 이렇다. 제우스는 아름다운 처녀 '이오'를 보고 숲속 그늘진 곳으로 가자고 꼬신다. 처녀가 달아나자 자신이 불벼락을 던지는 신이라 말하며 겁을 준다. 처녀가 리르케아 들판으로 달아나자 대지에 어둠을 깔아 감금한 후 처녀를 겁탈한다(책에는 사랑을 이룬다고 점잖게 표현되어 있다).

그리고 아내 '유노(헤라)'에게 들킬까 봐 '이오'를 새하얀 암소로 전신(轉身)시켜버렸다. 이는 성범죄의 종합판이다. 모텔로 가자고 꼬시고 벼락이라는 위력으로 겁을 주고 감금해서 강간까지 한 것이다. 우습게도 유노의 눈치를 보는 걸 보면 아내 눈치 보기에 급급한 지금 남자들이나 그리스로마의 남자들이나 도긴개긴이다. 결국 이오는 제우스의 도움을 받아 흰옷 입은 신관들을 거느리는 어엿한 여신이 되었다고 한다. 이 대목은 힘 있고 돈 있는 남자가 미인을 취한 후에 한 살림 챙겨주는 장면을 연상시킨다.

따끈따끈한 전관의 변호사를 금화 두 박스를 주고 사서 작가 오비디우스의 마음까지 움직인 '제우스', 신들과 인간의 아버지 제우스는 겨우 구속을 면하고 아들인 태양신 '포이보스 아폴로'의 핏줄인 '파에톤'이 일으킨 교통사고를 수습하기 위해 세상을 둘러보던 중 요정 '칼리스토'를 본 순간 정염의 불길이 골수에까지 옮겨 붙었다. 칼리스토는 사냥의 여신 '디아나'의 시종이었다. 제우스는 디아나로 변신해 처녀에게 접근했고 본색을 드러낸 제우스에게 칼리스토는 여자가 할 수 있는 한 최대한 저항했으나 겁탈을 당하고야 말았다. 칼리스토가 '아르카스'라는 아들까지 낳게 되자 질투에 불타는 유노에 의해 곰으로 둔갑되고 말았는데 아르카스가 열다섯 되던 해 자기 어머니인 줄 모르고 곰을 향해 창을 던지려 하자, 또 결정적인 순간에 나타난 제우스는 아르카스가 살모(殺母)의 대죄를 짓지 못하도록 두 모자를 큰곰자리 작은곰자리 두 개의 별자리로 박아 넣어버렸다.

제우스의 바람기는 계속된다. 하기야 불사(不死)의 신이 감옥을 겁내겠는가! 제우스는 '아게노르'의 딸, 공주 '에우로파'를 납치하기 위해 잘생긴 황소로 둔갑해 에우로파를 태우고 바다 한가운데로 나아간다. 그제야 에우로파가 기겁을 했지만 이미 때는 늦었다. 제우스는 여신 '케레스'와의 사이에서 낳은 '프로세르피나(페르세포네)'를 저승의 왕 '플루토'가 납치해 갔을 때 이를 알고 도움을 청하는 케레스에게 다음과 같이 말한다. 이는 오비디우스의 생각이 아니라 기원전 43년 로마의 남자들이 여자를 대하는 태도가 아니었을까 추정된다. "그대는 사상(事象)에 이름을 붙이되 온당한 이름을 붙여야 하오. 우리 딸을 데려간 자의 행위는 약탈행위가 아니라 조금 도를 넘은 사랑의 몸짓에 지나지 않는 것이오."

제우스는 백조로 둔갑하여 스파르타의 여왕 '레다'를 취하거나 각종 형상으로 둔갑하여 성범죄를 저지른다. 그의 형제인 바다의 신 넵투누스(포세이돈)나 그의 아들 태양신 포이보스 아폴로, 주신(酒神) 바쿠스도 마찬가지다. 신화에는 정상적인 사랑이 거의 없다. 새벽의 신 '아우로라'는 인간 '케팔로스'와 '프로크리스'의 사랑을 질투하여 비극으로 끝내버리기도 한다. 제우스의 사랑은 이성에 머무르지 않고 동성애로도 뻗친다. 트로이의 양치기 소년 '가니메데스'를 사랑하여 독수리로 변신해 하늘로 채어 올려(다른 신에게 시키지는 않는다. 시켰다면 납치교사에 갑질 죄목이 추가된다.) 천궁에서 술을 빚게 하고 자신에게 술잔 올리는 일을 시켰다. 피는 못 속여서인지 태양신 포이보스 아폴로도 젊은 스파르타인 남자 '히아킨토스'를 뜨겁게 사랑한 적이 있다. 히아신스 꽃의 내력이 이러하다. 트로이 전쟁의 불씨가 된 절세미녀 '헬레네'는 어린 시절에 한 번, 시집간 후에 한 번 이렇게 두 번 유괴를 당한다. 인간세상에서도 미인은 전쟁을 낳고 다툼을 낳는다. 제우스의 행각을 보니 신들도 인간을 빼다 박았다. 그 반대이거나.

오비디우스의 『변신이야기』가 쓰인 시기는 '아우구스투스' 황제가 로마를 다스리던 때다. 힘이 지배하는 시대상이 반영되어서인지 신화에서는 주로 아름다운 여성이 등장하며 성적 착취의 대상으로 치부된다. 이에 비하면 단군신화에서의 '웅녀'는 마늘만 먹고 백 일을 견딜 정도로 사람이 되겠다는 의지와 실천적 인간으로서의 주체성이 강하게 부여되었다고 볼 수 있다. 대한민국 여성의 역할이 미래에도 기대되는 신화적 이유다. 그리스 로마 신화는 스펙터클하고 스케일이 크다. 이 세상의 연원과 사물의 관계를 멋지게 일관성 있게 밝힌다. 소년 시절 『서유기』에 나오는 손오공이 온 마음을 휘저어 놓았던 기억이 난다. 이렇듯 문학의 힘은 실로 위대하다. 제우스 신이 나에게 하나의 소원을 말하라면, 나는 무엇을 말할 것인가? 오! 신이시여, 나도 사랑밖에 모르나이다. (2018)

© 최상민. 부산 다대포, 2014

나팔꽃 인생 4

세월 가는 건 불타는 청춘 그 잠시를 빼고는 늘 쓸쓸한 일이었다.

이 쓸쓸한 감정은 밤새 홍청망청 유흥을 즐기고 난 후 주취의 가심과 더불어 찾아오는 그 쓸쓸함 같은 것이기도 하고, 최백호 형님이 부른 '사랑 그 쓸쓸함에 대하여'라는 노래를 우연히 들을 때 마음에 스멀스멀 기어 올라오는 그 애잔함 같은 것이기도 하고 휑한 머리숱을 바라볼 때의 상실감 같은 것이기도 하다.

세상에 가장 성실한 것이 시간이라 했던가. 고장난 벽시계는 멈추었는데 저 세월은 고장도 없다.('고장난 벽시계' 가사) 여전히 아폴로는 한 치의 오차도 없이 태양마차를 몰고 있고 달의 여신 아르테미스는 구석구석 골목길을 비추며 밤을 지새운다.

해마다 들어온 보신각 제야의 종소리는 '그래 그래 그러하다, 그래 그래 그러하다'를 서른세 번 반복하는 것처럼 들린다. 설명될 수 없는 것, 굳이 설명할 필요가 없는 것, 이게 인생 아니던가. 해 넘기면 안 된다는 의무감으로 사람을 만나는 것도 어찌 보면 공허한 것이고 붕어빵처럼 비슷한 만사형통식의 뻔한 문자도 별 마음에 와닿지 않는 것이니 그대 길을 가는 나그네여!

다음과 같은 시 한 수 톡으로 보내서 '그래 그래 그러하다'라며 사람들의 가슴에 종소리 하나 울려주는 게 더 와닿지 않을까!

물 먹는 소 목덜미에
할머니 손이 얹혀졌다
이 하루도 함께 지났다고
서로 발잔등이 부었다고
서로 적막하다고
「묵화(墨畵)」, 김종삼

가까스로 저녁에서야

두 척의 배가
미끄러지듯 항구에 닿을 내린다
벗은 두 배가
나란히 누워
서로의 상처에 손을 대며

무사하구나 다행이야
응, 바다가 잠잠해서
「밀물」, 장끝별

그런데 문자나 톡은 내가 받았으면 하는 사람에게는 오지 않는다. 그래서 관계는 외바라기다. 섣달그믐 밑의 문자나 톡은 온통 타인의 욕망으로 넘쳐난다. '타인의 욕망을 욕망한다'는 라캉의 말이 생각난다. 간절히 원한 것도 아닌데 지구별에 생겨나 생로병사 오욕칠정의 운명에 갇혀, 심지에 불을 붙이는 순간 종말을 향해 달리는 촛불처럼(「촛불」, 황금찬) 죽음 아니 새로운 시작을 향한 여정에 있는 여러분들이여!

부디 덜 고통 받으시기를
부디 덜 외로우시기를
부디 더 사랑하시기를

© 최상민, 부산 화명, 2014

5부

박꽃 피고 기러기 날면

내 엄마는 자식들 외에는 아무것도 가진 것이
없으셨다. 아예 비울 것도 줄 것도 없었던 사람,
입에 넣는 것은 풀과 물뿐이지만
젖과 피를 짜내는 분이셨다.

사모곡

4월의 흰 눈

어머니의 마지막 흰 버선발 같은
눈이 내렸다
겨울은 어지간히 떠나기 싫은 모양이다
그래도 너는 돌아올 수 있는 약속을 할 수 있잖니
고사리 손 내민 마당 끝 작약은
어제 내린 눈 때문에
아리게 칭얼댄다
그래
내가 털어주마 이 어린 것
명주실 같은 온기로
바람이 인다
바람이 인다

나보다 두 살 많은 누나의 SNS에서 본 시다. 나는 두 번 놀란다. 누나가 시를 쓰다니, 하는 생경함에 놀라고 시가 주는 의미성, 감정의 과잉이나 군더더기 없는 완결성에 놀란다. 가슴 아픈 이별에는 항상 타자의 특징적 모습이 아른거린다. 뒷모습이라든지 웃는 모습이라든지 우는 모습이라든지 가장 많이 생각나는 모습이 그 사람의 마지막 모습이 된다. 누나에겐 내가 초등학교 6학년 때 돌아가신 엄마의 마지막 모습이 흰 버선발로 각인되었으리라. 생뚱맞게 4월에 내린 눈을 바라보다 누나는 문득 돌아가신 어머니를 떠올린다. 다시 돌아올 수 있다 해도 겨울은 마지막 힘을 다해 흰 눈으로 내려 세상에 미련을 뿌린다. 하물며 생명이란, 어머니의 미련은 짐작조차 할 수 없다. 다음은 내가 누나를 생각하며 오래 전 쓴 「누나」라는 제목의 시다.

추석 날 마당을 쓸니다
누님이 밟고 오시라고
마당을 쓸니다
화사하게 웃으며
고운 말만 들고 오시는 누님
열다섯 즈음부터 밥을 하신 손으로
연신 웃음꽃을 만드시고는
저만치 달이 뜨는 하늘로
노을을 타고 돌아갑니다
시집갈 때처럼

빈 손입니다

열다섯 즈음부터 밥을 하였으니 고사리 같은 손으로 살림을 한 셈이다. 아니 밥을 짓고 설거지를 하고 청소를 하는 가사노동을 했다. 누나는 고사리 손 내민 마당 끝 작약을 바라보면서 열다섯 소녀였던 자신을 생각한다. 작약의 꽃말이 수줍음이란 건 우연이 아니어도 좋다. 열다섯 살로 돌아가면 엄마에게 어리광부리며 칭얼대고 싶다. 그때 꾹꾹 눌러 담았던 소녀의 수다거리는 얼마나 많았을 것인가. 작약 위의 흰 눈은 흰 버선발로 은유되는 어머니이자 다시 돌아오지 못하는 어머니의 부재이기도 하다.

옷매무새를 고쳐주고 아이의 등과 머리를 쓰다듬어 주는 건 어머니의 격려요 사랑의 표현방식이다. 누나는 스스로 어머니가 되어 칭얼대는 작약 위의 흰 눈을 털어준다. 소녀에서 여성으로, 아내에서 어머니로 이어지는 여자의 일생에서 어머니의 부재는 누나에게, 아니 비슷한 상황이었을 모든 여성에게 서러움과 상처였겠지만 누나는 단지 비탄에 머물지 않는다. 스스로 치유의 집도의가 되는 것이다. 의타적이 아니라 주체적인 자세다. 그리하여 난로의 온기가 아니라 돌잡이에 쓰이는 명주실 같은 온기로 바람이 인다. 명주실 같은 온기는 어머니의 온기다. 생명이 이어지는 우주의 온도이기도 하다. 치유와 사랑의 바람, 그 바람은 불어 불어 천상의 어머니에게 가닿으리라.

다음은 내가 30대 때 어머니 꿈을 꾸고 쓴 시다.

어머니 꿈

어머니 꿈은
어머니가 날 만나러 오셨다는 것이다
초인종 소리도 없이 굳게 닫힌 대문을
누가 열었을까
얼마나 머물다 가셨을까
구천(九天)을 걸어 걸어
꿈결에 오시려고
까치는 먼저 보내어 울고
출근길 차 안에서
울 어머니 입은 옷과 머리모양과 얼굴표정을
찬찬히 떠올려 보면
말없이 떠나신 그날에도 입은 해진 털옷을
또 입고 오셨기에
산 하늘 너머 너머 가시는 길
여비가 떨어지면 다시 오지 않을까
서른도 넘은 사내가
어머니 꿈을 꾸고

기린처럼 목을 늘인다

나는 엄마를 해진 털옷으로 기억하고 누나는 흰 버선발로 기억한다. 박경리 선생은 “어머니는 다 비우고 다 주고 가는 사람, 버리고 갈 것만 남아서 참 홀가분하다”라고 말씀하셨다. 그런데 내 엄마는 자식들 외에는 아무것도 가진 것이 없으셨다. 아예 비울 것도 줄 것도 없었던 사람, 입에 넣는 것은 풀과 물뿐이지만 젖과 피를 짜내는 분이셨다. 어머니! 너무 외로워 마세요. 이 지상에서 당신을 그리워하는 사모곡이 두 개나 있습니다. 하나는 동틀 녘 읽으시고 하나는 해 질 녘 읽으세요. 그리고 누나는 엄마가 다 누리지 못한 세월까지 좀 얹어서 길게 길게 지상의 복을 누리도록 해주세요! 저는 초등학교 몇 학년이었나요? 그때 토마토 팔아 사 주신 청바지 하나의 추억으로 충분합니다. 어머니! 거기에도 봄이 왔겠죠. 내일쯤 이 아들이 보내는 봄 편지가 당도할 거예요. 늘 건강하세요! (2019)

부모님 동의서

큰애가 5학년 올라가면서 전교부회장 선거가 있는 모양이다.

학교에서 일어나는 일에 대해 거의 입을 다무는 큰애가 밖에서 이야기를 주워듣고 온 아내에게 핀잔을 들었다. 시시콜콜한 것이라도 이야기 듣기를 좋아하는 아내는 밖에서 일어난 일에 대해 말하기를 싫어하는 큰애와 나를 두고, 재미가 없어 중간에 일어나고 싶은 영화에 비유하곤 한다.

물론 큰애는 아내의 피를 절반쯤은 물려받았는지라 아내는 그 사실을 염두에 둔 듯 큰애가 아주 가끔은 코믹한 구석이 있다고 말하지만 그것은 부모가 자식에게 느끼는 귀여움일 뿐 "코카콜라나 펩시콜라나 똑같지" 하며 나는 속으로 생각했다. 그러나 아내의 말이 나의 무뚝뚝함과 묵언(默言)을 지적하며 조금이나마 개선을 바라는 의도였다면 어느 정도 효과를 봤다. 왜냐면 내가 그리도 재미없는 사람이었는가 하는, 미안한 생각이 들었기 때문이다.

이미 아파트 단지 내의 여론과 판세를 읽고 있던 아내는 묻지 않았는데도 후보자가 몇 명이며 누가 어떤 이유로 유력한지에 대하여 장광설을 늘어놓았다. 그리고 잠시 뜸을 들이더니 큰애와 친한 누구는 출사표를 던지고 나서 엄마가 안 된다고 하여 철회를 했다고 했다. 잠잠히 듣고 있던 내가 그때쯤 말문을 열며 그 이유를 묻자 아내는 잠시 뜨악한 표정으로 날 쳐다보더니 "출마하려면 부모님 동의서가 없으면 안 되는 거예요!"라고 말하는 것이었다. 부모님 동의서가 있어야 한다는 출마조건이 마치 국회를 통과한 법률이라도 되는 것처럼, 그리고 이미 내가 하고 있는 생각을 알고 있기나 하듯 아내는 합헌결정을 내리는 헌법재판관처럼 단호히 못을 박았다.

민주사회에서 보통선거라는 원칙이 있듯이 본인이 출마를 하고 싶으면 하는 것이지 거기 무슨 부모님 동의서가 필요하냐며 재차 반문하자 아내는 부회장은 아이가 아니라 엄마가 하는 것이라며 그 의무에 대하여 친절히 설명을 곁들였다. 나는 그것이 마치 물품판매나 보험 가입 권유처럼 느껴졌다. 그리고 아내의 위에서 소화가 진행되고 있던 점심의 출처에 대한 이야기가 덧붙여질 때쯤 나는 "당신! 불법선거의 공범인 거 알기는 아나?"라며 솜털 같은 구두경고를 주었지만 출마를 철회한 큰애의 그 친구에게는 인생 최초의 좌절이자 그것이 자본주의식 반상(班常)의 구별인 듯싶어 마음이 좋지 않았다.

초등학교 시절 가정환경조사서는 어린 나를 기죽게 하였다. 꿈이 있느냐고 묻지는 않았다. 학교에서 사줄 것도 아니면서 자동차 있냐고, 텔레비전 있냐고, 전축 있냐고 물어댔다. 학생의 소관이 아닌 바에야 그런 걸 묻고 싶으면 동네이장이나 부모님께 직접 물어보면 될 일이지 꼭 그런 걸 어린 학생에게 물었다. 마찬가지다. 부모님 동의서는 겉으로는 출마자격을 주는 척 하지만 기실은 부모가 능력이 있는지를 넌지시 묻는 것이다. 정의의 관점까지 아니더라도 상식의 관점에서만 보더라도 참 어이없는 짓이다. 당연히 부회장이 된 학생의 부모가 이행해야 할 의무가 학칙에 정해져 있는 것도 아니다. 그리하여 부모는 동의서에 도장을 찍으며 학교에 헌신해야 할 물질적 총량을 계산에 넣을 것이며 그러한 능력이 있음에 감사할지 모른다. 반면에 능력이 없는 부모는 비애감을 느낄지도 모르겠다. 이러한 선문답(禪問答)은 오랜 참선을 거친 스님들만 행하는 줄 알았는데 버젓이 교육의 현장에서 일어나고 있다.

교육의 현장은 종교의 현장보다 더 성스러워야 한다. '아닌 것은 아닌 것이다'라고 용감히 말할 수 있는 인간을 만들어가는 곳이다. 맑고 티 없이 자라나 사회 각 분야의 동량이 될 아이들에게 꿈과 도전을 가르치기는커녕 주눅을 가르쳐서야 되겠는가. 아닌 것이 당연한 것이 되고 나아가 옳은 것으로 둔갑하고 그 뒤틀림에 아이들이 순치(馴致)되는데 교육당국은 진실과 정의를 가르친다니 모순이 아닐 수 없다. 그러기에 교육기본법에서는 '경제적 지위에 의하여 교육에 차별이 있어서는 안 된다'고 적고 있는 것이다. 부모님 동의서의 의미에 대하여 이제 열두 살 된 아이들이 눈치를 채고 있고 큰애의 침묵이 어쩌면 '유치한 이야기 하면 뭐 하나' 하는 인식을 깔고 있는 것이 아닌가 생각하니 거 참, 혀를 찰 일이다. 아내에겐 말수가 적어 재미없는 아들이지만 나는 그저 진득한 묵화(墨畵) 한 편을 보는 듯하다. 큰애가 부모님 동의서를 요구했다면 나와 아내는 어떤 반응을 보였을까, 비애(悲哀)가 아슬아슬하게 우리를 비껴갔다. 물론 고슴도치 아빠의 자유로운 상상이다.

세상에서 가장 짧고 위대한 시(詩)는 '사랑해'라는 말이라고 한다. 학교가 아이들을 골고루 사랑했으면 한다. '아닌 것은 아닌 것'임을 배우게 해야 한다. 부모님 동의서가 기부금약정서나 학교나 교사들에 대한 후원서약 따위의 의미라면 부회장은 대표성을 가질 수 없는 것이다. 부모가 없어 외로운 아이도 가난해서 풀 죽은 아이도 학교에 들어서는 순간 꿈과 희망을 노래할 수 있어야 한다. 학교는 중생들이 산사의 일주문(一柱門)에 들어서며 느끼는 포근함과 평화로움 같은 것이어야 한다. 가을 하늘이 높고 구름 없고 공활하다는 말과 같은 이치다. 이야말로 우리가 가고자 하는 길이다. 그 길 위에서 미래가 잉태된다. 학생인데도 부모님 동의서가 없다는 이유로 부회장에 출마조차 하지 못하는 것은 변형된 21세기 대한민국 음서제에 불과하다.

옛날 등사기로 인쇄된 가정환경조사서에 거의 동그라미를 칠 수 없어 주눅이 들던 소년의 모습이 떠오른다. 그러나 그 주눅은 골고루 애정을 주시며 용기를 주던 선생님으로 인하여 오래 머물지 않았다. 읍내서 비포장길 30분을 달려오는 농촌학교에 부임해서 땟국물 꾀죄죄하게 흐르는 나에게 자주 발표 기회를 주시며 내 책상 앞에 무릎을 굽혀 눈높이를 맞추시고는 "너는 무엇이라도 될 수 있으니 용기를 잃지 말라" 하시던 선생님의 따스한 눈매를 잊을 수 없다. 여태껏 그 한마디는 나를 지탱해준 최초의 믿음이었다. 아이들은 우리의 숭고한 거울이다. 알베르 카뮈는 1957년 노벨문학상 수락 연설을 자신의 초등학교 교사였던 루이 제르맹에게 헌정함으로써 교사가 얼마나 위대한 직업일 수 있는지를 보여주었다. 한번씩 선생님이 되어 순진무구한 눈망울 마주하며 이야기가 풍성한 교실을 만드는 상상을 한다. 아이들에게 한 아름씩 꿈 보따리를 선사하고 싶다. 부모님이 동의하지 않더라도 말이다. (2006)

박꽃 피고 기러기 날면

선친은 1925년 을축생이시다. 내가 68년 정미생이니 마흔넷의 나이에 나를 두셨다. 선친이 나시던 해는 한반도에 대홍수가 네 번 있었다. 일제 치하에다 말 그대로 보습 대일 땅도 없이 빈한했던 할아버지는 달리 물려주실 게 없었는지 서둘러 호주상속을 시키고야 말았다. 선친께서 열여섯의 나이에 소년가장이 되어 하동 청암면 지리산 비탈을 떠나 식솔들과 함께 정착한 곳이 내가 나고 자란 경남 김해평야다.

나는 젊은 아버지에 대한 기억이 없다. 초등학생이 될 무렵부터 이미 선친은 지천명이 넘은 초췌하고 힘없는 농부의 모습이었다. 동네 청년이 면서기만 돼도 성공했다 말씀하시고 누구 아들이 도시의 공장에 취직한 것을 부럽게 말씀하셨다. 의대에 가거나 종합대학에 들어가는 동네 형이 가뭄에 콩 나듯 있었지만 선친은 그걸 닮으라는 말씀을 한 적이 없다. 그건 분수를 넘는 영역이라고 생각하셨기 때문일까. 선친은 가끔씩 어린 나를 훈육하실 때 '왕대밭에 왕대 난다'고 자책 섞인 말씀을 하셨다. 그때마다 나는 마음이 쓰라렸고 화가 머리끝까지 솟았다. 선친은 마을 사람과 다투지 않았고 타인에게 항상 미소를 띠었으며 마을에서 제일 가난한 축에 들었으나 돈을 꾸러 다니지 않았다.

내가 동학(東學)에 대하여 역사공부를 할 때 머릿속을 스쳐 간 동학군의 이미지는 머리띠를 두르고 죽창을 든 선친의 모습이었다. 선친은 민초(民草)였다. 어느 시대에나 대접받지 못했고 이리 밟히고 저리 밟히면서도 꾹꾹 참아야 하는 잡초 같은 존재였다. 당신의 삶도 당신을 밟았다. 큰아들을 잃고 연이어 아내를 잃었다. 그때부터 선친은 약주를 과도하게 드셨다. 단 한 번도 따듯하게 위로받지 못한 당신의 삶은 폭발했다. 수탈과 폭정에 저항하여 결국 봉기하는 동학농민군처럼 당신은 울분을 이기지 못해 당신의 운명을 장사처럼 들어 올려 바닥에 내동댕이쳤다. 그러나 운명은 꿈쩍도 하지 않았다. 그 패배감과 존재의 무력감은 얼마나 지독했을까.

민초의 아들은 역경을 뚫고 경찰대학에 입학했다. 이 땅에 기회의 평등이 있었기에, 나는 선친에게 조금의 기쁨이 될 수 있었다. 입학 후 선친이 전신환으로 보내주신 12만 원을 가지고 수원시내로 외출하여 가로로 길쭉한 흰색 메이커 카세트를 하나 샀다. 나는 그것이 무척 갖고 싶었다. 나중에 그 돈이 선친이 추운 겨울날 보름 가까이 노동을 하여 번 돈이란 걸 누이로부터 전해 들었을 때 나는 아버지를 수탈한 죄책감을 느꼈다. 카세트에 테이프를 꽂고 슬픈 노래를 들으며 나는 목젖까지 꽉 찬 슬픔을 조금씩 흘려보냈다. 내 노트엔 「가난한 아들」

이라는 시가 있다.

저녁이면 박꽃처럼 피어
부모님의 허기를 먹던
난 가난한 아들
물을 것 없이 그대도 가난하였지
세상에 맨몸으로 던져진
우린 졸이 되어
자수성이라는 별이 산다는
그 집에 가고 싶었지
그 별이 되고 싶었지
지상의 가난들이
힘을 모아 길을 내는
자수성가에 이르는 길
너는, 밥에 고개를 숙이지 말자고
나는, 가난이 등을 보이지 말자고 다독이며
시린 가슴으로 웃었지
박꽃 필 때
어둔 밤을 넘어가던 기러기는
어느 바다를 건너갔는지
그때의 사람이 그리운
이 저문 저녁

박꽃처럼 환하게 피는 그리움

나는 386세대다. 우리 세대가 민주주의에 목말랐다면 솔직히 나는 가난에 목이 말랐다. 자존을 지키려는 자에게 가난은 뛰어난 연기력을 필요로 한다. 가난은 덫이다. 한 발짝도 전진할 수 없는 무력감이다. 그래서인지 나는 고아의 성공담이나 시련을 극복한 사업가의 스토리에 눈시울이 쉽게 젖는다. 내가 태어나기도 전인 1964년, 독일 함보른 광산의 눈물은 민족적 가난의 설움이었다. "우리 후손만큼은 결코 이렇게 타국에 팔려 나오지 않도록 하겠습니다." 박정희 대통령은 파독 광부와 간호사 앞에서 목이 메어 말을 잇지 못했다.

그런데 정작 가난한 아들인 나는 여태껏 부자가 되어 잘살아 보겠다는 생각을 한 적이 없다. 선친도 출세를 하라든지 부자가 되라거나 하는 종류의 말씀을 하지 않으셨다. 주로 형제애나 사람 됨됨이에 대한 훈육이 있을 뿐이었다.

내 머릿속에 뚜렷이 기억나는 이야기가 있다. 선친은 어느 날 이렇게 말씀하셨다. "내가 살아오는 동안 단 하나도 잘못된 행동을 한 적이 없다. 그러나 단 한 가지 후회되는 일이 있다." 나는 물었다. "아버지, 그것이 무엇입니까?" 선친은 답을 하지 않으셨다.

나는 선친의 말씀을 절대적으로 믿는다. 형사소송법에도 특신상황(特信狀況)이라 하여 특별히 신뢰할 수 있는 상황이라면 판사도 증거로 인정한다는 취지의 규정이 있다. 선친은 그때 이미 노인이었고 아들과 단둘이 있는 자리에서 당신의 인생을 치장할 아무런 이유가 없었다. 당신은 내가 결혼한 이듬해 돌아가셨다. 선친은 농부였다. 다른 직업을 택할 학벌도 방도도 없었다. 그러나 나는 선친을 소공(蘇公)이라 하여 하느님 다음으로 두고 내게 중요한 일이 있을 때마다 빌어쌓는다. 그런데 선친에게 빌 때마다 나는 또 힘없는 민초의 에너지를 쥐어짜는 것 같아 마음이 싸해진다.

몇 년 전 묘지개장공고가 나 할아버지의 유골을 수습했다. 세월은 바람에 흐르고 마음에도 흐른다. 할아버지는 아버지를 낳고 아버지는 나를 낳았다. 마음속에 어쩔 수 없는 깊은 자학을 품었지만 타인에게 부드러웠던 소공(蘇公)은 나의 왕대였다. 불쌍해서 더 그리운 선친을 생각할수록 기러기처럼 사라져버린, 가난했던 그때 그 시절이 박꽃처럼 환하게 그립다. (2013)

초헌(初獻)의 의미

우리나라는 장자상속의 유풍(儒風)이 지배해온 나라다.

아마도 3대의 제사를 장자가 모실 수 있도록 선대의 재산을 물려주려는 조상들의 의도가 아닌가 생각된다. 간혹 장자 중엔 재산만 물려받고 도리를 다하지 않는 망나니도 있긴 하지만 말이다.

나에겐 위로 형님이 한 분 계신데 장자 노릇을 썩 잘 해오고 있는 분이다. 재산을 물려받지 않고도 장자라는 이유로 아무런 불평 없이 정성껏 제를 올리는 형님은 정말 조상신이 계신다면 천복을 받지 않을까 생각된다. 기일이 되면 특히 형님의 표정은 근엄한 것이어서 나 또한 절로 근엄해지기 마련인데 어떤 날엔 질펀한 술자리를 끝내고 업무상 늦었다는 이유를 들이밀면 “아! 그랬나?”라며 아무 말씀이 없으실 정도로 타인에게 관대하고 법 없이도 살 분이 내 형님이시다.

물론 술을 먹고 제사에 참석했던 적은 아주 오래전 총각시절이라 자애로우신 조상님들도 이미 면죄부를 주셨으리라 본다. 물론 내 마음대로의 생각이지만 귀여운 손자에게 벌이라도 내리시겠는가?

우리 집안은 소씨 가문의 정통을 잇는 장자집안이라 옆으로 아무리 봐도 형님이 제주(祭主)가 된다. 안타깝게도 이를 증명할 수 있는 족보는 아주 오래전에 사라졌다. 선친께서는 “네 할아버지가 돈 몇 푼에 어디로 넘기셨다”라며 거의 진실에 가까운 말씀을 자식들에게 해주셨는데 어린 마음에도 참으로 딱하게 여겨져 아쉬워했던 기억이 난다.

아마도 어린 아이의 족보에 관한 질문을 그저 슬쩍 넘기지 않고 손자들의 할아버지에 대한 인식에 흠집을 감수하면서까지 거의 진실에 가까운 말씀을 한, 부친의 의도는 너희들은 그런 식으로 살지 말라는 교훈을 주시려는 것이었을 것이다.

그러나 어찌하겠는가? 목구멍이 포도청인데 그리 나무랄 일도 아닌 것 같다. 어찌됐던 나 또한 어릴 때부터 제사 지내는 모습을 일 년에도 여러 번씩 보면서 자랐고 유풍에 젖어왔다. 그런 이유 때문인지 어릴 때부터 제사를 모실 때의 근엄함은 애국가를 부를 때나 개천절 날 순국선열에 대한 묵념보다 더 엄숙했으면 했지 덜했던 적이 없었다.

결혼 후에도 단 한 번도 빠지지 않고 제사에 참석해오고 있는데 누구나 그러할 것이지만 나 또한 으레 가족의 건강이라든지 명복이라든지 내 개인의 출세를 빌어본다. 어떤 때는 다소 쑥스럽기도 하고 미안스럽기도 하다. 알고 보면 빌어서 될 일이 아니고 또 가만히 생각해보면 조상님들께 내가 특별히 해드린 것도 없기 때문이다.

돈을 많이 벌어 큰 비석을 세워 드린 것도 아니고 벌초에 충실히 임한 적도 없지 않은가. 그래도 근엄히 빌고 열심히 머리를 조아리면 아니한 것보다는 마음이 편하다는 사실은 분명하다. 처음 증조할아버지, 증조할머니께 술잔부터 올리며 절을 하는데 소원과 명복을 비는 강도는 그리 간절하지 않다. 아마 직접 얼굴을 뵌 적이 없어 현실감이 없기 때문일까. 그러고 보면 기독교나 불교를 믿는 자들도 그들의 신을 대면한 적이 없을 건데 지극 정성인 걸 보면 대단하다는 생각을 넘어 존경스럽기까지 하다.

아버님, 어머님 차례가 오면 다시 옷깃을 여미고 마음을 가다듬는다. 신체발부를 주셨고 이름을 주신 분들이 아닌가. 이때는 아직 당신들이 내 옆에 계신 것 같은 느낌이 오는데 자식 둘을 둔 나이에도 괜스레 슬퍼져 눈가에 이슬이 설핏 맺히기도 한다. 그만큼 당신들의 인생이 고단하였음을 알고 있기 때문이다. 어느 때인가 미처 인식하지 못했던 사실을 하나 깨달았는데 잔잔한 물결이 가슴을 적셔 왔다. 형님은 아버님, 어머님 차례가 오면 항상 초헌(初獻)의 영광을 나에게 주었던 것이다.

"진기야! 인자 니가 먼저 한잔 올리거라!"

나는 별 생각 없이 형님의 분부를 수행해왔었다. 그러나 단순한 분부가 아니었던 것이다. 아마도 형님은 조상신 중에서 가장 영험하신 분들이 아버님, 어머님이라 굳게 믿고 있던 터이었고 나에게 초헌의 자리를 양보하여 그 영험함을 입을 수 있도록 하였던 것이다. 미관말직의 이 아우가 그 영험함을 입어 출세가도를 달렸으면 하는 소박한 형님의 바람이 아니었겠는가.

어려운 집안에서 태어나 족보부존재(不存在)의 추억을 같이 소유하고 있는 형님이라는 이유 하나만은 아니었을 것이다. 당신 또한 미관말직의 직장에 다니시는 분이고 바라는 소원이 많을 것임에도 형제애로서 그런 마음을 써주신 것이다.

아직 이 나이에도 부모님이 구존하시어 재롱을 떠는 친구들을 보면 참으로 부럽고 부럽다. 부모 복이란 무엇인가? 건강하게 오래 살아 자식들이 결혼하고 난 한참 후까지 후견인 노릇을 하는 것이라고 해석하면 맞는 것인지 모르겠다. 90세의 아버지가 60살 먹은 아들을 걱정한다고 했으니 과히 틀린 말은 아니다. 김영삼 전 대통령이 대통령선거에 당선되어 당선증을 바치며 큰 절을 올리는 장면을 방송에서 보았는데 나는 솔직히 대통령 당선이 부러운 게 아니라 그런 큰절을 그렇게 받아 줄 아버지가 계신다는 사실이 부러웠었다.

내 자식들이나 조카들이 사회로 나가 조그만 것이라도 이루었을 때 세상에서 가장 밝은 미소로 그들의 가슴을 안아주려면 조금은 오래 살아야겠다. 그런데 책상 위 재떨이의 수북한 담배꽁초가 날 조롱하듯이 바라보고 있다. 피식 웃음이 나온다. 갈등은 이런 순간에도 오는가 보다. 이 세상의 수많은 소년, 소녀가장들이 용기를 잃지 말고 의젓하게 살아가기를 진심으로 바란다.

이 세상 모든 것이 순리(順理)가 아니겠는가?

(2004 수필세계 신인상 수상작)

내 편

텔레비전을 보다가 아내가 불쑥 아버지 꿈을 꾸었다고 하기에 나는 반색을 하고 돌아앉았다.

"밥을 차려 달라고 하셔서 밥을 차려 드렸더니 아주 좋아하시던데요……."

평소 아내의 이야기에 건성건성 대답하던 내가 새로운 장난감을 본 아이의 눈망울처럼 적극성을 가지고 꼬치꼬치 물었다. 표정은 어떠하시더냐, 차림새는 어떠시더냐, 다른 말씀은 없으시더냐…….

아내는 생뚱맞은 얼굴로 하루가 지났기 때문에 구체적으로 기억이 안 난다며 나의 호기심에 찬물을 끼얹었지만 나는 아내가 돌아가신 아버님께 꿈에서나마 밥을 차려 드렸다는 이야기 자체로도 충분히 흐뭇하고 기뻤다.

초등학교 6학년 때 어머님이 돌아가신 후 집안에는 때도 없이 황량한 바람이 불었고 어린 나는 밤마다 악몽을 꾸곤 했다. 어머님의 빈자리는 여러 형태로 가족들을 괴롭혔고 당장 조석(朝夕)의 밥상에 놓인 반찬을 보면서도 슬픔은 울컥 나의 목젖을 때리곤 했다. 당시 열다섯 난 누님이 그럭저럭 살림을 꾸려갔으나 손맛을 내는 음식이었을 리 만무했던 것이고 아버님은 제대로 된 밥상을 대하지 못하였던 것이다.

성인이 되어 국 없이는 밥을 못 먹는 지금, 당시의 아버님을 생각하면 맥없이 쓸쓸해진다. 해장국 한 그릇 사 먹을 수 없는 농촌에서 일 년의 생계를 걱정하며 애진 마음 삭이며 한껏 취하신 후의 그 속쓰림을 어린 우리들이 생각할 수나 있었겠는가.

자식을 둘 둔 나이에 이제야 조금씩 아버지 사랑을 느낀다. 평생 흙을 파고 사신 당신의 어깨에 내려앉은 짐이 얼마나 무거웠으며 곡주 한잔에 콧노래를 흥얼거리던 그 이면에 두 겹 세 겹 인간으로서의 삶이 있었다는 걸 모르고 지내 온 철없던 날들이었다. 소위 잘나가는 아버지였으면 애달픔도 덜하리라.

그러나 어쩌랴! '자욕양이친부대(子欲養而親不待)'라는 말이 이런 연유로 생긴 뜻임을 절실히 깨닫는 일 외에 내가 할 수 있는 일이란 없게 되었다.

요즘엔 딩크족이 유행이라고 한다. 결혼한 부부가 아이를 갖지 않는 족속들인데 그 이유가 참 시사하는 바 크다. 요즘같이 경쟁이 심한 사회에 자기 아이를 내보내기 싫어 아이를 낳지 않는다는 것이고 부부가 맞벌이를 해서 안정된 생활을 누리겠다는 것이다.

어찌 보면 태어나지도 않은 아이에 대한 지극한 배려의 뜻이 숨어 있는 것 같기도 하나 그렇지 않다면 고고성을 울리며 태어나 이 세상의 모든 부귀영화를 누릴 수도 있었을 그 아기에게는 참 불쌍한 생각이 든다. 이유 있는 이유에 대한 이유 같지 않은 설명이지만 이러한 단면이 대가족사회에서 핵가족화되고 이젠 가족 해체로까지 이어지는 현대의 신산함을 보는 것 같아 씁쓸한 느낌을 지울 수 없다.

자리에 누워 아내가 꾼 꿈을 내가 다시 꾸고 싶다. 그러면 그저 '아버지! 저, 아버지 아들 맞지요?'라고 여쭙고 싶다. 사나이들끼리 무슨 말이 필요하겠는가? 언젠가 어느 소설가의 산문집을 읽다가 한 구절에 가슴이 울렁거린 적이 있다.

"세상에 유일한 내 편은 아버지다. 어떤 경우라도 진정 나의 편에서 생각해 주고 도와줄 수 있는 존재, 그것이 아버지다."

내 고독의 실체가 이런 것일 수도 있겠다는 발견의 기쁨도 있었다. 무조건적인 사랑으로 표현되는 부모와 자식 간의 사랑이라는 건 동물이라 해서 진배없을 것이다. 〈동물의 왕국〉 등 방송에서 접하는 어미와 새끼 간의 지극한 사랑에서 오히려 우리 인간들이 많은 감동을 느끼곤 한다.

우리나라 역사에서는 왕이 되기 위하여 아버지를 죽인 경우는 없지만 중국의 경우에는 그런 경우를 흔치 않게 만나볼 수 있다. 동물의 세계에서 새끼가 어미를 죽이는 경우를 나는 보지 못하였다.

아내가 아버지 꿈을 꾸었다고 했을 때 내가 왜 그렇게 반색을 하고 꼬치꼬치 물었는지를 아내는 모를 것이다. 아내에게는 사랑을 받을 기회가 없었던 부재의 시아버지일 뿐이지만 나에게는 세상에 유일한 내 편인 것이다.

오늘은 퇴근하면서 아들놈에게 이렇게 말해야겠다.

'니 편 왔다……'

(2004 수필세계 신인상 당선작)

콩깍지

눈이 부셨다. 아내는 약속장소인 일식집 다다미방에 앉아 살며시 미소를 머금고 있었다. 나는 그만 콩깍지가 씌어 눈이 멀고 말았다. 내 나이 스물여섯이었다.

애초에 처남은 나를 매부 삼으려고 여동생의 존재를 은근슬쩍 흘렸으나 나는 멋쩍은 미소로 대답을 대신했었다. 유도관 관장이었던 처남의 얼굴에서 도무지 아리따운 여성의 이미지가 연상되지 않았기 때문이다. 당시 우리 부산지방경찰청 유도팀은 경찰의 날 유도시합에 대비해 처남이 운영하던 토성동 극동유도관에서 약 한 달 가까이 훈련을 했었다. 시합은 끝났고 우리는 군인이 제대해서 집에 가듯 그렇게 헤어졌다. 출근을 하고 퇴근을 하고 뒹굴뒹굴 지내던 어느 날 문득 성심성의껏 지도해준 관장님이 떠올랐다. 그리고 고마운 생각이 들어 술 한잔 하자는 전화를 넣었다. 나는 사람을 만나러 약속장소로 뚜벅뚜벅 걸어갔던 것인데 사람은 운명(運命)을 데리고 나타났던 것이다. 아니 유도(柔道)가 매개체가 되었으니 유명(柔命)이라 하는 것도 어울리겠다.

결혼은 속전속결로 이뤄졌다. 내 특기인 왼쪽 허리튀기 기술처럼 전광석화였다. 은행에 다니는 친구들에게 돈을 빌려 자그마한 방을 얻고 꼭 필요한 데만 청첩장을 돌렸다. 그리고 신랑 입장을 했다. 무소의 뿔이었고 모든 게 소박했다. 그때 내게 허락된 세상의 몫은 그게 전부였기에 나는 가난하다고 생각지 않았다. 서구청 뒤편으로 들어서 가파른 소방도로를 8부 능선쯤 올라가다 보면 바로 길가에 신혼집이 있었다. 코스모스가 피기 시작할 무렵이었다. 그때부터 운명의 여인은 나를 기다리는 기다림의 여인이 되었다. 밤이 이슥해도 달빛 속에 피는 박꽃, 아내는 '기다림'의 꽃말을 가진 박꽃으로 변하고 말았다.

세상은 만만한 게 아니었다. 초급 경찰간부로서 나름대로 최선을 다했지만 세상은 팔을 열 개나 가진 권투선수와 같았고 더구나 그런 적들이 끊임없이 나타났다. 아! 정말 짜증나는 세상이었다. 상식에 맞지 않는 자질구레한 적들은 수시로 잽을 날렸다. 나는 위치를 잡으려 바둥거렸다. 그러는 사이 아내는 아이를 둘 낳아 키웠고, 나는 무역풍이 불면 떠날 마도로스처럼 집에 있어도 늘 밖이 궁금한 어설픈 가장이었다.

"당신은 지치고 지쳤을 때만 집에 일찍 들어오네요!" 어느 날 아내가 툭 던진 말이다. 내 젊은 날의 초상은 아내에게 이렇게 각인되었다. 나는 안다. 아내는 나에게 무한한 자유를 주었다는 것, 그것은 사랑의 표현이었으며 물자(物資)의 지원이었으며 미안함의 표현이었다는 것, 그 미안함은 어떻게든 남편에게 도움이 되려는 응원과 바둥거리는 한 사나이에 대한 연민이었다는 것을.

그렇게 세월은 흘러갔다. 아이들은 학원에 다니며 원숭이처럼 엄마에게 치대며 무럭무럭 자랐고 그 자라는 키만큼 집안 형편은 조금씩 나아졌다. 나는 운 좋게 수필가라는 이름을 얻으며 여전히 목로주점을 사랑했다. 내 힘으로 지우지 못하는 시간을 광약(狂藥)의 힘으로 지우려는 듯 참 어지간히 마셔댔다. 내 전용 정신분석가 아내는 조실부모 등 정서불안을 과음의 원인으로 꼽았다. 간혹 그러기는 했다. 잊지 못하는 기억은 잠시라도 망각하기 위해 바쿠스 신의 도움을 받아야 했다. 그리고 해결되지 않는 일은 해결되지 않은 채로 날것은 날것의 원형대로 공존해야 했다. 술꾼의 이론이자 핑계, 슬프면 슬픈 대로 기쁘면 기쁜 대로였다. 나 또한 심장과 눈물을 가진 사람이었으니까.

이윽고 둘째도 기차를 타고 집을 떠났다. 크리스마스에 태어난 아이, 아내가 계단에서 굴러떨어져 하마터면 유산이 될 뻔한 아이였다. 내가 "저 멀리 아빠가 가진 큰 산이 있는데 네 오빠한테 다 줄까!"라고 하자 고개를 끄덕거려 놓고선 다음 날 살며시 다가와 "아빠! 어제 그 산, 반으로 잘라 줘!"라고 똑 부러지게 말하던 아이였다. 대여섯 살이나 되었을까, 나는 그 귀여운 빰에 몇 번 입맞춤을 해보지도 못하고 둥지를 떠나는 어린 새의 날갯짓을 물끄러미 지켜보았다. 그때 안 좋은 손님이 슬며시 우리 집을 노크했다. 새 밀레니엄의 일출이 밝아도 아랑곳없이 늦잠에 빠지던 아내가 잠을 이루지 못하는 날이 많아졌다. 아내는 한탄했다. 삶이 팍팍해도 눕기만 하면 그렇게 깊은 잠에 빠지는 게 유일한 낙이었는데, 이른바 빈둥지증후군을 앓게 된 것이다. 거기에다 다낭성낭종으로 두 개의 난소를 제거해야 하는 진단까지 받아들었다. 난소암의 위험까지 있었다. 엎친 데 덮친 격이었다. 아내는 기다림에 지친 박꽃이었다가 상처 입고 지친 여인이 되어 있었다. 빙글빙글 주어진 공간을 벗어나지 않고 순한 울음을 우는 염소, 나는 그 알뜰살뜰한 희생에 기대어 책만 읽고 술만 마시는 저 봉건시대의 목동이었다. 병원 수술실 옆에서 제발 암은 아니길 빌었다. 신이 아직은 시련을 던질 때가 아니었는지 슬픔의 인과율(因果律) 조각은 가까스로 우리를 피해 갔다. 신(神)은 가끔씩 인간을 반성하게 하고 겸허하게 만든다. 간병인의 처지를 피한 나는 휘파람이 나왔다. 목동은 휘파람을 불고 아내는 개복(改腹)의 고통에도 순한 울음을 울었다. 다행이라고.

사람은 고통의 절정에서 모든 욕망이 최고로 수축된다. 그때 내 후회는 아내가 첫 애를 가졌을 때 돈이 없어 겨우 사 준 불고기 1인분이었으며 늘 산 너머를 바라본 목동의 무심함이었으며 아내의 날개옷을 보관하고 있는 나무꾼의 망각이었다. 나는 내가 편하면 아내도 편한 줄 알았고 내가 괴로워도 아내는 편한 줄 알았다.

조금씩 철이 드는 중이다. '소리 없는 아우성'이 단지 모순이 아니라는 것, 아우성은 불면으로 오고 낭종으로도 온다는 사실을 깨닫는다. 그리고 아내도 자신의 시간을 견디고 견뎌 왔다는 것, 주어진 공간이 유폐의 공간이 아니라 스스로 아름다움을 만들기 위해 고군분투해 왔음을 안다. 아내는 절대 물러서지 않을, 나와의 기나긴 겨루기를 하고 있는 것이다. 그리고 결국은 성혼선언문(成婚宣言文)의 승자가 되어 지긋이 나를 내려다보며 한마디 할 것이다.

"네가 염소야!"

아, 그러고 보니 나는 양띠다. 순한 울음을 우는, 이리 저리 휩쓸려 다니는 양이다. 선친은 뿔이 길고 긴 턱수염을 가진 염소가 돌산 꼭대기에서 어디론가를 바라보고 있는 태몽을 꿨다 하시며 나는 잘될 거라는 암시를 주셨다. 이는 초등학교 6학년 때 내 첫사랑 김말순 선생님의 "너는 한자리 하겠다"라는 말씀과 함께 나를 은연중에 지탱해준 두 수레바퀴 중 하나였다. 꿈속의 염소가 바라본 곳이 어디였는지 모르겠지만 나는 김동명 시인의 「내 마음은」에 나오는 다음 시 구절이 좋다.

> 내 마음은 낙엽이요,
> 잠깐 그대의 뜰에 머무르게 하오.
> 이제 바람이 일면 나는 또 나그네같이, 외로이
> 그대를 떠나오리다.

이제 다시 무역풍이 불어오면 나는 또 내 존재의 우울을 부여잡고 외로이 아내를 떠날 것이다. 먼저 웃는 마법의 거울을 찾아서 아내에게 선사하리라는 꿈을 꾸면서.

치자 꽃향기 맡으며

아파트 단지 내를 산책한다.

아침에는 무표정한 얼굴로 서둘러 학교로 갔던 학생들이 밤에는 터벅 걸음으로 둥지를 찾아온다. 젊은 엄마는 아기를 유모차에 태우고 초등학생 아들을 항상 바래다준다. 그 시간이 그리움으로 다가올 인생 최고의 밀월임을 아마 아이는 철 든 후에야 깨달을 것이다. 몇 마리 도둑고양이도 돌아다닌다. 고양이는 개처럼 코를 땅에 박고 킁킁거리지 않는다. 주위 정세를 면밀히 파악한다는 느낌이 있다. 개를 데리고 나온 사람들은 대체로 편안한 모습이다. 개를 바라보는 표정에는 훌륭한 개가 되기를 바란다든지 하는 그 어떤 기대도 없다. 반면에 개는 활기차다. 신이 난 개도 있다. 나에게 짖는 개도 있고 언젠가 나를 무는 놈도 있었다. 한때를 제외하곤 줄곧 보신탕을 먹어 왔기에 저리 귀여운 것들에게 약간의 미안함은 있다.

어떤 아이는 젊은 아버지의 손을 잡고 걸어가며 묻는다.

"아빠, 누가 날 죽인다면 아빠는 어쩔 건데?"

나는 그 대답을 듣기 위해 일부러 걸음의 속도를 늦춘다.

"나도 글마를 마 직이뿌지!"

아, 저 거친 대답은 정말 아니다. 아이는 예상대로 별 반응이 없다. 아버지는 아이의 마음을 흡족하게 할 소중한 기회를 놓쳤다.

이렇게 답했다면 어떨까!

먼저, "정의의 수호자 배트맨을 부르는 거야, 널 총알보다 빠르게 아빠가 아는 마법사에게 데려가는 거지, 그러면 반드시 널 살릴 수 있을 거야!"라든지 "아빠도 같이 죽어서 널 염라대왕께 데리고 갈 거야, 착한 아이니까 살려달라고 싹싹 빌면 염라대왕이 살려주지 않을까!"라고 해도 좋다. 아이와의 대화에서는 착한 사람은 살고 나쁜 사람은 죽는 권선징악, 마법 같은 상상, 엉뚱한 반전, 스릴의 요소가 섞여야 한다. 자신을 죽인 사람을 똑같이 죽인다 해서 아이의 마음이 놓인다거나 어떤 꿈과 믿음이 새로 생겨나지는 않을 것이다. 아! 아빠라는 사람에는 아직도 아이가 반쯤 들어 있거나 벌써 삶에 찌들어 있다.

아이와 강아지의 공통점은 무엇일까.

아이를 귀여운 강아지라 부르기도 하고 강아지를 사람 이름처럼 부르거나 또 스스로를 강아지의 아빠, 엄마라 칭하기도 하니 유사점이 많다. 아이를 데리고 나온 사람이나 강아지를 데리고 나온 사람이나 평화가 깃들어 있다. 대상에 대한 완전한 통제력을 가지는 반면에 온전히 케어해야 하는 책임도 있다. 우리가 아이를 낳아 기르는 이유는 무엇일까, 어쩌다 어른이 되고 그러다 아이가 생기겠지만 무조건적인 사랑을 알고 싶어서이다. 그러려면 그 사랑의 대상이 자기 복제품이라야만 실패의 확률이 줄어드는 거다. 그렇게 사랑을 알고 나면 아이들은 둥지를 떠난다. 그러나 강아지는 한 주먹의 밥과 잠시 주어지는 시선 외에 아무것도 기대하지 않고 늘 영원한 친구가 될 마음을 갖고 있다.

아이와 강아지에게 늘 눈길이 머문다. 아이가 아버지에게 했던 그런 질문은 이제 나에게 오지 않는다. 나에게 온 관심을 기울이는 반짝거리는 질문도 받아 본 적이 언제였던가. 행복하냐고 묻는 질문은 끊긴 지 오래다. 나도 질문하지 않는다. 질문 없는 세상에 나는 살고 있다. 질문은 사랑이다. 사랑이 가뭄처럼 고갈되고 있다. 그립고 아름다운 별나라로 갈 수 있는 확률은 나보다 아파트 단지의 개들이 훨씬 높을 것이다.

미워하는 미워하는 미워하는 마음 없이
아낌없이 아낌없이 사랑을 주기만 할 때
수 백만 송이 백만 송이 백만 송이 꽃은 피고
그립고 아름다운 내 별나라로 갈 수 있다네

산책을 하면서 유치환의 「행복」이라는 시를 생각한다.

사랑하는 것은

사랑을 받느니보다 행복하나니라

아이나 강아지나 씻기고 먹이고 똥을 치우고 행여 다치고 병들세라 노심초사 하면서도 사람들은 행복해한다. 사랑을 해야 행복하니까 사랑의 현재진행형을 위해 산고의 고통을 잊고 또 아이를 낳고 또 강아지를 기른다. 이런 점에서 아주 스케일이 큰 로맨티스트는 '하늘이 천년을 빌려준다면'이라는 가요에 나온다. 천년을 사랑하고 천년을 행복하겠다는 아주 포부가 대단한 노래다. 천년이라는 이 구체적인 수치 앞에 영원히 사랑한다는 말이 이상하게도 흔한 거짓말처럼 느껴진다.

만약에 하늘이 하늘이 내게

천년을 빌려준다면

그 천년을 당신을 위해 사랑을 위해

아낌없이 모두 쓰겠소

이리 갔다 저리 갔다 하는 산책길에서는 유월의 치자향이 아찔하게 코를 찌르기도 하고 장송과 동백, 잡목들이 푸름을 자랑한다. 지렁이도 기어 나오고 쓰레기차도 만나고 요구르트 아줌마도 만난다. 헤어지기가 아쉬워서 애태우는 가로등 밑의 연인들도 보이고 손잡고 산책하는 로맨스그레이도 있다. 개가 사람의 첫째 애완동물이 되고 사랑받는 이유를 생각해본다. 개는 사람에게 아무것도 기대하지 않는다. 꼬리를 흔드는 무조건적인 환대는 인류학자 김현경이 『사람, 장소, 환대』에서 '우정의 조건은 절대적 환대'라고 정의한 것을 떠올리게 한다. 어릴 적 애잔한 마음으로 보던 〈플란다스의 개〉, 네로와 파트라슈가 생각난다. 지치고 가난하고 불쌍한 어린이 네로 옆을 끝까지 지켰던 건, 그의 개 파트라슈였다. 개는 주인의 잘못을 지적하지 않는다. 개는 자기 주인을 다른 주인과 비교하지 않는다. 주인의 무덤에서 스스로 굶어 죽기도 한다. 무엇보다 주인을 바꾸지 않는다. 개는 솔직하다. 이 깊고 넓은 덕망을 두고도 인간은 '개새끼'라는 욕을 만들었다. 이해불가다.

착하게 생긴 개 한 마리 키웠으면 좋겠다고 했더니 아내가 돈이 많이 든다며 고개를 흔든다. 아! 사랑을 하고 싶은데 돈이 사랑을 결정하는 매커니즘이 여기서 작동된다. 아내의 말은 마치 하느님의 음성처럼 들린다.

(네가 가진 돈만큼) 사랑하라! 나는 퇴짜를 맞고 하릴없이 눈길을 다른 데 돌리고야 만다. 산책이나 가야겠다. (2019)

논산 풍경

폭염으로 마음까지 타오르던 8월 초 나는 아들의 논산 입대를 위해 어렵사리 휴가를 내고 긴 기억의 여정에 올랐다. 나는 저것의 아버지로서 어떠한 아버지였던가. 차 뒷좌석에 우두커니 앉아 있는 저 큰 장정의 나이를 거슬러 올라가며 스멀스멀 살아나는 기억을 떠올렸다.

저 아이는 물 끓는 주전자가 삐~ 소리를 내면 폭발의 징후로 알고 어떤 놀이를 하고 있건 쏜살같이 달려가 가스레인지의 스위치를 누르는 아이였으며 "네 엄마 뭐 하시니"라는 전화에는 어떤 경우건 "엄마 요리하고 있어요"라고 늘 답변하는 아이였으며 여름철 뙤약볕에 탄 피부를 보고 팔을 잘라야 될지 모른다고 무심결에 던진 나의 농담에 방 안에서 혼자 소리 없이 눈물을 뚝뚝 흘리고 있던 아이였으며 한 번도 친구와 싸운 적이 없는 아이였으며 중학생이 되더니 아무도 시키지 않았는데 아빠, 엄마에서 아버지, 어머니로 호칭하는 아이였다.

저 아이가 태어났을 때 나는 메리놀병원에 있지 못했으며 여러 심적 부담이 겹친 어느 날 술에 취해 저 아이의 뺨을 두 손으로 어루만지며 나도 모르게 통곡한 적이 있으며 장난감 몇 개를 사 준 기억이 있을 뿐 그 귀여운 얼굴을 찬찬히 훑으며 어루만져 주지도 못한 채 훌쩍 자라버린 아이였으며 엄마에게 짜증이 없고 동생에게 질투가 없는 아이였으며 말할 때 늘 미소를 짓던 아이였다.

"아이야! 아버지로서 부족한 내게 네가 와주었구나! 그때 팔을 잘라야 한다고 장난친 거 세월이 갈수록 많이 미안했다!" 나는 애잔하게 또는 기쁘게 여기 저기 꽃 피듯 피어나는 추억들을 음미하며 고이 쓰다듬어 다시 가슴에 품었다.

입대식 풍경은 과거와 사뭇 달랐다. 장정들보다 몇 배나 많은 사람들이 모여들었고 복무기간이 줄고 군대 내 가혹행위가 줄어서인지 비장함보다는 축제 분위기가 묻어났다. 오래전 해병대 입대하는 내 절친 재곤이를 배웅하러 간 포항 해병대 연병장에서는 그야말로 눈물바다였었다. 아무리 축제 분위기지만 그래도 아이의 얼굴을 한 번 더 보려고 애쓰는 사람들을 보면서 "상황은 대상을 새롭게 해석한다"라는 말이 떠올랐다. 아무리 말 안 듣고 징글맞은 새끼라도 이때는 금값 상승, 눈에 넣어도 아프지 않을 애틋한 내 새끼가 되는 것이다. 하물며 내가 태어나기도 전인 1965년 머나먼 월남으로 파병되는 맹호, 청룡, 백마부대원들의 부모님과 가족의 마음은 어떠했으랴! 영영 다시 볼 수 없을지 모른다는 항구의 이별이 아니어서 나와 아내는 담담할 수 있었지만 역사의 창가에는 이토록 가슴 아리는 배웅과 눈물이 넘실거린다.

올해는 광복 70주년이다.

경술국치 이후 매천 황현, 민영환, 김소월 등 많은 선열들이 자결로써 항거하거나 조국의 독립운동을 위해 황량한 만주벌판으로 떠났다. 그때도 경성 미쓰코시 백화점 옥상 커피숍에는 양복을 입고 시가를 태우며 유유히 커피를 즐기는 자들이 많았다. 지금도 이런 부류의 사람들이 있다. 친일인명사전, 그딴 걸 만들어서 뭐에다 쓰냐고 심드렁하게 말하는 사람들이다.

이런 사람들은 1차 세계대전이나 2차 세계대전에서 영국의 고위층 자제가 다니던 이튼칼리지 출신 중 2,000여 명이 전사했다던지, 포클랜드 전쟁 때 영국여왕의 둘째 아들 앤드루 왕자가 전투헬기 조종사로 참전했다던지, 6.25전쟁 때 미군 장성의 아들 142명이 참전해 35명이 죽거나 부상을 당했다는 사실에는 별 관심이 없다. 일본의 노기 마레스케 장군이 러일전쟁을 승리로 이끌고 오사카항으로 귀향할 때 두 손에 전사한 두 아들의 유골함을 들고 배에서 내렸다는 이야기도 아무런 교훈을 주지 못한다.

당시 월남 파병 부대원 중에 고위층의 자제는 과연 얼마나 포함되어 있었을까. 역사는 멀고 현실은 풍요롭다. 풍요에 안주하다가는 다시 노예가 된다. 두 눈 부릅뜨고 세계와 미래를 직시해야 한다.

아들! 늠름하게 훈련 잘 받고 건강하여라. (2015)

꼰대가 꽃에게

"소 박사 뭐해? 저녁은 먹었나?"

문득 아들이 다음 달 용돈을 당겨 달라고 전화 왔더라는 아내의 말이 떠올라 서울에서 학교 다니는 아들에게 문자를 보냈다. 소 박사로 호칭하는 건 아들이 동량을 기르는 교수처럼 의젓하고 품위 있게 살아갔으면 하는 아버지로서의 바람이 담긴 말이다. 답장이 왔다.

"네, 먹고 누워서 쉬고 있습니다."

쉬고 있다는 단어가 달갑지 않다. 청춘이 사용하기에는 너무 힘없는 단어다. 차라리 친구와 놀고 있다고 답하는 게 훨씬 활기차 보인다. 아들로서는 '먹었습니다'라고 간결하게 답하는 게 나았다. 다시 문자를 보냈다.

"용돈 안 부족하나?"

빈한했던 나의 학창시절과 쓰임새가 많을 아이의 입장이 오버랩되어 마음이 쓰인다. 이 말은 아들이 덥석 물어야 한다. 그래야 나도 어려울 때 짠~ 하고 나타나는 짱가 아버지 노릇을 할 수 있게 된다. 그러나 예상은 빗나간다.

"아직 괜찮습니다!"

갑자기 할 말이 없어진다.

다음 주 용돈까지 당겨 쓴 놈이 "아버지인 나를 어려워하나!" 하는 생각이 스쳐간다. 아버지들이 흔히 저지르는 예의 훈계조 문자가 들어간다.

"그래, 뭐든지 아버지한테 이야기해라. 청춘은 꿈과 열정으로 배불러야 하는 법이다. 불안과 희망이 공존하는 게 청춘이다. 무엇이라도 시도하되 단 네가 책임질 수 있는 범주에서 움직여라. 고난을 오래 즐긴 사람에게 꿈과 영광은 손을 내민다."

삐리릭, 한참 후에 답장이 왔다. 문자를 열어본다.

"알겠습니다! 고난을 즐긴다는 말이 가슴에 와닿네요."

『탈무드』에 이런 말이 있었다.

"부모가 자식에게 베풀면 모두가 웃고 자식이 부모에게 베풀면 모두가 운다." 그리고 성철스님은 "집집마다 부처님이 계시니 이는 곧 부모님이다"고 했다. 자식이 있어야 부처님 마음이 어떠한지 알 수 있겠다. 다들 성불하시기를. (2014)

상석(上席)의 의미

보통 상석(上席)은 출입문을 바라보고 실내가 잘 조망되는 자리다. 우두머리가 출입문을 등지고 앉으면 비호 같은 자객(刺客)의 기습에 목숨을 잃기 쉽고 그 조직은 궤멸되기 십상이다. 어깨에 손을 댔을 때 사람의 반사 신경이 가장 빠른 것도 보이지 않는 곳을 위험으로 인식하는 인류의 오랜 진화의 결과라고 한다. 그래서 상석은 우두머리 차지다. 그런데 식당이나 카페 등지에 가면 여성이나 아이들이 상석을 차지하고 남성은 끄트머리에 앉아 고기를 굽거나 수발을 들고 있는 경우를 종종 본다. 아버지가 상석에 앉아 숟가락을 들어야 밥을 먹을 수 있었던 시대를 경험한 나로서는 적잖이 거북살스럽다. 레이디 앤 베이비가 밥 먹는 자리까지 퍼스트가 되다니 자객을 걱정하지 않아도 되는 정말 안전한 세상이 되었나 보다.

탤런트 최수종이 결혼한 이후 아내에게 했다는 퍼포먼스가 알려지자 남자들은 속수무책으로 비교당했고, 드라마 〈태양의 후예〉에서 송중기가 군복 입고 나타난 이후로 돈만 벌어다 주는 걸로는 멋있는 남편 축에도 끼지 못하는 신세가 되었다. 게다가

호주제는 진작 폐지되었고 남녀 간 재산상속 비율도 동등한 데다 가정을 이끌던 남성의 역할을 여성도 수행하기 시작하면서 아이의 입장에서 보면 아빠, 엄마는 별로 구분할 필요 없는 대등한 독자세력이나 마찬가지다. 우리가 아는 것처럼 인간은 생존본능에 의해 세력이 큰 쪽에 붙는다. 역도선수 장미란이 헤비급에서 올림픽 금메달을 딸 때부터 이미 힘에서도 남자들은 밀리기 시작했는데 공부면 공부, 피겨스케이팅이면 피겨스케이팅, 골프면 골프, 도대체 못하는 것이 없는 대한민국 여성의 헤게모니를 나는 오래전부터 체감하고 있었다.

무엇인가 하니 결혼 이후 나에게 가장 영향력 있는 소리는 집사람의 목소리(무섭다고 말하는 사람도 있다)라는 점을 부인할 수 없으며 껄껄 웃으며 즐거이 술자리를 가지다 전화를 받고 갑자기 돌아서는 친구의 쓸쓸한 뒷모습을 만든 장본인이 누구인지도 그렇고 오래전 부산역에서 기차표를 잃어버렸다고 선배를 닦달하며 몰아세워 주위를 무안스럽게 하던 어느 여성에게서도, 아! 생각해보니 헤아릴 수가 없다. 이런 걸 흔히 즐겨 쓰는 단어 '대세, 시대의 조류, 문화'라고 하는 것인가. 결혼하기 전 헛기침 하나로도 가장의 권위가 넘쳤던 대발이 아빠를 보며(1991년 MBC 홈드라마 〈사랑이 뭐길래〉, 이순재 김혜자 최민수 하희라 출연) 나의 미래도 당연히 그럴 것이라 믿어 의심치 않았다. 하지만 서두에 글을 열었던 상석 운운한다는 자체가 벌써 쩨쩨하고 얄잡히는 남자로 전락했다는 것이고, 지금의 값어치에 미래에 금을 좀 더 쳐

준다 하더라도 나의 낙관이 얼마나 헛된 일장춘몽이었는지 활연대오(豁然大悟) 하게 된다.

마초성향의 나도 그러할진대 내 주변으로 표본을 좀 넓힌다면 결과는 거의 하인 수준으로 전락하고 마는 이 참혹함(?)을 어찌 받아들여야 할까. 상석의 문제는 빙산의 일각이다. 거스를 수 없는 것이 시대의 대세고 조류이니 제법 주체적인 남성들은 아버지 학교를 찾고 부드러운 웰빙 가장이 되기 위해 노력하지만 나머지는 에라 모르겠다, 끄트머리에 앉아 고기나 굽는 게 편하지, 이렇게 포기하고 마는 심정일 테다. 이 이야기의 가장 큰 논거는 레이디 앤 베이비 옆에서 고기 굽는 남자의 표정에 있다. 그 표정을 찬찬히 살펴보시라. 그다지 흐뭇한 표정이 아니다. 내가 볼 때는 어찌할 수 없는 졸보의 표정이 묻어 나온다.

이런 생각도 든다. 별로 교훈적이랄 것도 없는 조선시대를 배경으로 한 드라마가 왜 줄기차게 만들어지고 있을까. 바로 대리만족이다. 이리 오너라, 조선의 남자들은 다가가지 않고 불러 쌓는다. 남성의 숨소리 하나에도 미세한 미간의 찡그림에도 묘한 의미가 담긴다. 무엇보다 여성이 목소리를 높이는 법이 없다. 다소곳하다. 일본 여성들이 아직도 부드러운 욘사마에 환호하며 대리만족을 느끼는 거나 같은 맥락이다. 아이러니하게도 MBC 〈옥중화〉라는 드라마엔 문정왕후와 정난정, 이 두 여성이 대세다. "아내는 남자에게 집이다"라는 탈무드의 말은 이제 다소 생경한 유훈이 되었다.

남자들은 애처롭다. 상석의 대접을 받고도 조자룡 헌 칼 휘두르듯 칠거지악의 칼을 휘둘렀던 할아버지, 아버지와 달리 상석에서 밀려나고도 가족을 위해 견마지로(犬馬之勞)를 다해야 하며 명절 때는 아내의 눈치까지 슬슬 보아야 한다. 젊었을 때 군대에 가서 독가스를 맡아야 하는 것은 기본이다. 오랜 세월 동안 갑질은 또 얼마나 견뎌왔던가. 이렇게 책임과 의무를 다 했음에도 은퇴 후엔 존중의 의미가 쏙 빠진 삼식이 대접을 받을 가능성이 높다. 사태가 이러함에도 남자들은 이렇게 이야기한다. 늙으면 마누라밖에 없다고, 그런데 정작 그 마누라는 남편밖에 없다고 말하지 않으니, 아내를 그나마 늙은 사내의 희망으로 친대도 이 삶의 엇박자를 어찌하면 좋을 것인가. 남자들이여! 내가 생각하는 그 아내가 여전히 그 아내일 것이라는 착각에서 벗어나야 한다. 마누라'밖에'가 아니라 마누라'도' 있다, 라고 고쳐 생각해야 덜 서운할 것이다. 건강도 있고 돈도 있고 취미도 있고 친구도 있고 마누라도 있어야 혹시 그중의 하나가 없어도 박탈감이 적지 않을 것인가. 마누라'밖에'라면 혹 마누라가 없다면 세상이 무너지지 않겠는가. 박목월 시인의 「가정」이라는 시가 있다.

지상에는/아홉 켤레의 신발/눈과 얼음의 길을 걸어/그들 옆에 벗으면/육문삼의 코가 납작한/귀염둥아 귀염둥아/우리 막내둥아//미소하는/내 얼굴을 보아라/얼음과 눈으로 벽을 짜올린/여기는 지상/연민한 삶의 길이여/내 신발은 십구 문 반//아랫목에 모인/아홉 마리의 강아지야/강아지 같은 것들아/굴욕과 굶주림과 추운 길을 걸어/내가 왔다/아버지가 왔다/아니 십구 문 반의 신발이 왔다/아니 지상에는/아버지라는 어설픈 것이/존재한다/미소하는 내 얼굴을 보아라

나는 처음 이 시를 읽었을 때 가슴이 울렁거렸다. 연민의 삶과 굴욕의 길을 걸을지라도 새끼들을 아랫목에 있게 하는 존재가 바로 나라는 것을 우리는 몰라도 된다. 하지만 십구 문 반의 신발이 닳을 때까지 눈과 얼음의 길을 걷고 있는 사람이 저기 길을 가는 저 남자이고 버스를 기다리는 저 초로의 사내이며 술 냄새를 풀풀 풍기며 지하철에서 졸고 있는 저 배 나온 아저씨라는 것을 우리는 알아야 한다.

아버지는 등 뒤에도 눈이 있는 사람이며 어버이날이 슬픈 사람이며 견마지로를 다해도 금수저를 만들 수 없어 자식에게 미안한 사람이며 되려고 했던 것이 아니라 어설프게도 그냥 아버지가 된 사람이다. 그리고 아버지는 쩨쩨하게 상석을 따지는 사람이 아니다. 고기를 구우면서도 가족의 안전과 내일을 고민하는 사람이다. 그러니 레이디 앤 베이비여, 그대들의 안위를 위해서라도 상석은 아버지에게 양보하시길 권유하는 바이다. (2016)

삼식이와 누레오치바

얼마 전 이사를 했다. 집을 나서자마자 연산동에 있는 야트막한 '배산' 초입으로 들어선다. 젊을 땐 사람 많은 곳이 좋고 나이 들면 자연이 좋다더니 금세 마음이 차분해진다. 문득 신혼집을 구하기 위해 은행에 있는 친구에게서 빌린 돈을 들고 서대신동 산동네를 오르내리던 때가 떠오른다.

집이란 무엇일까, 모두에게 친숙한 노래 '즐거운 나의 집'은 즐거운 곳에서는 날 오라 하여도/내 쉴 곳은 작은 집 내 집뿐이리라고 노래한다. 시골에서 자란 사람은 누구나 마음에 화인처럼 박혀 있는 저마다의 고향집이 떠오를 것이다. 마루에 누워 푸른 하늘 위에 두둥실 떠가는 뭉게구름을 바라보거나 처마 밑으로 떨어지는 빗방울을 응시하던 기억이 난다. 가끔씩 서늘한 그리움을 던져주는 나의 고향집, 엄마가 일찍 돌아가신 나의 시골집은 내 마음에 동그마니 외롭다.

결혼을 하고 아이가 생기면 이제 집은 더 이상 편히 쉴 곳만은 아니다. 집으로 들어서면 좋아 죽을 것 같은 아이들의 눈망울이 반겨주지만 내가 보호하고 책임져야 할 가장적 맥락이 더

강하게 다가온다. 「아버지의 귀가」라는 내 졸시는 이렇다.

문을 열고 들어서면
좋아 죽을 것 같은 눈망울
나의 미소야
가진 것 없는 아비 품이 그리도 따스하더냐
냄새에 절고 세상에 절은 아비의 귀가는
네 몸부빔에 씻김굿처럼 씻기우고
품을 뺏긴 아들놈은
지쳐 흔들거리는
가녀린 내 다리를 부여잡고
장난감을 사달라고 보채고 있다
사랑하는 딸아 사랑하는 나의 아들아.

나는 아이들에게 아버지이자 곧 집이었으니 이제 다 커서 내 품을 떠난 아이들은 그들의 집을 어떻게 추억할까, 사뭇 궁금해진다. '유정천리'라는 노래는 이렇게 노래한다

가련다 떠나련다 어린 아들 손을 잡고/감자 심고 수수 심는 두메 산골 내 고향에

고향이 그립기도 하겠지만 객지생활이 얼마나 힘들었으면

어린 아들 손을 잡고 두메산골 내 고향으로 들어가고 싶다고 읊었을까. '삼망'이라는 우스개가 있을 정도로 남자는 철이 안 든다고 한다. 담배 끊고 술 끊고 여자까지 끊어야, 그러니까 죽을 때가 다 돼서야 집으로 돌아갈 생각을 하는 게 수컷이라는 거다. 그래서 남편을 이르는 말이 줄곧 바깥사람이었다.

나도 그렇다, 내 즐거운 곳을 찾아 쉼 없이 두리번거렸다. 아내는 내가 지치고 지쳤을 때에야 그 지친 몸을 이끌고 집으로 들어온다고 한다. 세상에서 가장 행복한 남자는 누구일까. 나는 두말없이 집이 가장 즐거운 남자를 꼽는다. 중국 전투사에서 큰 공적을 세운 유명한 장수 중에는 공처가가 많다. 세상에 제일 무서운 대상이 마누라니 적군은 별로 무섭지도 않아 용감하게 싸워 전공을 세운 것으로 분석됐다. 공처가는 집으로 돌아가지 못해도 그만이라는 것인데 애처가는 전쟁 중에도 집으로 돌아가고 싶어 안달이 날 것이다.

나는 집에 일찍 들어가는 남자를 참으로 존경한다. 가장 즐거운 장소가 그 사람의 집이 아니라면 가장으로서 본분을 다하는 성실함이 아니라면 세상에 이렇게 많은 미인과 맛있는 술과 달콤한 우정을 두고 어떻게 그리 해 지자마자 주저하지 않고 집으로 향할 수 있느냐는 거다. 그래서 자유로운 영혼의 소유자는 대체로 결혼에 얽매이지 않는 법이다. 집밥을 중요하게 생각하지도 않을 것이다. 인생에는 항상 내리막이 있다. 세월은 흐르고 흘러 남자에게도 머물 곳이라고는 집밖에 없는 쇠퇴기가 찾아온다. 일본에서는 은퇴 후 갈 곳이 없어 집에 죽치고 있는 남편을 일러 빗자루로 쓸어도 잘 쓸리지 않는 일명 누레오치바, 젖은 낙엽족이라고 하는데 우리나라에는 하루 세끼 집에서 다 찾아 먹는다는 뜻인 '삼식이'라는 말이 있다.

정현수의 『명언명구선』에 다음과 같은 내용이 나온다.

"유태인은 집 안에 아버지 자리를 만들어 놓고 아내나 아이들이 앉지 못하게 한다. 아버지의 자리가 사라지면 가족의 중심이 사라지고 국가도 흔들린다고 생각하기 때문이다."

아, 이렇게 중요한 역할을 하는 아버지를 삼식이로 전락시키는 맥락 단절, 비매너 화법은 도대체 어느 나라 어느 시대의 풍자인지 당황스럽다. 그래서 미래의 삼식이들은 각성하고 프랑스 대혁명의 기백으로 분연히 떨쳐 일어나 이 잘못된 세태를 바로잡아야 한다. 아무리 그래도 숙명적으로 방랑자일 수밖에 없는 남편을 개 이름이나 진배없는 삼식이로 전락시킨 이 방자함은 결코 웃고 넘길 일이 아니다.

영혼이 사는 집이 얼굴이고 사람이 사는 곳이 집이다. 나는 어떤 집에서 살고 싶은 것인가, 내가 지으려던 집은 무엇이었을까. 배산 정상에서 사과상자 같은 아파트, 내 집을 내려다본다. 도무지 즐거운 나의 집 같지가 않다. 현대인의 집은 투자의 수단 같은 곳이라서 편히 쉴 곳은 내 집뿐이라는 느낌이 그다지 들지 않는다. 은퇴 이후를 생각한다. 나는 삼식이가 될 것이고 가끔씩 누구에게 한 끼의 밥을 청해야 할 것이다. 지금 잘나가는 어느 선배도 그래봤자 삼식이가 될 게 뻔하다. (2015)

© 최상민. 부산 가덕도, 2014

나팔꽃 인생 5

아이들이 모두 떠난 집안 분위기는 생경하기 이를 데 없다. 가수 이은하의 노래 '밤차'에서 기차는 멀리 기적이 울며 나를 두고 떠나간다. 기차를 타고 떠난 아이들이 다시 내 품으로 돌아올 확률은 제로에 가깝다. 우리는 이제 영원히 한 집에서 살지는 못할 것이다. 오로지 아이들에게 헌신하던 아내는 대상을 상실한 채 빈둥지증후군을 앓는다. 나의 귀가에 세상에서 가장 반가운 눈빛으로 품에 안기던 그 제비새끼들은 다 어디로 날아갔는가.

뭔가 억울하다. 차라리 옛날 대가족 사회에 태어나 할아버지가 되고 죽을 때까지 자식 손자들과 같이 아웅다웅 사는 것이 훨씬 행복한 삶일 것이다. 도시인의 고독을 들먹이지 않더라도 이제 모두들 혼자 견뎌야 한다. 치댈 데도 안길 데도 없이 홀로 시선을 거둬야 한다. 가격이 가치를 결정한다는 소스타인 베블런(Thorstein Bunde Veblen)의 말처럼 한 인간의 가치가 가격으로 매겨지는 서글픈 상황이 있어도 나는 아이들의 얼굴을 보며 위로를 건넬 수 없다.

강아지를 한 마리 키워볼까! 그러면 나의 귀가에 발발이 뛰고 꼬리를 흔들며 기뻐하겠지, 길거리에서 강아지에게 눈길이 가고 꼬맹이들에게 유독 눈길이 간다. 아이들이 어리고 귀여웠을 시절에는 힘든 것만 생각했지 그때를 누리지 못했다. 워라밸(Work-life balance)이니 웰빙(Wellbeing)이니 하는 문화가 없던 시절이었다. 잡힐 듯 잡히지 않는 미래만 보고 뛰어왔지만 정작 여기에도 아무것도 없다, 오히려 지금은 그때가 그립다.

"인생은 한 순간의 등불과 같다"는 셰익스피어의 말이 생각난다. 훅 불면 꺼질 운명, 쩨쩨하고 시시한 생각은 하지 말아야지 다짐한다. 아직 청춘이고 남자의 전성기는 지천명 이후라 하지만 빨리 결혼한 탓에 너무 일찍 빈 둥지에 남겨졌다. 아직 나에게 머무는 것들, 보내야 할 때 잘 보내고 돌아서야겠다. 그렇게 세월은 가는 거겠지.

© 최상민, 부산 광안 수변공원, 2014

6부

호모사피엔스의 유치원

정치를 어렵고 무겁게 말하는 사람일수록
가짜일 확률이 높다.
민생은 항상 다급하고 진실은 언제나 가볍기 때문이다.

멋대로 & 법대로

"큰일 하실 분이……."

소위 전도유망한 젊은 관료라면 한번쯤 들어봤을 것이다. 잘 되라는 덕담이지만 여기에는 세상을 이분법적으로 바라보는 전근대적 관점이 도사리고 있다. 옛날에는 왕과 신하, 양반과 천민, 남자의 일과 여자의 일이 딱 구분되어 있었다. 그래서 왕과 양반의 일은 큰일로 규정되고 나머지는 모두 하찮은 일로 치부되었다. 우리나라가 선진국에 진입하고 생각지도 못한 한류가 하나의 세계문화로 자리매김하는 지금의 관점에서 큰일과 작은 일은 구분될 수 있는 것인가. 가령 교통순경이 음주단속을 철저히 하여 아인슈타인과 같은 위대한 과학자의 예견된 사망사고를 막았다고 치자. 이후 과학자의 업적은 과학자의 것일까 교통순경의 것일까. 같은 맥락에서 기차나 비행기나 자가용을 잘 정비하는 엔지니어나 안전한 먹거리를 만드는 농부나 제조업자, 불량품이 아니라 좋고 튼튼한 제품을 만드는 노동자의 노동은 얼마나 중요한 일인가. 우리가 '택시~' 하고 부르는 택시운전사의 운전행위는 급할 때 요긴하게 쓰고는 하찮은 일이라 여겨도 무방한 일이 아니다. 영화 〈택시운전사〉에서 김사복 씨가 한 일은 얼마나 막중한 일이었던가.

그럼에도 큰일 하실 분이라니, 이 큰일에 대해서 다시금 곰곰이 생각해본다. 큰일을 한자로 쓰면 大業(대업)이 된다. 대업을 성취하소서! 대권을 가지라는 것인가. 앗! 위화도에서 회군하여 한양으로 향하는 이성계의 군마 뒤에 서지 않는 한 자칫 역적으로 몰려 목이 열 개라도 목숨을 부지하지 못한다. 이런 위험한 일을 젊은이에게 부추길 리는 없다. 대한민국은 민주공화국이다. 모든 게 헌법과 법률, 조례와 규칙에 세세히 규정되어 있다. 은행과 보험의 대출약관을 읽어 본 적이 있는가, 거의 숨이 막힐 지경이다. 애매할 때는 또 조리(條理)에 따라야 한다. 대통령도 장관도 그 누구라도 예외일 수 없다. 이것이 바로 대한민국 방방곡곡 시비소란의 현장에서 사람들이 '법대로 해!'를 외칠 수 있는 확고한 근거가 되는 것이다.

결국 아무리 지위가 높아져도 법대로만 하면 되는 것일진대 법대로 하는 게 무엇이 그리 큰일이냐고 묻는다면 정작 큰일 운운한 사람은 무언가 근사한 말을 하고 싶었을 뿐이며 그 말을 들은 상대방도 해바라기처럼 환하게 웃었다고 말꼬리를 흐릴 것인가, 아니면 법대로 하는 게 세상에서 가장 어려운 일이 아니겠냐고 반문할 공산이 클 것인가. 출세지향적인 영리한 젊은 관료들은 큰일은 없다는 것을 진즉에 알고 있다. 나중에 큰일을 위하여 오늘의 고단함을 견디는 것이 아니라 체인지 메이커의 실력이 없거나 어떤 불이익을 우려해 입을 다문 씁쓸함을 도광양회니 하는 말로 포장하는 것이다. 그들은 타인의 기분을 언짢게 하지 않도록 노력을 기울이고 맡은 일은 그럭저럭 해내지만 들어볼 만한 스토리는 찾아보기 힘든 특성이 있다.

지금 각광받고 있는 직업, 예를 들면 연예인이나 셰프, 각종 엔지니어를 비롯하여 의사, 변호사, 통역사 등 대부분의 직업은 과거로 치자면 양반이 담당했던 일이 아니라 소위 지체가 낮은 자들의 직업이었다. 팩트는 이제 모든 일이 큰일이고 중요한 일이 되었다는 것이다. 사소하게 보이는 일도 정성스럽게 정확하게 정직하게 행해지고 단계별로 질서를 이룰 때 그 국가와 사회는 미주리호의 맥아더 장군처럼 마지막 주인공으로 등장하여 항복조인문서에 멋있게 점을 찍을 수 있다. 그 점 하나를 찍기 위해 얼마나 많은 노력과 병사들의 희생이 있었던 것인가. 큰일과 작은 일이 구분되고 어떤 큰일에 전략과 물자가 쏠리는 한 나머지는 작고 하찮은 일로 치부되는 것이 세상의 법칙이다. 나라가 굴러가는 시스템 중 최악의 시스템이다. 그래서 나쁜 의도를 가진 누군가는 양치기 목동처럼 마트에서 '큰일'을 사 온 척하면서 여기 "큰일 있어요!"라고 외치고 싶겠지만 그런 목동은 이제 몽둥이로 두드려 맞을 공산이 크다. 여기저기 이런 허풍선이 목동들이 진실의 가면을 쓰고 호시탐탐 득세를 노리고 있다. 거짓말하고 선동하는 꾼들에게 하도 많이 속아서 이제 거의 적의가 생길 정도다.

'임을 위한 행진곡'에는 "새날이 올 때까지 흔들리지 말자"라는 가사가 있다. 이 노래가 계속 불리는 한, 새날은 아직 오지 않은 셈이 된다. 중요한 것은 새날이 온 이후에도 흔들리지 말아야 한다는 것이다. 교통순경의 일을 업신여기고 어느 부처의 일이 다른 부처의 일보다 중요하고 큰일이라는 왜곡된 구분과 신분적 사고방식이 존재하는 한 대한민국은 아직도 계몽이 필요한, 새날은 오지 않은 나라가 된다.

헌법 제69조에는 대통령의 취임 선서문이 나온다.

> 나는 헌법을 준수하고 국가를 보위하며 조국의 평화적 통일과 국민의 자유와 복리의 증진 및 민족문화의 창달에 노력하여 대통령으로서의 책무를 국민 앞에 성실히 수행할 것을 엄숙히 선서합니다.

남북정상회담은 하늘에서 뚝 떨어진 선물 같은 것이거나 초법적인 것이 아니다. 대통령에게는 조국의 평화적 통일을 위하여 책무를 성실히 수행할 의무가 주어져 있다. 따라서 남북정상회담 또한 헌법에 규정된 대로 그저 법대로 행해지는 것이다. 그리고 법대로 한다는 것은 사익을 취하지 않으며 수작을 부리지 않고 두려움에 굴복하지 않는다는 것이다. 그러기 위해서는 자유민주주의에 대한 확고한 신념으로 헌법적 가치를 흔들림 없이 지키겠다는 평생의 수련이 따라야 한다. 법대로 한다는 것은 쉬운 것 같지만 이렇게나 어렵고 힘겨운 일이다.

친구는 오랜 친구가 좋고 공직은 법대로 바르게 할 사람이 좋다. 다가오는 지방선거도 이런 사람을 뽑는 축제가 되어야 한다. 대한항공 사태에서 법대로가 아닌 멋대로가 초래한 불법 쇼를 본다. 교사를 마구 대하고 섭섭하게 하는 것이 가르치는 일을 작고 하찮은 일로 치부하는 훈장 나부랭이 문화나 그릇된 자본주의 문화에서 비롯된 거라는 데에도 이의를 제기하기 어렵다. 큰일 할 거라, 큰일 하실 분이라는 말을 듣는 사람은 허세 부리지 말기를 바란다. 세상에 큰일은 없다. 있다면 그건 그저 멋대로가 아니라 법대로 하는 것일 뿐이다. 그런데 법은 누가 만드는 거지. 그것 참. (2018)

미워도 다시 한 번

동맹이란 아무리 어려운 경우라도 서로 돕고 지켜주며 변치 말자는 것이다. 한자로 맹세 맹(盟)은 날 일 자와 달 월 자가 합쳐진 밝을 명(明) 자 밑에 피 혈(血) 자와 비슷한 그릇 명(皿) 자가 받친다. 밤낮으로 그릇에 피가 흘러 흥건히 넘칠 정도로 희생을 각오하는 것이 이 맹세다.

문제는 이 맹세의 얄팍함이다. 나라의 존망을 가르는 합종연횡에 진실과 불변은 없다. 신사의 나라 영국도 손해 볼 만하니 EU를 탈퇴했다. 영국이 해가 지지 않는 나라, 즉 제국이 될 때까지 인도 등 속지(屬地)에서 행한 살상행위로 봐서는 신사의 나라라는 별칭도 어울리지 않는다. 1954년 체결된 한미상호방위조약은 저절로 굳건해진 것이 아니다. 색이 바랠 때마다 백업과 케어가 필요하다. 정치에서 당헌과 당규를 가진 당(黨)은 수시로 만들어지고 뚜렷한 이유 없이 깨진다. 맹세는 다른 욕망을 위한 도구로 전락할 뿐이다.

또한 맹세는 이중성을 가진다. 이런 맹세의 이중성은 역사적으로 이미 우리가 처절하게 경험했다. 1905년 을사보호조약은 보호(保護)라는 단어를 내걸었지만 수탈과 유린, 폭압의 비수를 숨긴 맹세였다. 제국주의는 조폭마냥 지속적으로 약소국에 삥을 뜯는 시스템이다. 마찬가지 조폭도 삥을 더 많이 뜯기 위해 맹세를 한다. 야쿠자와 형제결연식을 맺는 등 합종과 연횡으로 조직의 지속성을 강화하는 것이다. 결혼식 때 행해지는 혼인서약은 그 이혼율을 보건대 결과적으로 얼마나 남발되는 맹세인지 알 수 있다.

맹세의 동생쯤 되는 약속도 약간씩 속이는 것의 준말이라 하니 맹세와 약속이 사는 이 동네는 별로 믿을 데가 못 된다. 내 손에 장을 지진다고 말하는 자도 반건달 아니면 사기꾼이다. 원래 진실한 자는 과도한 언사 없이 묵묵히 실천으로 증명할 뿐이다. 성경에서도 이방인과의 동맹을 탐탁지 않게 여긴다. 맹세는 신에게나 하라는 뜻이다. 가수 조항조는 그래서 이렇게 노래했나보다.

> 사랑한다는 말도 거짓말/돌아온다는 말도 거짓말/모든 맹세 다 해놓고…

그런데 한미동맹은 위대한 동맹이라 말한다. '위대한'이라는 형용사가 묵직하게 다가온다. 지난 2017년 6월 문재인 대통령은 미국 순방일정 중 제일 먼저 미국 버지니아주 콴티코 해병대 박물관에 위치한 장진호 전투 기념비를 방문하고 특별한 감사를 표했다. 6.25전쟁 중 일어난 이 장진호 전투에서의 희생에 대해 대한민국이 잊지 않고 있다는 메시지였다.

장진호 전투는, 미 제1해병사단이 개마고원까지 먼저 진격한 상태에서 야간을 틈타 은밀하게 포진한 12만 중공군에 의해 포위되면서 벌어진 전투다. 많은 희생을 치렀지만 영하 30도에 가까운 혹독한 추위와 끊어진 다리 등 도저히 극복할 수 없는 난관을 타개하고 무사히 흥남까지 철수에 성공한, 세계전투사에 기념비적인 전투로 기록되고 있다.

당시 지휘관이었던 올리버 스미스 장군은, 먼저 항공탈출을 하고 나머지 인원은 운명에 맡기라는 상부의 권유를 거부했다. 다 죽으면 죽었지 모든 병사와 수습한 시신, 군사 장비와 끝까지 함께 간다는 옥쇄의 결심이었다. 장진호 전투를 설명하는 유튜브에서 본, 당시 이등병이었던 예비역 중장 옴스테드 장군의 발은 동상으로 기형이 된 상태였다. 펜스 미 부통령의 아버지도 당시 해병대 소위로 참전했다고 한다. 올리버 스미스 장군의 옥쇄의 결심을 보면서 남자의 진정한 맹세가 무언지를 느끼게 된다. 그리고 잊지 말아야 한다. 우리의 주체성과 자강(自强)이 없이는 위대한 동맹도 없다는 사실을.

나도 청년 시절 맹세란 걸 한 적이 있다. 손가락을 이로 물어뜯어 피를 흘려 소위 혈주(血酒)라는 걸 마시기도 했다. 내 친구는 이걸 못해 커터 칼로 손가락을 살짝 찢었다. 쩨쩨하게 잇속을 챙기거나 꿍꿍이속을 숨기지 말자는 것이었다. 또한 항시

사랑하고 존중하겠다는 혼인서약을 했으며 직장에서는 청렴서약을 했다. 국기에 대한 맹세는 차치하고서라도 히포크라테스 선서나 나이팅게일 선서처럼 경찰로서 또 선서(宣誓)는 얼마나 많이 했던가! 아! 이제 남을 비난하거나 원망하지 못할 것 같다. 맹세 따윈 하지 말고 살아야겠다. (2017)

보수와 진보

누가 묻는다, 보수와 진보가 뭐예요?

어떻게 말하면 이해하기 쉽게 답할 수 있을까, 결론적으로 보수 진보의 구분은 별로 의미가 없다. '보수는 부패로 망하고 진보는 분열로 망한다'라고 하지만 보수도 분열로 망하고 진보도 부패로 망하기도 한다. 좌파, 우파의 구분이라는 것도 프랑스 대혁명 후 만들어진 공회에서 루이 16세의 처형문제를 놓고 대립한 자코뱅당과 지롱드당의 좌석 위치에서 기원할 뿐이다. 어떤 심오한 뜻이 있어서가 아니다.

보수의 사전적 의미는 좋은 전통과 가치를 계승하는 것이다. 우리에게 좋은 전통과 가치는 한마디로 국가에 충성하고 부모에 효도하며 사회에 봉사하는 것이다. 국가에 충성한다는 것은 헌법에 명시된 국방과 납세, 교육과 근로의 4대 의무를 충실히 이행하는 것이고 부모에 효도한다는 것은 자신의 뿌리를 잊지 않고 진자리 마른자리 갈아 뉘신 부모의 헌신에 대해 공경하는 마음을 가진다는 것이며 사회에 봉사한다는 것은 국민교육 헌장에서의 문구처럼 저마다의 소질을 계발하여 자신의 재능에 따라 열심히 일하고 어떤 방식으로든 사회에 기여하는 것으로 정의될 수 있다. 진보의 사전적 의미는 잘못된 관습과 제도를 고쳐 변화와 발전을 추구하는 것이다. 그러나 '잘못된 것'에 대한 인식이 사회적 지지를 상실할 경우 진보는 몰락의 길에 올라선다.

아무리 봐도 보수의 가치와 진보의 가치는 상충되지 않는다. 보수와 진보는 상호 필요조건이며 동전의 양면이다. 새는 좌우의 날개로 난다는 말이 이런 연유다. 따라서 보수적이면서도 동시에 진보적인 사람이 리더에 가장 적합하다. 보수의 가치에 소홀하거나 도덕적 기반이 약한 자는 훌륭한 개혁가가 될 수 없으며 변화와 발전을 추구하지 않는 자는 든든한 보수주의자로 자리매김될 수 없다. 정치인들이 '중도'라는 말을 사용하는 것도 "보수적이기도 하거니와 진보적이기까지 한 사람"임을 짐짓 어필하는 것이다.

보수와 진보는 대개의 경우 굳이 구분할 필요가 없다고 해도 무방하다. 보수와 진보는 그 사람의 지위나 소유관계와도 아무런 상관이 없다. 연탄을 땔 정도로 가난해도 보수의 가치에 충실한 연탄 우파도 있으며 많은 기득권을 누리고 있어도 '이대로'보다는 항상 변화와 발전을 외치는 사람도 있다. 누가 보수와 진보에 대해 묻는다면 당신의 양손이라 말하는 것도 좋겠다. 사람은 한 손이 없어도 살아갈 수 있을 테지만 양손이 있게 된 건, 하느님의 뜻이든 진화론적 입장이든, 그 충분한 이유가 있을 것이다. 복싱에서도 양손이 조화를 이루지 못하면 최고의 공격과 수비를 펼치는 챔피언의 레벨에 오를 수 없다. 왼손을 뻗을 것인가 오른손을 뻗을 것인가는 상대 선수의 상황, 즉 시대의 상황에 맞추는 것이지 오른손과 왼손이 서로 얽히고 싸울 일이 아니다. 우리는 역사에서 외부의 적보다 우리끼리 얽혀 주저앉게 되는 내부의 적이 더 무서웠던 많은 사례를 읽는다.

어린 시절, 겨울 어느 해던가, 동네 아이들이 추수가 끝난 들판이나 공터에 모여 대나무로 만든 긴 작대기를 가지고 싸움놀이를 한 적이 있다. 작대기 싸움이 더 재밌기 위해서는 어쩔 수 없이 두 진영으로 갈라져야 했다. 묘한 긴장감이 생기고 서서히 부상자가 나오면서 복수심이 생기고 마을은 생동감 있는 전쟁터로 변해갔다. 나는 가장 어린 축이었는데 내 키보다 훨씬 긴 대나무 작대기를 들고 나갔다가 제대로 휘두르지 못하는 바람에 된통 당했다. 나는 작대기 싸움에 기꺼이 동원된 똘마니였으며 세상에서 가장 작은 전쟁의 피해자였다.

인류의 역사는 전쟁의 역사요, 분열과 파당의 역사다. 아이들이 재미로 갈라진다면 어른들은 욕망으로 갈라진다. 욕망의 도구로 전락한 보수, 진보의 구분은 민생과 동떨어지며 세계사의 흐름에 뒤처질 수밖에 없다. 을사늑약이 맺어진 1905년, 우리가 소달구지를 끌고 다닐 때 뉴욕에서는 이미 지하철이 다니고 있었다.

“나는 죽어야 할 의리는 없다. 다만 국가에서 선비를 길러온

지 500년이 되었는데 나라가 망한 날을 맞아 한 사람도 국난에 죽지 않는다면 어찌 통탄스러운 일이 아니겠느냐!”

조선이 식민지로 전락하자 독약을 마시고 자결한 매천 황현이 자제들에게 남긴 글이다. 나는 여기서 보수의 전형을 본다. 조선 중종 때 조광조는 현량과를 설치하고 76명의 공신자격을 박탈하는 등 개혁정책을 펴다 결국 주초위왕(走肖爲王)의 모함을 받아 사약을 받게 된다. 이것이 기묘사화다. 나는 여기서 진보의 전형을 본다. 중국 전국시대 정치인 굴원이 지은 「어부사」에 보면, 굴원이 죄 없이 추방당해 강가를 거닐고 있는데 지나가던 어부가 말한다. “창랑의 물이 맑으면 갓끈을 씻고 창랑의 물이 흐리면 발을 씻으리라.” 나는 여기서 시류에 적응하는 기회주의자의 처신을 본다.

그러나 황현 선생이 목숨을 바쳐 조선 백성에 던진 정신이 각성(覺醒)의 촉구라는 점에서 어찌 진보적이라 아니할 수 있으며, 조광조의 개혁이 조선이라는 나라를 더 튼튼히 하고자 한 점에서 어찌 보수적이라 아니할 수 있으며, 상황에 따른 변화와 적응이 필요하다는 취지의 「어부사」가 어찌 부정적 의미의 기회주의자로만 읽힐 수 있겠는가 하는 생각이다.

그럼에도 매사 보수와 진보의 프레임으로 세상을 보려는 사람은 어려운 말로 사람을 현혹하는, 까불거리는 선동꾼일 가능성이 높다. 이들은 진실과 정의, 사랑과 낭만마저도 보수와 진보로 구분하려든다. 실사구시(實事求是)와 거리가 먼 것들은 아무

짝에도 쓸모없는 유치한 긴 작대기에 불과하다. 엘리베이터 안에서 인사도 하지 않는 잘난 이웃보다는 이웃에게 겸손하도록 교육하는 그 어머니가 애국자다. 눈 내리는 날, 동네 눈 청소에 앞장서는 그 아버지가 진짜 애국자다. 정치를 어렵고 무겁게 말하는 사람일수록 가짜일 확률이 높다. 민생은 항상 다급하고 진실은 언제나 가볍기 때문이다. (2017)

호모사피엔스의 유치원

유치원은 학령(學齡)이 안 된 어린이의 심신발달을 위한 교육시설이라 정의된다. 이 정의는 누가 내린 것이며 과연 타당한 것일까. 유발 하라리식의 분석론을 빌리건대 현재인류인 호모사피엔스가 등장한 수만 년 동안 이제 겨우 만으로 대여섯 살 난 아이가 어떤 특정한 장소에서 심신발달을 이루도록 진화해왔다면 동의하기 어려울 것이다.

아이는 온 마을이 키운다는 아프리카 속담처럼 아이들은 수만 년 동안 이웃사촌의 관심을 받으며 또래와 어울려 산으로 들로 참새처럼 돌아다녔다. 바람처럼 자유로웠다. 스스로 놀이의 규칙을 정했으며 나비처럼 싸웠고 해바라기처럼 화해했다. 엄마는 언제나 집을 지켰기에 애착관계는 끈끈했고 해는 항상 앞산에서 떠올라 뒷산으로 졌으며 동구 밖은 아이들의 축제가 매일 벌어지는 놀이터였다. 그런데 갑자기 엄마가 직장이라는 데를 나가기 시작했다. 그렇게 하지 않으면 굶게 된다는 걱정 어린 분위기가 마을을 휘감았다. 동구 밖으로 도로가 나고 굉음을 울리며 차가 다니기 시작했다. 마을에 유괴범이 나타났다는 이야기도 떠돌았다. 어느 날 졸린 눈을 뜨니 이제 다섯 살 난 한국의 철수는 강제로 유치원이라는 데를 다녀야만 했다. 거의 태어나자마자 어린이집에 다녀야 했던 영희는 밥을 흘리거나 자주 운다는 이유로 어린이집 선생님에게 뺨을 두 대씩이나 맞았다.

자본주의는 마을의 모든 어른을 직장으로 내몰았고 남겨진 아이들은 매일 똑같은 옷을 입고 똑같은 시간에 똑같은 차를 타게 되었다. 항상 원숭이처럼 엄마에게 매달려 젖꼭지를 만지고 엄마의 혀와 몸의 따스한 온기를 느끼던 철수와 영희 세대는 빵과 우유를 배불리 먹을 수 있는 자본주의 혜택을 제일 먼저 누림과 동시에 자본주의의 그늘을 제일 먼저 겪어야 하는 존재가 되었다. 어린 나이에 통제와 억압의 와이파이 존으로 들어간 철수와 영희는 그런 점에서는 아닌 밤중에 날벼락을 맞은 것이다. 호모사피엔스의 장구한 역사에 비하면 유치원의 역사는 찰나에 불과하다. 그리고 모든 규칙과 질서의 다른 이름은 통제와 억압이다.

지난 세기 해리 할로라는 심리학자는 갓 태어난 새끼 원숭이들을 곧바로 어미에게서 떼어내 작은 우리에 가두었다. 그리고 우유병이 장착된 금속모형 어미와 우유가 나오지 않지만 부드러운 천으로 덮인 모형 어미 중 선택을 하게 했다. 그랬더니 새끼 원숭이들은 젖이 나오지 않는 부드러운 천으로 된 어미에게 필사적으로 달라붙었다. 포유류는 먹이만으로 살 수 없다는 사실을 그 새끼 원숭이들은 알고 있었던 것이다. 하지만 슬프게도 천으로 된 어미는 새끼 원숭이들의 애정에 응답하지 않았다. 그래서 새끼 원숭이들은 심각한 심리적 사회적 문제를 겪었고 결국 신경증에 걸린 반사회적 성체로 성장하고 말았다. 『호모데우스』, 유발 하라리

그래서일까, 멀쩡한 전문직 여성이 재벌가의 며느리로 들어가면 육아와 내조에 전념한다는 이유로 활동을 접는 경향이 있지만 한의사인 내 친구 재영이도 돈은 자기가 벌겠다며 약사인 부인의 직장생활을 반대했다. 엄마가 아이와 같이 많은 시간을 보내는 것이 그 어떤 가치보다 우선한다는 명분이었다. 아! 이걸 어떻게 해석해야 하나, 어렵게 공부한 전문직 약사인데 말이다.

그래서 어떤 아이는 태어날 때부터 금수저와 육아에 전념하는 엄마를 동시에 가지지만 나라의 모든 아이가 그런 환경을 얻는 것은 아니다. 경력단절이나 교육불평등이 사회문제화된 지 오래다. 하지만 더 본질적인 것은 금붕어 같은 아이들에게 엄마를 어떻게 돌려주느냐의 문제다. 금붕어가 '젖이 나오는 부드러운 천으로 된 어미'를 떠나 고래가 되어 대양으로 나아가는 것, 이것이 바로 호모 사피엔스의 교육이다. '먹고사는 것'에 지나치게 경도되어 '아이다움'에 대해 어른의 시각으로만 보려 한 것은 아닌지 차분히 돌아봐야 할 때다.

아이에게 엄마의 치마폭은 든든한 존재의 진지다. 엄마의 치마폭에서 빼꼼이 얼굴을 내미는 아이는 땅을 뚫고 나오는 새싹

이다. 다른 아이들이 같이 놀아주지 않으면 아이는 엄마에게 일러바치고 아이는 엄마의 손을 잡고 의기양양하게 친구들이 노는 곳으로 간다. 아이들에게 다정하게 타이르는 엄마 뒤에서 아이는 빼꼼이 얼굴만 내민다.

언론인 김선주가 엮은 『이별에 대한 예의』라는 책이 있다. 거기에는 조지 W. 부시 대통령 이야기가 나온다. 커리어 우먼으로 항상 바빴던 어머니 대신 할머니 손에 자라게 되었는데 그 할머니마저 자애로운 성격이 아니어서인지 결국 비행기를 잘 타지 못하는 공황장애를 앓게 되었다는 거다.

워라밸, 가정의 달, 유연근무, 돌봄 휴가, 직장유치원, 출산휴가 등은 직간접적으로 아이에게 엄마를 돌려주자는 취지다. 3월 4일 하루 벌어진 한유총 개원 연기 사태의 본질은 아이들을 볼모로 삼아, 생업에 열중할 수밖에 없는 엄마 아빠들에게 서글픔마저 느끼게 했다는 것이다. 칼로 찌르되 비틀지는 말아야 한다. 신이 모든 곳에 있을 수 없어 어머니를 세상에 보냈다는 서양속담이 있다. 이제 신이 어머니를 보냈는데 어머니가 아이를 유치원에 보내는 세상이다. 엄마보다 더 좋고 따듯한 유치원이 많아지길 바랄 뿐이다. (2019)

최후의 승자 불멸의 민중

에드워드 기번의 『로마제국쇠망사』(가나모리 시게노리 편역)를 보면 이런 내용이 있다.

> 콤모두스(177~197 재위)는 영화 〈글래디에이터〉에서 주인공의 적으로 등장하는 황제이다. 한마디로 말해 그는 정치와 전쟁에 관해서는 전혀 무관심하고 무기력했다. 품행이 좋지 않은 측근들의 말에 귀를 기울였고 싸워야 할 야만족과 화평조약을 체결하고 중요사항은 이유 없이 반년 이상이나 결정을 보류했다. 그런데도 그는 민중의 인기를 한 몸에 받았다. 얼굴이 잘 생기고 연설에 능했으며 인격을 갖춘 듯 보였기 때문이다. 야만족과의 화평조약 체결도 제국에 평화를 가져왔다는 이유로 환영받았다. 정복 전에 나섰을 때 로마로 돌아가고 싶다고 응석부리는 그의 모습도 넘치는 조국애 때문이라고 해석했다. 놀기 좋아하는 그의 모습은 젊은 패기로 여겨졌기 때문에 특별히 비난받지도 않았다. 이것은 민중의 인기라는 것이 얼마나 믿을만한 것이 못 되는지를 보여주는 좋은 예라고 할 수 있다. 그러나 결국 민중들도 자신들의 생각이 잘못

되었다는 사실을 통감했다.

나는 여기에서 "민중의 인기라는 것이 얼마나 믿을 만한 것이 못 되는지를"이라는 문구에 오래 눈길이 머물렀다. 쇼펜하우어의 『인식론과 행복론』(홍성광 옮김)을 보면 이런 문구가 나온다.

"판단력이 없고 걸핏하면 우롱당하기 쉬운 대중이…."

쇼펜하우어 형님도 민중을 바보로 여겼음이 틀림없다. 21세기 정치연구회라는 곳에서 펴낸 『정치학으로의 산책』이라는 책을 보면 『군주론』을 쓴 마키아벨리는 이렇게 적고 있다.

"사람은 기본적으로 허약하고 비천한 존재이며 대체로 위선적이고 배은망덕하며 위기 앞에 몸을 사리고 물욕에 눈이 어두운 속물이다." 마키아벨리의 지적에 화들짝 놀란다. 그래서일까. 1989년 천안문사태 때 덩샤오핑은 "20만 명을 죽여 20년을 안정시키자"라며 천안문광장에서 평화시위를 벌이고 있는 학생과 시민들에게 기관총을 난사하고 시위군중을 전차로 뭉갰다.

영화 〈내부자들〉에, "민중은 개돼지야!"라는 대사가 있다. 어느 외교부 고위 공무원이 이 말을 입에 올리지 않았다면 나는 독서를 하면서 이런 문구들을 눈여겨보지 않았을 것이다.

영국에서 소 무게 맞추기 대회가 있었는데 놀랍게도 응모자의 평균값이 그 소의 무게와 딱 들어맞았다고 한다. 때로 여론은 민심과 동떨어지고 오도되거나 조작되기도 하지만 민심은 늘 옳고 엄중한 것이다. 병자호란 때 조선으로 출병 온 청나라 장수가 지은 책에 이런 이야기가 나온다.

"술을 너무 많이 마셔 토하게 됐는데 순간 수십 명의 백성들이 몰려들어 그 토사물을 다 핥아 먹었다. 풀 한 포기 나무 한 그루 외에 조선은 보이는 것이 없다."

민중은 역사의 파노라마에도 불구하고 유일하게 살아남는 개념이다. 다시 그 속에서 꽃이 피고 열매를 키운다. 민중은 대지요 허공이요 어머니다. 민중은 진실을 심고 진실을 캐는 농부다. 민중은 기어이 해답을 찾아내고 막힌 곳을 뚫고 산맥을 넘고 바다를 건너는 존재다.

저 먼 고려의 상감청자를 만들고 거북선의 노를 젓고 남한산성의 칼바람을 맞고 일제의 고문과 보릿고개를 견디며 기어이 여기까지 오천 년을 이어온, 이런 민중을 개돼지라니 너는 어느 별에서 왔는가! (2017)

이 풍진세상 사는 일이

한동안 탈레반이 눈과 귀를 시끄럽게 하더니 요즘은 학력위조 논란이 우리를 지치게 한다. 1993년, 가수 신신애가 '세상은 요지경'이란 노래에서 "여기도 짜가, 저기도 짜가"라고 한 말이 어쩌면 그리도 딱 들어맞을까. 링컨은 한 사람을 영원히 속일 수도 있고 여러 사람을 잠깐 속일 수도 있지만 여러 사람을 영원히 속일 수는 없다고 했다. 손가락 하나로 하늘을 가리려고 한 가짜들의 천연덕스러운 연기력은 그야말로 대종상 감이다.

그들의 변명 또한 궤변론자라 불리는 소피스트를 능가한다. 소를 훔친 도둑이 길에 놓인 새끼줄을 들고 왔을 뿐이라든지 나는 친일을 하지 않았다, 시대상황이 그랬을 뿐이라는 식이다. 결국 모든 사실이 적나라하게 드러나고 더 이상 거짓을 감출 방법이 없을 때에야 잘못된 길을 걸어왔다며 눈물로 속죄를 하지만, 글쎄다, 나는 그들이 고개를 떨구는 것도 또 하나의 음흉한 연기가 아닌지 그 눈빛이 궁금할 뿐이다.

아뿔싸, 그러고 보니 나 또한 연기 좀 하는 편이다. 아내와의 연애시절 나는 가난한 남자임을 굳이 이야기하지 않았고 일

부러 메이커 옷을 사 입었으며 카뮈나 사르트르같이 읽어보지도 않은 책들을 슬쩍슬쩍 대화에 끼어 넣기도 했다. 불혹을 넘고 커가는 아이들을 보면서 그저 이렇게 살면 되지, 자족하면서도 술자리에선 어느 소설가의 말을 빌려 "생각한 대로 살지 않으면 사는 대로 생각하게 된다"며 마치 삶의 개척자인 양 너스레를 떨기도 하고 어쩌다 얻어 걸린 등단에 어깨가 으쓱했지만 짐짓 무심한 척하기도 했었다.

그래서 만일 누군가 "바늘도둑이나 소도둑이나, 오십 보나 백 보나 똑같은 것이지 뭘 그러나, 세상은 다 그렇게 돌아가는 거야, 그게 사바세상이지 안 그런가? 어디 자네라고 별반 다를 것 같은가?"라고 넌지시 책망을 한다면 또 그럴 것 같기도 하다. 성형도 일종의 얼굴위조이니 죄라면 죄일 것 같고 스스로의 노력 없이 수많은 재산을 물려받는 것도 재산위조라면 위조일 것 같고 이혼도 수많은 사람 앞에서 검은머리 파뿌리 될 때까지 사랑하고 변치 않겠다는 엄숙한 서약을 결국 어겼으니 결혼위조가 아닌가 하는 것이다. 그래서 사람을 죽인 죄가 아니고서야 까짓 학력위조쯤이야 뭐 대수겠는가 하는 생각이 슬그머니 자비심을 자극한다.

천상병 시인이 인생을 한바탕 놀고 가는 소풍에 비유한 것이나 일본 전국시대의 3대 영웅인 도요토미 히데요시가 유언시(遺言詩)에서 "오사카의 영화는 꿈 속의 또 꿈"이라고 읊었던 것을 떠올리면 우리네 삶은 꿈이자 거품이요 진짜 삶은 우리가 잘 모르는 딴 데 있는 것이 아닌가 하는 암시를 받는다. 그래서 길어도 짧은 인생, 어차피 꿈이요 거품인 것을, 용서될 것도 아니 될 것도 없지 않느냐는 관용과 체념에 이르게 되고 그러다 보면 개념과 무개념이 섞여 사물의 진위마저 분간하기 어려운 혼돈에 이르고야 마는 것이다.

그러나 생각해보라! 이 혼돈과 무질서의 세상 속에서도 한 치의 허물도 없이 당당한 개인사를 완성하기 위해서 오늘도 눈물 나는 고군분투를 하고 있는 사람들이 우리 주위엔 무수히 존재한다. 악조건 속에서도 맨손과 맨몸으로 가시덤불을 헤치며 세상을 딛고 일어나 귀감이 되는 사람들, 개인의 안위를 초월하여 자유와 정의, 희생과 봉사라는 숭고한 가치에 평생을 헌신했던 사람들, 삶을 진솔하게 치열하게 살다 가신 분들이 있었기에 이 죽일 놈의 세상은 여전히 죽지 않고 그래도 한번 살아볼 만한 세상으로 여겨지지 않는가 하는 것이다.

"보통 사람들은 내가 왜 돈을 더 벌지 못했고 더 출세를 하지 못했는가보다는 내가 왜 가족과 친척과 친구들에게 더 많이 베풀지 못하고 솔직하지 못했는가를 후회하며 죽는다."

조지 W. 부시 대통령의 어머니 바바라 부시 여사가 한 말이다. 이러한 개인적 회한은 호스피스 운동의 선구자 엘리자베스 퀴블러로스가 임종 직전의 사람들을 인터뷰하고 쓴 베스트셀러 『인생수업』을 보면 고스란히 확인된다.

인간은 누구나 각자의 인생길을 걸어가는 나그네다. 그래서 누구나 삶의 궤적을 가지고 있다. 그것은 지워지지 않는 만인부동의 지문과도 같은 것이다. 그러기에 개인의 입신영달이나 좋은 평판을 획득하기 위한 위조인생은 가벼운 죄가 아니다. 이로 인하여 손상 받을 공동체의 신뢰는 또 얼마나 큰 것인가. 실패나 가난의 굴레는 벗을 수 있다 해도 위조라는 멍에는 평생 주홍글씨처럼 그들을 따라 다닐 것이다. 1969년 발표된 프랭크 시나트라의 'My way'란 노래가 있다.

이제 마지막 순간이 다가왔네
나는 내 삶을 내 방식대로 살았네
힘든 고난의 일들을 편법을 쓰지 않고 다 했다네
손에 가지고 있는 것이 무슨 소용이 있는가
자기 자신을 지키지 못하면 아무 것도 없지
온갖 어려움을 겪으면서도 내 길을 걸었어

인생의 황혼기에서 장중하면서 당당하게 나의 길을 이야기하는 이 노래는 나 같은 범부가 흉내조차 내지 못할 삶이지만 아직 진행 중인 인생에 등대와 나침반의 역할을 한다. 그리고 또 다른 윤태규의 'My way'는 무척 경쾌한 리듬의 노래다.

누구나 한 번쯤은 넘어질 수 있어
이제와 주저앉아 있을 수는 없어

지쳐 쓰러지는 날까지
일어나 한 번 더 부딪혀 보는 거야

그래, 아무리 풍진세상이라 할지라도 거짓됨이 없이 진실하게 한 번 더 부딪혀 보는 것이다. 이대로 주저앉아 있을 수는 없는 일이다. (2012)

헬조선을 위한 변론

며칠 지나면 을미년 2015년도 역사 속으로 흘러간다. 올해 신조어인 수저계급론이니 헬조선이라는 단어가 생각난다.

> 무릇 세인은 다른 사람이 자신보다 열 배 부유하면 헐뜯고 백 배가 되면 두려워하고 천 배가 되면 그의 일을 해주고 만 배가 되면 그의 하인 노릇을 한다. 「화식열전」

사마천의 『사기』 중 「화식열전」을 보면 2천 년 전 중국에도 수저계급론이 존재했음을 알 수 있다. 그리고 역사 속에는 불운을 탓할 새도 없이 청춘이 맞닥뜨렸던 일들이 널리고 널렸다. 1592년 4월 13일 부산포 앞바다로 쳐들어오는 고니시 유키나가의 700여 왜선을 공포의 눈으로 바라본 조선 병사들, 칠흑 같은 밤 백마고지 전투를 코앞에 둔 젊은 군인들, 연평해전에서 희생된 꽃 같은 청춘들!

취준생의 애환과 청춘의 고뇌를 모르는 바 아니지만 과연 수저계급론이니 헬조선이니 하는 말들을 지금 이 시대가 유독 덮어써야 한다면 이는 정말 억울한 일이다. 그리고 은근슬쩍 이른바 '미생'의 이유를 모두 기성에 돌리는 글들은 참 염치없는 짓이다. 아무렴 억울하지 않고 야박하지 않고 사연 없는 시대가 언제 있기는 하였는가. 꼰대 소리를 들을 때 듣더라도 계몽은 이럴 때마저 불필요하거나 주저해야 할 일이 아니다. 이만큼의 풍요, 이만큼의 인권, 이만큼의 정의를 위하여 얼마나 많은 선열들이 피와 땀을 흘렸는지를 우리 후손들은 진지하게 그리고 낯설게 성찰할 필요가 있다. 지난 세대가 죽을 고생을 다해 만들어 놓은 대한민국이 헬조선이라면 청춘들은 도대체 무엇을 말하고자 하는 것일까. 헤븐조선이 있다면 그런 곳은 어떤 곳일까. 우리 사회가 굼벵이처럼 느리지만 긍정적인 방향으로 움직이고 있다면 그렇지 않다고 말할 수는 있는 것인가.

그래서 생각한다. "무엇을 아무리 얇게 베어 낸다 해도 거기에는 언제나 양면이 있다"라는 샤를 드 푸코의 말을 떠올린다. 지성의 도도함이 사라진 사회, 어른이 어른의 역할을 적극적으로 하지 않는 사회가 헬조선이라면 청춘의 자조가 이해될 수 있겠다. 호통쳐야 할 지성이 꿀 먹은 벙어리가 되어 있고 실패자의 어깨를 어루만져야 할 어른이 고개를 돌리는 사회라면 희망이 부족한 사회가 맞긴 맞다. 청춘은 희망이 보이지 않는다고 말한다. 청춘들에게 희망의 불씨를 지펴주는 것이 지성과 어른의 역할이다. 그것은 숭고한 의미를 가지는 것이다. 지성과 어른들마저 경쟁 이데올로기에 사로잡힌 나머지 결코 중단되어서는 안 되는 이 희망의 펌프질을 잠시 포기하고 있었던 건 아닌지 모르겠다. 그리고 우리 사회가 지금 어떤 문제가 있는지, 그 문제가 어느 정도인지, 해결 방도는 있는 것인지 속 시원한 답이 있으면 좋으련만 햇빛이 온 누리를 비추고 달빛이 모든 나그네의 발길을 비추는 것처럼 우리 모두가 우리 모두를 공평히 어루만지기에는 아직 대한민국은 역부족이라는 데 가슴 아프게 동의하지 않을 수 없다.

민주주의라는 몸체에 불공정이라는 바퀴를 달고 달려온 대한민국은 이제 그 종언을 고하라는 필연(必然)의 요구에 직면해 있다. 그리고 그 요구의 절박함만큼이나 앞으로 100년, 대한민국을 이끌어가는 힘은 어쩌면 헬조선이라 외치는 저 목소리에서 벌써 잉태되고 있는지도 모른다. 키케로는 "위대한 나라는 젊은이들이 망치고 노인들이 회복시킨다"는 말을 하였지만 지혜롭고 똑똑하며 기죽지 않는 대한의 젊은이들이 근육이 끊어진다 해도 결코 희망의 펌프질을 멈추지 않으며 이 나라를 이끌어 가리라 믿어 의심치 않는다.

지금의 기성세대도 여기까지 오는 모퉁이 모퉁이마다 눈물 나고 서러운 일이 많았다. 가수 정의송이 부른 '인생'이라는 노래에는 "굽이굽이 살아 온 자욱마다 가시밭길 서러운 내 인생 다시 가라하면 나는 못 가네"라는 대목이 있다. 설령 지금이 헬조선이라 할지라도 가난했던 과거로 돌아가기를 원하는 사람은 없을 것이다. 기성세대의 부족함이 어찌 없으랴만 가난하고 서러웠던 기성세대는, 자식들만큼은 가난한 다람쥐 쳇바퀴의 운명에서 벗어날 수 있도록 오체투지의 마음으로 견디고 견뎌왔음을, 청춘들이여! 그것만 좀 알아주기 바란다! 미안하다. (2015)

© 최상민. 부산 화명, 2014

나팔꽃 인생 6

흥얼거리며 목욕탕에 갔는데 '금일휴업'이라는 글자를 보면 몇 천원 내고 인사까지 받으며 통과하던 동네목욕탕이 만만한 곳이 아님을 알게 된다. 허전하게도 섭섭하게도 갑자기 할 일을 잃고 멍해진다. 바쁜 일과 중 이때다 싶어 이발소를 찾았는데 하얀색, 빨간색, 파란색의 삼색원통이 돌아가지 않는 걸 보는 순간은 제법 쓸쓸하다. 대개의 목욕탕이나 이발소들이 일주일에 하루 휴무하는 걸 알면서도 매번 잊어버린다.

이는 흔한 것들에 대한 무관심이다. 흔한 것들도 나름대로의 법칙이 있다는 걸 알면서도 사람들은 또 잊어버린다. 흔한 약속을 잊어버리고 흔한 물건을 잊어버리고 흔한 건강을 잃어버리고 흔한 가족을 잊어버린다. 내가 아는 K 선생에게 나 또한 흔한 사람이었을까. 그는 먼저 전화하여 다음 주에 꼭 연락하겠다던 약속을 하고는 끝내 연락을 하지 않았다. 행여 그의 귀한 시간을 뺏을까 봐 먼저 청한 것도 아닌데 필연(必然) 곡절이 있음을 믿지만 마음 한 구석이 섭섭하다.

사람이 일생을 살면서 맺게 되는 인연이 대략 3,000명

정도라고 한다. 하루에 한 명을 만난다 해도 10년을 만나야 되는 숫자다. 대부분 스치듯이 바람 따라 흘러가 버렸지만 혹시 어떤 이유로든 섭섭한 마음을 가진 이도 있었으리라. 아니 상종 못 할 사람이라며 고개를 돌린 부류도 없었다고 장담할 수 없다. 나도 흔했고 상대방도 흔했다.

얼마 전까지만 해도 짙었던 까만 머리가 듬성듬성 흰머리로 변해간다. 거울 속에 비친 그 모습에서 잠시 길을 잃는다. 모든 생은 소멸한다는 절대 명제 앞에서도 서운하고 쓸쓸하다. 흔한 존재들은 항상 내 주위에 있고 흔한 시간들은 조금씩 흘러가고 있다. 언젠가 저 흔한 것들이 흔하지 않은 것들이 되어 아니 가슴이 녹아내리는 절절함이 되어 눈물 나게 하리라.

사랑하는 사람아! 보고 싶은 사람아! 푸근하고 따듯한 목욕탕의 문이 잠겨 있고 이발소의 삼색원통이 돌아가지 않을 때 인생의 황혼을 걷는 사내는 길을 잃고 다섯 살 적에나 흘렸던 눈물을 흘리며 어깨를 들썩이겠지. 그때서야 후회하겠지. 여인의 자태에 빛나는 눈을 빼앗기던 젊은 몸뚱이도 옳음을 말하던 가지런한 입술도 흔했던 시간들도 얇은 지갑도 대상 없는 두려움도 더 이상 없겠지. 그때 가장 마지막으로 장의사의 손길은 피아니스트처럼 내 몸을 훑고 지나가리라. 만만하고 흔했던 것들이 가장 소중하고 귀한 것이었음이 이론의 여지없이 극명하게 드러나는 순간 생명에게 부여된 시간은 초읽기에 들어간다. 금강(金剛)의 경지로 나아가는 것이다. 죽음에 대한 막연한 공포도 곧 끝날 것이다. 실제 죽을 것이기 때문이다.

삶을 갉아먹는 허명(虛名)과 탐욕이 단단히 나의 살바를 잡고 옭아매고 있다. 벗어나려 하면서도 나는 더 깊은 늪으로 발을 들이밀고 내게 주어진 시간은 에누리 없이 흘러간다. 아직도 흔한 시간들은 대책도 없이 흘러가고 흔한 사람들은 매번 후순위로 밀린다. 금일휴업이라 적힌 목욕탕 앞에서 삼색원통이 돌아가지 않는 이발소 앞에서 길을 잃는다. 분명 내 삶의 어딘가가 고장 나 파열음을 내고 있는데 무엇이 문제인지 알면서도 도무지 그 사슬을 끊지 못한다. 해답 없이 늘 쓸쓸히 발길을 돌릴 뿐.